謀略銀行

大塚将司

角川文庫 14610

目次

いつの世も銀行の癌は情実融資である。現在の日本の金融界の窮状はバブル崩壊に伴う資産デフレの中で情実融資を繰り返した結果である。今から二〇年前、オーナー経営者による情実融資で、経営危機に陥った銀行があった。この物語はその不正融資事件と政官財が入り乱れた救済劇にヒントを得た完全なフィクションである。そこには、『金融腐蝕《ふしょく》列島』、昨今の金融危機回避策をめぐるドラマの原点がある。

第1章　寒風の日比谷公園

1

その日の日比谷公園は寒々としていた。

日本初の洋式公園として明治三六年（一九〇三年）に開園した日比谷公園は一六ヘクタール以上ある園内に四季折々の花が咲き、霞《かすみ》が関《せき》や日比谷周辺に勤務するサラリーマンの憩いの場である。しかし、冬はちょっと趣が違う。昼休みならともかく、夕闇が迫る頃ともなれば、園内を歩く人もまばらになる。

昭和六〇年（一九八五年）一月三一日、木曜日、その日は典型的な冬型の気圧配置で、雲ひとつない晴天だったが、木枯らしが吹き荒れ、ときおりビューと吹き抜ける風が肌を刺した。

そんな日比谷公園の中をコートも着ずに歩き回っている初老の男がいた。午後四時過ぎのことである。

男は、身長一六五センチくらいの小柄だが、見るからに高価そうなスリーピースに身を包み、白髪混じりの髪をオールバックに固め、身嗜《みだしな》みは決まっていた。その風体は大企業の重役そのもので、鋭い眼つきは自信に満ち溢れ、これまで蹉跌など経験したことのないことをうかがわせた。日の暮れ始めた公園のなかを口をへの字に結び、眉間《みけん》にしわを寄せ、遠くを見つめるような眼差《まなざ》しで歩き回る姿はどこか違和感があった。

しばらく歩き回って、男は噴水のある広場のベンチに腰を下ろした。背広の内ポケットからダンヒルと銀製のライターを取り出し、手をかざした。見上げるように眼をつむり、煙を吐き出した。そして、左手のロレックスの腕時計を見た。午後四時半を少し過ぎたところだった。

「先生、お寒いなかお待たせしました。申し訳ありません」

小走りに駆け寄ってきた黒縁メガネを掛けた男が息を弾ませて声を掛けた。東都相互銀行取締役の亀山卓彦《かめやまたくひこ》である。

東都相銀は資金量一兆二〇〇〇億円で、業界五位の大手相銀である。店舗は都内中心にちょうど一〇〇か店、そのほとんどが駅前にあった。午後三時で店を閉める銀行業界にあって、「午後八時まで営業する」というユニークな経営で知られていた。本店は日比谷通りを田村町（西新橋）の交差点から浜松町のほうに向かって三〇メートルほど行ったところにあった。日比谷通りに面した一〇階建てのビルである。

五階にある融資部の一角に二〇畳ほどの広さの融資担当役員室があり、そこが亀山の執務室だった。午後四時一〇分ほど前、その部屋の電話が鳴った。受話器を取ると、顧問弁護士で常勤監査役の井浦重男《いうらしげお》からだった。

「亀山君、悪いが四時半に日比谷公園の噴水のところに来てくれないか」

「今日は寒いですよ。いいんですか。先生の事務所でもいいじゃないですか」

亀山は井浦が何か本当に重要な案件で自分を呼び出すときは、いつも日比谷公園なので、深刻な話だと想像はできた。

「いや、まずいな。少々寒いが外がいい。あまり寒きゃ〝俺の店〟に行こう」

井浦の事務所は日比谷公園の霞が関寄りにある飯田ビルの三〇階にあった。三〇階は個人事務所ばかりが入居していて、あまり目立たない場所だった。日比谷公園を見下ろす眺めのいい部屋で、亀山は「密談にはいい場所だ」と思っていた。しかし、猜疑《さいぎ》心の強い井浦は、本当に大事な話は絶対に事務所ではしなかった。

「わかりました。四時半にまいります」

亀山は受話器を置くと、考えた。

――井浦さんとは昭和三〇年代からの付き合いだが、重要な案件は日比谷公園を歩き回って考える癖がある。きっと、今日ももう日比谷公園に向かっているだろう。でも、いったいなにごとだろう。

いろいろ思いをめぐらせたが、ここ一、二年は東都相銀に大きなトラブルもなく、井浦が何を相談したいのかわからなかった。デスクで考え込んでいるうちに時間が経ってしまい、日比谷公園の噴水に到着するのが約束の四時半を少し回ってしまったのだ。

「いいさ、気にするな。こちらこそ寒いのにこんなところに呼び出してすまなかった。俺は趣味みたいなものだからな。え、歩くのがな」

息を弾ませている亀山を前に、井浦はそう言って立ち上がった。半分ほど吸ったダンヒルを足元に捨て、歩き出した。井浦よりかなり上背のある亀山があとについた。おしゃれな井浦とは対照的に亀山は身嗜みにはまったく頓着《とんちゃく》しない性格で、くたびれた濃紺の背広を着ていた。それが傍目《はため》にはなんともアンバランスだった。

「実は、最後の戦いを始めようと思う。もう動かないと、うちの銀行はもたない。君はどう思う?」

木枯らしが吹き抜け、二人の髪を揺らした。亀山は首をすくめ、井浦に並んだ。

「ちょっと待ってください。今、コートを着ますから。先生は寒くないんですか。すみません。よく聞き取れなかったので、もう一度お願いします」

二人は立ち止まった。亀山が右腕に抱えていたよれよれのグレーのコートを着た。

「俺は寒いのは慣れている。うん、それでな、最後の戦いを始めようとね。どう思う?」

井浦は前をじっと見据えたまま、言った。

「どういうことです。最後の戦いって?」

亀山は黒縁のメガネ越しに井浦の顔を覗《のぞ》き込むようにして聞いた。

「もう動かないと、うちの銀行はもたない。どうだ?」

「日銀考査のことですか」

日銀考査は、日本銀行が取引する金融機関の資産内容などをチェックするために二年か三年に一回、実施している検査のことだ。大蔵省も監督当局としてやはり二年か三年に一回、銀行検査を実施している。相互銀行に対しては両方とも二年に一回実施するのが慣例で、相銀は毎年、日銀考査か大蔵検査を受ける仕組みになっている。

東都相銀は、その日銀考査を昨年一〇月から一か月間受けた。その結果が出たのは一二月中旬で、担当した考査役から経営陣は経営内容の改善を強く求められたのである。

「そう、日銀考査が大きい」

「たしかに厳しいものでした。貸出金九〇〇〇億円のうち、二〇〇〇億円を不良債権と認定したんですから。うちの年間の経常利益は約五〇億円です。不良債権の半分を引き当てると一〇〇〇億円ですが、埋めるのに二〇年かかります。そんなことをすればうちの銀行は潰《つぶ》れてしまうでしょう。ここ一、二年で急増したわけでもないし、日銀だって本気じゃないでしょう。心配はないような気がしますが……」

「預金者保護は錦《にしき》の御旗だ。うちが潰れれば、金融恐慌の引き金になる可能性だってある。日銀にしたって、大蔵省にしたって、そんな危ない橋を渡れないのはわかっている。だがな、不良債権をこれ以上増やすわけにはいかないし、できれば減らさにゃならん。君たちは他人事《ひとごと》のように思っているかもしれないが、去年五月に発表になった日米金融障壁委員会の報告っていうのがあるだろう。これは大きい。今までと同じというわけにはいかなくなる」

「日米金融障壁委員会の報告って、例の金融自由化のやつですか。あれは大手銀行の問題でしょ。うちみたいな相銀業界はあまり関係ないです」

日米金融障壁委員会は、二年前の昭和五八年一一月にボーデン大統領が訪日した際、曽《そ》根崎康史《ねざきやすふみ》首相との日米首脳会談で設置することが決まったもので、大蔵省と米財務省が協議する場である。テーマは日本の金融資本市場の開放と金融自由化の進め方だった。三回の協議を経て昨年五月末に報告書がまとまった。日本の預金金利自由化のスケジュールが示されたほか、米銀などの外国銀行が日本市場で信託業務を営むことが認められることになった。

戦後の護送船団行政のもとで安穏としていた日本の金融界にとって、まさに黒船来襲であった。しかし、危機感を抱いたのは都市銀行や長期信用銀行、信託銀行の大手銀行だけで、東都相銀のような相銀業界にとって、その危機感は他人事で、実感としては湧いてきていなかった。特に、東都相銀のように、いくつもトラブルを抱えている相銀は自分の頭の上の蠅《はえ》を追い払うのに汲々《きゆうきゆう》としており、「そんな先のことを」というのが現実だった。

「関係ない」という亀山の反応はもっともであった。

「君、それは違うぞ。金利の自由化はな、大手じゃなく、相銀以下の中小金融機関が最も影響を受けるんだ。外銀は今のところ信託業務に参入したいと言っているだけだが、いずれ日本の銀行を買収したいと言ってくるに違いない。そうなれば、うちみたいな内容の悪いところが標的になるぞ。それを避けるには少しでも内容をよくする以外ないだろう。従業員三〇〇〇人の生活がかかっている」

ずっと前を見据えて話していた井浦が立ち止まり、左脇をかかえるようにして歩いていた亀山を鋭い眼で見上げた。

「では、どうするというのですか」

二人は日比谷公園の有楽門まで来ていた。西の空が茜《あかね》色に染まり、寒さが一段と身に染みた。井浦がダンヒルを取り出し、苦笑しながら火をつけた。

「今日は冷えるな。どこかでお茶でも飲むか。さすがの俺もコートなしじゃ寒くてかなわん」

「そうですね。どこに行きましょうか」

「〝俺の店〟でもいいが、まだ五時だ。その辺の喫茶店にしようや」

二人は、日比谷通りを渡って銀座方面に向かった。そして、三新ビルの地下一階の喫茶店に入り、一番奥の席に着いた。

井浦はまばらな席を見回し、うなずいた。

「こういう店がいいんだ。一回も入ったことがなけりゃ、我々を知った人間はまずいないと考えていいからな」

「そうですね。ここならじっくり話せます。でも、先生には場違いな気もしますけどね」

「それがいいんだ」

ウエイトレスがホットコーヒーを運んできた。

井浦がコーヒーをすすりながら切り出した。

「俺も、親父に請われて監査役になって八年が経つ。昭和五二年だからな。その前の顧問時代も含めれば一〇年。親父が死んで、六年だ。その間、まぁいろいろあった。去年の秋には義治《よしはる》さんも亡くなった。もう、銀行にはファミリーもジュニアしか残っていない」

井浦が〝親父〟と呼んだのは、東都相互銀行の創業者、東条義介《とうじょうぎすけ》のことだ。

義介は明治天皇が崩御した大正元年（一九一二年）一一月一一日に現在の山梨県韮崎《にらさき》市近郊の貧農に生まれた。小学校を卒業したのち、父の幸助《こうすけ》とともに上京し、東京市役所の給仕をするかたわら夜学に通い、日本大学専門部建築科を卒業した。その後、幸助とともに屑鉄《くずてつ》業を始め、財を成した。戦後の復興期にミシンの月賦販売をしていた義介は、各地に零細金融の無尽が乱立するのを見て、自分も無尽を作って儲《もう》けようと考えた。そうして誕生したのが東都貯蓄殖産無尽である。昭和二四年（一九四九年）のことだ。昭和二六年の相互銀行法の施行を受けて「東都相互銀行」に社名を変更、以来、義介はワンマンオーナーとして君臨し続けた。

もともと、義介は銀行家というより事業家だった。銀行経営者になったのも銀行を自分の事業拡大の武器として利用するためと言ってもよかった。不動産、レジャー開発などを手掛け、大物実業家への野心を燃やす義介にとって、銀行は実に便利な武器だった。そして、事業を担う東条ファミリー企業に多額の情実融資を重ねていった。

東都相銀はこうした情実融資に加え、大掛かりな仕手株投資への資金提供、大物政治家との癒着など、数多くの問題点が指摘されていた。支店出店の際、店舗予定地を腹心に事前に買収させ、あとで銀行がこの土地を高値で買い込むなど、土地ころがしで私腹を肥やすようなことも平気でやった。東都相銀は、大蔵省、日本銀行の金融監督当局にとって常に問題銀行だった。だが、義介の手口が巧妙だったうえ、政界との深いつながりが壁となってなかなか手が出せず、その経営健全化は長年懸案のままだった。

その義介が昭和五四年（一九七九年）六月に急逝すると、実弟の義治社長、義介の長女・君子《きみこ》の夫（女婿）の島田昌夫《しまだまさお》副社長が経営の舵取《かじと》りをすることになった。しかし、その後の相次ぐトラブルの責任を取るかたちで義治社長は代表権のない会長に退き、昨年秋に亡くなった。島田副社長も義治社長と同時に引責辞任し、東都相銀を去った。ファミリーで銀行に残っているのは、義介の長男、秀一《しゅういち》常務だけだった。その秀一が井浦の言う〝ジュニア〟だった。

「先生、秀一常務をどうかしようというんですか？」

「ふむ」

井浦はコーヒーカップを口に運び、にやりと笑った。そして、カップをテーブルに置くと、ダンヒルに火をつけ、紫煙を天井に向かってくゆらせた。

「亀山君、いいか。日銀が認定した不良債権二〇〇〇億円はどこ向けの貸し出しだ。考えてみろ」

「まぁ、全部、ファミリー企業向けですね。一〇〇〇億円が東都海洋クラブ。七〇〇億円は墨田産業、東都都市開発、東都物産の三社。残りの三〇〇億円はファミリーではないにせよ、親父の側近の鶴丸洋右《つるまるようすけ》がやっている洋誠総業向けとかですね」

「じゃあ、これを回収できると思うかい。できるとすればどうすればいい？」

身を乗り出した井浦の質問に、亀山はのけぞるように眼をそらし、考え込んだ。しばらくして天井を見上げていた眼を井浦に戻した。

「先生、東都海洋クラブは無理ですね。東都物産、洋誠総業も駄目でしょう。まぁ回収できそうなのは墨田産業、東都都市開発の二社だけです」

「亀山君、いいか。東都相銀は集めたカネを東条ファミリーに流し込む仕組みになっている。流し込んだカネで消えてなくなった分もあるが、ファミリー企業などに優良資産として残っている分もある。その優良資産を銀行に取り戻す。それをやらなきゃいけないんだ。わかるだろう。そのためにはどうすればいいか」

「先生、おっしゃりたいことはわかります。でも、どうするんですか」

「君も、もとは検察事務官だったろ。攻め手はあるよ。法律面からも考えてみろよ」

井浦は昭和元年（一九二六年）の大晦日《おおみそか》生まれ、昭和二三年東京大学法学部在学中に司法試験に合格、昭和二五年検事になった。前橋地検で三年経験を積んだあと、昭和二八年から東京地検特捜部の検事となり、海運疑獄などの捜査で活躍、〝カミソリ井浦〟と異名を取った。昭和四年（一九二九年）九月七日生まれの亀山は、井浦より三歳年下だったが、昭和二七年に明治大学法学部を卒業、検察事務官となった。井浦が東京地検特捜部に赴任してきたとき、亀山は特捜部に在籍、一緒に仕事をした仲だった。

亀山は検察事務官を一〇年務めて、昭和三七年、東都相銀に入行した。当時の相銀業界はどこも人材不足で、事務処理能力に長《た》けた亀山はすぐに頭角を現し、とんとん拍子で出世した。一方の井浦は〝将来の検事総長候補〟とも言われる逸材だったが、昭和四二年、突然、検事を辞め、弁護士事務所を開業した。そして、元東京地検特捜部長で〝特捜の猛虎〟と恐れられた河本栄次郎《こうもとえいじろう》弁護士（元名古屋高検長）から東条義介を紹介され、昭和五〇年に東都相銀顧問になった。そうして再び、井浦＝亀山のコンビで仕事をするようになったのである。

考え込んでいた亀山がメガネに手を掛け、「えー」という顔つきをした。

「ジュニアを解任でもするんですか。ですが、うちの銀行の株の過半数は東条ファミリーが持っているんですよ。簡単じゃありませんよ」

「過半数じゃなくせばいいだろう。来週までに君がそのための叩《たた》き台を考えてくれ。検討項目をメモにしてな。それをもとに考えよう。事は急を要する。今日は木曜日だが来週の水曜日は何日だ？」

「二月六日です」

「よし、六日に検討しよう。稲村《いなむら》社長、滝尾《たきお》常務の二人も入れて四人で検討する。二人に日時だけ耳打ちしておいてくれ。当日、君が検討資料を作って持ってこい。時間は夜がいい。午後七時頃からにするか。場所は俺がセットする。まぁあとで連絡するさ」

「わかりました」

亀山は井浦の自信に圧倒された。本当に解任などできるのだろうか——と半信半疑だったが、これまで井浦の言い出したことに間違いはなく、失敗もなかった。「わかりました」と、自然に口が動いた。

二人は喫茶店を出ると、日比谷通りに出た。井浦が日比谷公園のほうをじっと見つめながら、言った。

「人間、最後は原点に戻るんだよ。俺ももう六〇だ。親父の裏方仕事を任され、法律違反スレスレのこともやってきた。それもこれも東都相銀のためさ。だが、もうそんなことは続けられない。行員三〇〇〇人のために立ち上がるときがきたんだよ。じゃ、頼んだぞ」

うつむきながら聞いていた亀山を残し、井浦は日比谷通りを渡った。亀山はしばらく井浦の後ろ姿を見送った。それから、日比谷通りを新橋方面に向かって歩き出し、東都相銀本店に帰った。

井浦は、また日比谷公園に入り、中を突き抜けて霞が関方面に向かった。

「井浦さん、井浦さんじゃないですか」

日比谷図書館の脇を通って西幸門に出たときだった。突然、すれ違った男から声を掛けられた。

井浦が振り向くと、四〇歳くらいの男が笑顔で近寄ってきた。あたりは夜の帳《とばり》が下りていて、とっさには誰かわからなかった。

「井浦さん、私ですよ。ほら、例の買い占め事件のときにお世話になった田所《たどころ》ですよ」

それでも井浦は思い出せず、眼を凝らすように男を見つめた。ベージュのジャンパーを着た小太りの男だった。井浦より少し上背があり、身長は一七〇センチくらい、ネクタイはしていなかった。

「いやだな。もうお忘れですか。義介さんが手掛けた例の日本ヂーゼル部品株の買い占め問題のとき、何度も取材でお会いしたじゃないですか。大損して東都相銀さんも大変でしたよね」

男は少し髪の薄くなった頭に手をやりながら、人のよさそうな丸顔を崩した。

「あぁ、あのときのね。思い出したよ。ジャンパーなんか着ているからわからなかった。どうしたんだい、そんなラフな格好で。もう五年前になるか。君たちジャーナリストは現金だからな。用がなくなると、すっかり顔を見せなくなる」

「いやぁ参ったな。そう言わないでくださいよ。今度、雑談にお邪魔しますよ。でもいいことじゃないですか。最近は東都相銀さんもすっかり大人しくなられて……」

田所はそう言いながら内ポケットから名刺入れを取り出し、名刺を差し出した。井浦が外灯の光でそれを見ると、「フリージャーナリスト　田所波人《なみと》」とあり、事務所は虎ノ門と書いてあった。

「前は兜《かぶと》町方面だったよな。なんだ、近所じゃないか。今は何をやってるんだい」

「相変わらずですよ。貧乏暇なしといったところですかね。でも、僕なんかに会わないということは、東都相銀が平穏だったということですよ」

「それもそうだが、一度、遊びに来いや。コーヒーくらいは出すぞ」

「わかりました。東都相銀の秘書室に連絡すればいいんですね」

「うん、そうしてくれ。じゃあな」

井浦は手を挙げて、田所に背を向けて飯田ビルに向かって歩き出した。

「いい男に出会った。これから使えるかもしれない」

井浦は内心そう思い、ほくそえんだ。

2

井浦重男には二つのオフィスがあった。

一つは飯田ビル三〇階にある「井浦法律事務所」である。広さは五〇畳ほどで、執務室と応接室が日比谷公園を見下ろす窓際にあり、廊下側の受付には東都相互銀行から女性行員が派遣されていた。

もう一つは東都相銀本店ビル六階の役員フロアにある監査役室である。もとは創業者である東条義介の部屋だったが、義介が亡くなったあと井浦の部屋になった。役員フロアでは最も広い角部屋で三〇畳ほどあった。廊下側にやはり受付があり、専任秘書の女性行員が一人常時控えていた。専任秘書が自分の部屋に常駐しているのは井浦だけで、義介亡きあと井浦が行内で「天皇」とか「最高実力者」と呼ばれていたのは、この破格の扱いがあったからだ。

監査役で顧問弁護士——その肩書からは「策士」とか「黒幕」という言葉が思い浮かびがちだ。「天皇」とか「最高実力者」という言葉は想像がつかない。しかし東都相銀にあっては、「監査役」「顧問弁護士」という肩書の井浦が、「天皇」であり「最高実力者」であった。それにはそれなりのわけがあった。

義介は刑務所の塀の上を歩き続けているような男であった。晩年は塀の中に落ちかねない危機が何度かあった。そんなとき、義介を危機から救ったのが井浦だった。特に、日本ヂーゼル部品株の買い占め失敗の戦後処理では井浦に頼りきりで、「井浦の言う」ことが「義介の言う」ことと同義になり、義介の死後、行内に井浦が「義介の名代」という意識が定着したのである。

井浦は、毎日午前一〇時半に東都相銀監査役室に出勤、午後一時半からは「井浦法律事務所」に移り、表向き弁護士の仕事をしていることになっていた。

トップのスケジュール管理は秘書が担う重要業務のはずだが、井浦はそれをすべて自分で行い、出勤時に秘書に当日の予定を伝えるかたちを取っていた。井浦の先々の行動をつかむには本人に直接問い質《ただ》す以外に方法がなく、それが井浦の行動を秘密のベールで覆うことになり、カリスマ性を生む背景にもなっていた。

二月六日水曜日。やはり冬晴れだった。午前一〇時過ぎ、黒塗りのベンツが東都相銀本店前に横付けになった。車を降りた井浦は緊張した面持ちで、上を見上げた。そして、右サイドの玄関から本店に入り、エレベーターで六階に上がった。

「おはようございます」

六階のエレベーターホールで、専任秘書の伊藤幸子《きちこ》が井浦を出迎えた。井浦は口をへの字に結びひと言も発せず、自室に入った。デスクに着くと、ダンヒルを取り出し、火をつけた。しばらくして、伊藤幸子がお茶を持って入ってきた。

「今日のご予定はどうなっているのでしょうか」

「うん、今日は何もない。しばらくここにいて、事務所のほうに行く」

井浦はデスクに置かれた湯呑《の》みを取った。そして、思い出したように聞いた。

「伊藤君、稲村社長は部屋にいるか？」

「はい、いらっしゃると思います。お呼びしましょうか」

「いや、いい。これから彼の部屋に行く」

お茶をひと口すると井浦は立ち上がり、伊藤幸子に続いて部屋を出た。

社長の稲村保雄《やすお》の部屋は、秘書室と応接室を挟んで井浦の部屋の反対側にある角部屋である。

井浦は軽くノックをしてドアを開けた。

稲村はデスクの手前にあるソファーで常務の滝尾史郎《しろう》と打ち合わせ中だった。

稲村は預金増強などの業務部門の経験が長い。滝尾は総務・人事部門を管掌しており、融資部門を掌握している亀山を加えれば、三人で東都相銀全体を掌握できる。その上に君臨しているのが井浦で、四人が集まれば、すべて決められた。それが東都相銀の実態だった。

「ちょうどいい、二人そろっていて。亀山君から聞いているな。今日は七時から品川のオーシャンホテルだ。部屋は三〇〇二号室。社用車では来るなよ。電車かタクシーで来てほしい。それに、一緒に出たりせず別々に来いよ」

「いやぁ、一応聞いていますが、なにごとですか」

「それは七時からのお楽しみだ」

「でも先生、滝尾君はいいでしょうが、私が車を使わずに出るのはちょっと変に思われませんか」

「ふうむ。それもそうだな。それなら稲村君は五時頃に社用車で出て、銀座のデパートあたりで降りて車は返し、時間を潰《つぶ》してくればいい。亀山君には俺が言っておくから、君たちは連絡を取り合うようなことはするなよ。じゃあ、俺はこれから事務所に行く」

井浦は稲村の部屋を出ると、いったん自室に戻り、伊藤幸子に「事務所に行く。今日は車はいらない。それに明日はいつもどおりでいい」と言い残して東都相銀本店を出た。飯田ビルに向かう途中の公衆電話から亀山に電話して、オーシャンホテルの部屋番号を伝え、社用車を使わないよう念を押した。

井浦はいつになく難しい顔つきで事務所の執務室に入ったが、落ち着かなかった。秘書の葉山栄子《はやまえいこ》がコーヒーを持ってきたが、手をつける気になかなかならなかった。窓から日比谷公園を眺めたり、ソファーに腰を下ろしたり、執務室の中を歩き回ったりした。そして、ようやくデスクに着き、コーヒーに口をつけた。

「とにかく株だ。これをまず押さえることだ」

井浦は独り言をもらすと椅子を一八〇度回し、デスクを背に日比谷公園に眼をやり、考え込んだ。しかしそれも長くは続かず、また立ち上がり、執務室を歩き回り、何度もロレックスの腕時計を見た。

時の経つのを待ちきれなくなったのか、井浦は、午後一時過ぎには事務所を出て、タクシーを拾ってオーシャンホテルに向かった。

ホテルに着いたのは午後二時前だった。チェックインの午後三時にはまだ間があるので、カフェで軽い食事を取り、そのあと部屋に入った。

三〇〇二号室はビジネススウィートという部屋で、ベッドルームとは別に一〇畳ほどの会議用の応接ルームがあり、応接セットのほかに五、六人で会議ができる楕円《だえん》形のテーブルがあった。

井浦は部屋の中を点検するように見て回った。スリーピースの上着を脱ぎ、ベッドルームのクローゼットに入れ、ベッドに仰向《あおむ》けに倒れ込んだ。そして、天井を凝視した。

――今日がスタートラインだ。電光石火にできればいいが、それは至難の業だ。一年あればできるだろう。だが、それでは東都相銀がもたない。長期戦だけは絶対に避けないといけない。やはり、どんなに長くても半年で東条家から経営権を奪取しなくては。でも、それができるだろうか？　わからないが、半年を目標に当たって砕けるしかない。目標より一、二か月余分にかかっても、それくらいはよしとしなければ。目算が狂ってもそれくらいなら耐えられるだろう。人の噂も七五日と言うじゃないか――。

井浦は自問自答を繰り返した。そして起き上がると、ベッドルームを出て応接ルームに入り、窓から外を見た。品川駅の先に発電所、その先に東京湾が広がっていた。腕時計を見ると、まだ四時前だった。

ソファーに身を沈め、テレビをつけた。再放送の時代劇が流れた。井浦は眼をつむった。

3

井浦重男の脳裡《のうり》に親父、東条義介のやつれた顔が浮かんだ。

――あれは、日本ヂーゼル部品株の買い占め失敗で憔悴《しょうすい》した義介が心臓発作で入院したときだ。見舞いに駆けつけたら、義介は病室で手を差し出し、たしか搾り出すように「頼みます、頼みます」と言った。あのとき、俺は義介の眼を見つめてうなずいた。それから義介は昏睡《こんすい》状態に陥り、二日後に亡くなった。

「頼みます」と言う親父の最後の言葉は何を意味していたのか。まずもって東都相互銀行の将来であり、東条家やジュニアの秀一のことではなかったはずだ。そう思ってこの六年、俺は東都相銀をなんとかしようとやってきた。その結果として東条家も救われるならそれはそれでいい。しかし、もう無理だ。東条家が財産を失っても東都相銀を救わなければいけない。それが親父の遺言だろう。

「井浦先生、それはちょっときれいごとすぎやしないですか」

脂ぎった赤ら顔の親父の笑顔が広がった。親父の夢の実現だった東都海洋クラブの設立総会のときの顔だ。そうだ、あのとき初めて義介に会ったんだ。それからときどき相談に乗るようになり、四年後の昭和五〇年に顧問になったんだな。たしかに、古巣の検察に対する対抗心もあったし、ある事情でまとまったカネが必要になった個人的事情もあった。それは認める。だが俺なりに、刑務所の塀の上を歩いてばかりいる親父が塀の中に落ちないように全力を尽くしてきた。だから、親父はお縄にならずにすんだんじゃないか。

そのとき、後ろから肩を叩《たた》かれた。振り向くと、ジュニアの東条秀一が見下ろしていた。

「東都相銀を不良債権の塊にしてしまったのはあなた、井浦先生の責任ですよ。親父に忠言しなかったのもあなたの意志ですよ」

それはそうだ。否定はしないよ。検事上がりの弁護士なら、親父に助言し、刑務所の塀の上を歩くようなことをやめさせるべきだったろう。そうしなかった自分にもある種の意志があった。検察への対抗心とかカネとかね。だがな、俺が関わる以前から東都相銀には膿《うみ》がたまっていたぞ。その原因は東条家の蓄財だ。

俺が東都相銀の経営に深入りしたのはこの六年だ。親父の失敗の戦後処理を終えなければ東都相銀は再生できない、そう考えて処理を進めたから、膿は膨らむばかりだった。それも「できれば東都相銀も東条家も守りたい」と思ってやった結果だよ。でも、もう無理なんだ。東都相銀を守るには東条家の財産を差し出してもらう以外に道はない。それが俺の結論だよ。心を鬼にして、もっと早く東条家の財産に手をつければ、こんなに膿が膨らむことはなかったはずだ。俺が甘かった。そう批判されるなら、それは甘受する。だがとにかく、俺に責任があるからこそやるんだ。

「あなたは悪魔に魂を売った人間じゃないですか」

秀一の声が響いた。そう言われればそうかもしれない。これまでの人生をやり直すことができないのはわかっている。だがね、俺も一度は社会正義の実現のために検事になった人間だ。会社員なら定年、耳順《じじゅん》の年だ。耳順にはほど遠い人間だが、もう一度、原点に立ち返って社会正義のためにやってもいいだろう。それが東都相銀という銀行を存続させ、社員を守るという結論なんだよ……。

4

「ピンポン」

井浦重男がハッと目を覚ました。ちょうど六時半だった。ドアを開けると、亀山卓彦だった。

「亀山君、資料は持ってきたな」

「ええ、持ってきました」

「そうか。じゃあ全員そろってからやろう。あまり二人で事前に打ち合わせて、稲村君たちが気を悪くするといけないからな。ちょっと悪いが、ルームサービスでコーヒーを四人分取ってくれよ」

「わかりました」

亀山は応接ルームの隅にある執務机の電話を取って注文した。

ホテルの客室係がコーヒーを運んできたとき、稲村保雄が部屋に入り、滝尾史郎は客室係が出て行くのと同時に来た。四人がそろったのは六時四五分過ぎだった。

「おう、みんな、テーブルに着いてくれ」

井浦が楕円形のテーブルを指して促した。井浦と滝尾は身長一六五センチくらい、稲村と亀山は一七五センチくらい、井浦、稲村が並び、反対側に滝尾、亀山が座った。そして、井浦が落ち着いた口調で口火を切った。

「今日、集まってもらったのはほかでもない。オーナーの東条義介が亡くなって六年経つが、この間、仕手戦や内紛など、芳しくない話でマスコミを賑《にぎ》わせてきた。ここ二年は平穏だったが、うちの銀行の資産内容は悪くなる一方だ。そのことは君たちもわかっているだろう。昨年末の日銀考査の結果は厳粛に受け止めなければならない。僕はね、今のままでは東都相銀は生き残れない、そう思っている。君たちは『例の日米金融障壁委員会の報告書が示した金融自由化なんて自分たちに関係ない』と思っているかもしれないが、金融自由化はうちのような資産内容の悪い中小金融機関こそが真っ先に影響を受ける。うちが生き残るためには、オーナーの東条家を排除し、その隠し資産を没収して不良債権二〇〇〇億円を回収するしかない。そのために君たちの意見を聞いて、どういう手順で再建を進めるか検討したいのだ。稲村君と滝尾君には悪かったが、事前に亀山君には話して資料を作ってきてもらった。亀山君、資料を配ってくれ」

亀山はかばんを開け、Ａ４レポート用紙二枚の資料を取り出して三人に配った。そして説明を始めた。資料の表題には「東条家排除のための株主構成の検討メモ」とあった。

「それでは説明します。まず『東都相互銀行の株主構成』です。釈迦《しやか》に説法のような話ですが、検討の前提になりますので、読み上げます。『資本金は三〇億円、発行済み株式数は六〇〇〇万株。筆頭株主は、①東都海洋クラブ＝一二〇〇万株（持ち株比率二〇％）、以下は、②墨田産業＝八〇〇万株（同一三・三％）、③東都都市開発＝八〇〇万株（同一三・三％）、④東都物産＝二〇〇万株（同三・三％）、⑤東条宮子《みやこ》＝一四〇万株（同二・三％）、⑥東条秀一＝一〇〇万株（同一・七％）の順で、六位までで五四％の株式を保有している。個人保有の二人（東条宮子と東条秀一）を除く法人四社は、秀一が一〇〇％株式を保有している東条家のファミリー会社で、東条ファミリーが東都相銀の株式の過半数を押さえていることになる。大株主七位以下は大手銀行など機関投資家が並び、約二〇〇〇万株を保有。残りの約八〇〇万株は、東都相銀の行員など個人約九〇〇〇人が保有している』。以上ですが、何かご意見はありますか」

資料に眼を落としたままの稲村と滝尾を見て、井浦が先を促した。

「まず、これを見て言えるのは何だね。亀山君」

「ええ、東条家を排除するには、最低限、その株式の保有比率を三分の一以下、つまり三三％以下にする必要があります。この視点で考えますと、義介さんの未亡人の東条宮子さんと長男の秀一さんの保有分を取り上げるのは無理ですから、東都海洋クラブ、墨田産業、東都都市開発、東都物産のファミリー企業四社の保有分を取得することに照準を定めるべきだと思います。四社の保有株数は三〇〇〇万株、保有比率は五〇％です。それができれば、東条家を経営から完全に排除できます」

「そうだな。じゃあ、次を説明してくれ」

満足げな井浦が向き合って座っている亀山を目で促した。「メモ」の出来は上等で、亀山の事務処理能力の高さを示すものだった。

「えーと、次は『東都相互銀行の大口融資先』です。これもご存知のことですが、最大の融資先は『東都海洋クラブ（資本金一〇億円、昭和四六年設立）、融資額一〇〇〇億円』です。まぁ、このファミリー企業は『東条義介の夢の実現として設立した総合レジャー企業』ですね。『政財界の有力者が顧問に顔をそろえて太平洋地域の各国に一〇〇コースのゴルフ場を造り、テニスコート、ヨットハーバーなどを併設する大レジャー施設を造ろうという壮大な構想』でした。『最初はゴルフブームに乗って合計一万六〇〇〇人の会員、約一〇〇〇億円の金を集めたが、オイルショックの影響に加え、計画がずさんだったこともあり、事業が進まず、ゴルフ場建設は構想の一〇〇か所に対して一三か所でストップしている。このため一部の会員から誇大広告だとして損害賠償の訴訟も起きている。東都相銀からの融資の金利も払えない状況で、金利の追い貸しを受け続けている。日銀考査では、東都海洋クラブ向け融資が最大の問題債権と指摘されている』。いずれにしても、この一〇〇〇億円を回収することが喫緊の課題になるでしょう」

「それは当然だな。だが最も難しいな。東都相銀の株はどうだ」

「ええ、東都海洋クラブの株式は東条家が一〇〇%保有しています。設立時の社長は義介さんです。義介さんが亡くなったあと、女婿の島田昌夫氏が社長に就きましたが、我々が昭和五七年に解任したわけですよね。で、杉田《すぎた》秀幸《ひでゆき》氏を社長として派遣して現在に至っています。杉田氏は〝東条家三奉行〟と言われる、義介さんの取り巻きの一人です。杉田氏が東条家サイドに立ってしまうと難しいですが、彼をこっちに取り込めば、東条家が海洋クラブを一〇〇%押さえていても、東都相銀の株式を取得することは可能でしょう」

「おい、どうだい。稲村君は杉田をどう思う」

稲村は資料から眼を上げ、隣の井浦を見ながら口を開いた。

「〝三奉行〟は、義介さんが亡くなってからは東条家と距離を置き始めています。うまく話せば、株券を取り上げることも可能ではないかと思います。特に杉田君は、海洋クラブ社長になってからは、東条家より我々とうまくやろうとしている感じですね。たぶん、二年前に海洋クラブが債務超過になりそうになったとき、先生のご尽力で遊休資産が高く売れ、債務超過を回避できたことに恩義を感じているんじゃないかと思います」

「ふむ、滝尾君はどうだ」

「私も稲村社長と同様に思います」

「そうか。じゃあ、次にいこう」

「ちょっと待ってください。海洋クラブで補足があります」

「何だ」

「メモには書きませんでしたが、海洋クラブは今年度、六〇年三月期に債務超過になる懸念があります。しかし多くても一億円くらいで、手持ちの有価証券の売却益で回避できる見通しです」

「金額の如何《いかん》に関係なく、債務超過はまずいぞ。抜かりなく対応させてくれよな」

井浦が三人を見回して釘《くぎ》を刺した。

「わかりました」

稲村がそう言うと、亀山は再びメモに眼を落とし、説明を続けた。

「二番目の大口融資先は『墨田産業（資本金一〇〇〇万円、昭和二五年設立）、融資額三〇〇億円』です。『東条家のファミリー企業の中核。社長は東条秀一、株式も一〇〇%、秀一が保有。損益は赤字続きで、経理上は債務超過スレスレの状態にある。しかし、東条家の財産管理会社の色彩が濃く、都内や千葉県内に多数の優良不動産を保有している。含みも相当ある』。東条家からこの会社を取り上げて資産を処分していけば、融資額を回収してもかなりのお釣りがくる、私はそう見ています」

「本当は内容がいいのはわかっているが、我々が乗っ取るのはそう容易《たやす》くはないな。最低限、東都相銀株だけでも取り上げたいところだが。よし、これはあとで議論しよう」

「三番目は『東都都市開発（資本金一〇〇〇万円、昭和三八年設立）、融資額二五〇億円』です。やはり『東条家のファミリー企業。社長は東条秀一。株式も一〇〇％、秀一が保有。昭和四〇年前後からゴルフ場開発を手掛け、千葉県内に四つのゴルフ場を保有している。四つのゴルフ場はオイルショック以前に完成しており、その後の地価高騰で含みになっていると見られる』。ここも表面上は赤字ですが、墨田産業同様に乗っ取れれば、融資額を上回る価値があると見ていいでしょう」

「じゃあ、東都都市開発についても、墨田産業と一緒に議論しよう」

「四番目は『東都物産（資本金一〇〇〇万円、昭和三二年設立）、融資額一五〇億円』です。これも『ファミリー企業で、社長は東条秀一。株式も一〇〇％、秀一が保有』しています。『東条家のゴミためと言われ、東条義介が手掛けた事業で失敗すると、東都物産を受け皿にして債権債務を棚上げにして凍結している。タイでの海老《えび》養殖など、一応今も事業を手掛けていることになっている』。しかし海老の養殖事業も今は休眠状態で、事業はすべてうまくいっていませんので、事実上破綻《はたん》状態にあると考えたほうがいいと思います」

ここまで説明して、亀山は「ああ、一つ書き忘れていました」と言ってメガネに手をやりながらペーパーから眼を上げた。

「実は、東都物産には一五〇億円以外にもうちの銀行からの融資があります。金額は一二〇億円です。これは例の日本ヂーゼル部品株絡みです。東都物産にとっては次に説明する洋誠総業からの借り入れなんですが、洋誠総業にその資金を貸しているのはうちの銀行です。つまり、事実上、融資額は二七〇億円と考える必要があります。いずれにしても、多額の含み損失を抱えているのは間違いなく、融資の回収は極めて難しいと考えるべきでしょう」

「東都相銀の株はどうだ」

「これは融資の担保として押さえることができるように思っています」

「要するに、東都海洋クラブと同じということだな」

「ええ、そうです。次は『洋誠総業（資本金一〇〇〇万円、昭和四八年設立）、融資額二〇〇億円』です。『〝東条家三奉行〟の鶴丸洋右が経営している不動産仲介会社だが、実際には東都相銀の手掛けた仕手戦のダミー会社。日本ヂーゼル部品株など仕手戦で東都相銀は敗北しており、その損失が隠されている』。それから、最後は『朝霞不動産（資本金一〇〇〇万円、昭和四四年設立）、融資額一〇〇億円』です。『〝東条家三奉行〟の一人、荒井《あらい》淳《あつし》が経営している。洋誠総業同様に不動産仲介会社だが、義介の政界工作に使われてきた。政界工作は政治家にカネを渡すので、それが赤字として残り、多額の累積赤字を抱えている』。私の判断では洋誠総業も朝霞不動産も回収は難しいと思います」

井浦がうなずいた。

「そうだな。それに、この二社は東都相銀の株を持っていないよな」

「ええ、持っていません」

「それなら、この二社は検討対象から外そう。一応、説明は終わったな。じゃあ議論を始めたい。まず、東条家が持っている東都相銀株の取得だ。稲村君はどう思う」

井浦が隣の稲村に顔を向けた。老眼鏡を掛けたり外したりしてメモを見ていた稲村が顔を上げた。

「亀山君、東都海洋クラブの保有分を我々が手に入れれば、東条家の持ち株比率は三四％にできるんですね。それから、東都物産の分も取得できれば東条家の保有分は三〇％強に落とせますね」

「社長のご指摘のとおりです。私はまず東都海洋クラブの保有分を取得するのがいいように思います。どうでしょう。先生」

亀山が身を乗り出して、真向かいの稲村に同調した。

ダンヒルの灰を灰皿に落としながら、井浦が言った。

「それでいいと思うが、抜き打ち的にやりたいね。しかも強引な手法でなく、円満なかたちでね。でないと、最初から全面対決になってしまう。そうなると、戦いの最初からマスコミを賑《にぎ》わせることになり、東都相銀の経営にもマイナスだ。カギは杉田君をこっちに取り込めるかだね。杉田とは誰が一番いいんだ？」

「それは社長でしょう。ね、亀山さん」

金縁のメガネをおでこに上げてメモを見ていた常務の滝尾が、コーヒーをすすりながら脇の亀山を見上げた。

「そうですね。やはり稲村社長がいいでしょう。杉田さんは人がよくてちょっと抜けたところがありますから、正面から話せばうまくいくんじゃないでしょうか」

「正面からとはどういうことだね」

井浦が亀山を見据えて言った。

「日銀考査でも、東都海洋クラブ向けが最大の問題融資と指摘されているわけですから、『担保としてどうしても東都相銀株を押さえる必要がある』と説明すれば、差し出すんじゃないでしょうか」

「うむ、そうか……。で、株券はどこにある?」

「隣にありますよ」

隣というのは東都相銀本店の浜松町寄りの八階建てビル、東条第一ビルのことである。

東都海洋クラブの本社が入っている。

「そうか。じゃあ、今週中に稲村君が杉田に会って担保に提出するように話すか。もし駄目だったら、もう一度考えよう。今日は成功することを前提に先に進もう。次はどうする。稲村君、どうだね」

「東都物産が持っている株も同じようにできればいいんですが……。東条家の保有比率を三〇%強に落とせますからね。ただ、東都物産は社長がジュニアでしょ。正面からじゃ駄目ですね。もともと債務超過だから破産を申し立てて、債権回収の一環で株式を取得する手があるように思いますが……」

「社長、それはまずいですよ。株は取得できるかもしれませんが、一五〇億円のほぼ全額が回収不能になります。洋誠総業が貸している一二〇億円だって回収不能になります。それも結局うちが被《かぶ》ります。今そんなことをしたら、うちの決算が作れなくなります。うちの自己資本は昨年三月末現在で四五〇億円です。債務超過にはなりませんが、取り付け騒ぎが起きかねませんよ」

　小太りの滝尾が頬を膨らませて稲村の発言をさえぎった。眼をつむって聞いていた亀山が乗り出すようにして眼を開き、コーヒーカップを口に運んでいる井浦に眼をやった。

「どうでしょう。墨田産業、東都都市開発、東都物産の三社に対して融資の返済または担保の提供を求めては。そうしてジュニアの出方を見るわけです。ジュニアが返済すれば、それはそれで不良債権が減るわけだし……」

　また、滝尾が口を挟んだ。

「いや、返済されちゃ困るでしょう。墨田産業と東都都市開発をこっちのモノにして、それで東都海洋クラブの債務を減らさなきゃいけないわけだから」

「それはわかっていますよ。でもジュニアが返済するわけはない。いや、できるわけがない。カネを調達すること自体が至難の業じゃないですか」

「よし、もういいよ」と言って、井浦が引き取った。

「問題は東都物産だな。東都物産向けの債権の保全をできるだけ多くしておきたい。そうすれば機動的に動ける。それから、担保が取りやすいのは東都海洋クラブだ。海洋クラブから担保を東都物産向けに取れないだろうか。東都相銀株と一緒に、何とか不動産を第三者担保提供させられないかな。どうだ？」

井浦が脇の稲村をにらんだ。

「先生、海洋クラブには二年前に売却して益出しした神戸の山林のほかに、千葉と山梨にまだ担保にしていない山林があったはずです」

「そうか、じゃあこうしよう。とにかく、稲村君が杉田と話して東都海洋クラブに千葉と山梨の山林の件も含め担保の提供を求めてみる。第三者担保提供のほうはうまくいかなくとも、海洋クラブの持っている一二〇〇万株を押さえられたら、墨田産業、東都都市開発、東都物産の三社に対して返済を求める。それで少し様子を見て、次の手立てを考えよう。これでどうだ。いいな」

三人がうなずくのを見て、井浦は「さぁ最後だ。ジュニアをどうやって切るかだ」と、次の問題を提起した。

「先生、取締役を解任するには臨時総会を開かなければなりません。現段階ではそれはできません。幸い、ジュニアが取締役に就いたのは昭和五二年六月で、今年六月で任期切れです。総会に提案する再任候補者から外せばいいわけです」

「それはわかっている。だが六月までは待てないぞ」

「ほかに何か、いい方法がありますか。いろいろ考えてみたんですが、思い浮かびません」

亀山が井浦を見つめて言った。

「取締役会で常務職を解くことはできるだろう。常務の解任を先にやって、それから六月の取締役任期切れを待つ、それがいいんじゃないか。稲村君、どうかね」

「そうですね。東条家を排除するというなら、常務解任は早いほうがいいに決まっています。でも、臨時取締役会を開いてやるというのでは、相手に察知されます。やはり二月末の定例取締役会がいいんじゃないですか」

「そうだな。そうするか。では、とにかく今週中に稲村君が東都海洋クラブの杉田に会って、担保として株や山林の提供を求める。そして、三社に返済を求める内容証明を送る。それから、二月二八日の定例取締役会でジュニアを解任しよう。今日はこれでいいな。来週月曜日の二月一一日は建国記念日か。その翌日の一二日にまたここに集まろう。時間は同じ。来るときは社用車は使わず、別々にな。あぁそうだ。稲村君、杉田と会ってどうなったかは、一二日にここで聞くから、我々三人に事前に報告はしなくていい。情報管理には気をつけてくれよ」

こう言うと井浦は立ち上がって伸びをした。腕時計を見ると、午後八時を回ったところだった。

「皆、食事はまだだよな。ここで食べていってもいいが、一緒はまずい。悪いが、別々に行動してほしい」

「先生はどうされるのですか」

「近所だから自宅に帰ってもいいが、今日はここに泊まるよ。君たちと違って独身だからな」

5

オーシャンホテルでの四者会談のあった翌日、二月七日木曜日は、前日とはうって変わって低く雲がたれ込め、今にも雪が降り出しそうな天気だった。東都相銀社長の稲村保雄は、いつものように、午前八時過ぎ、黒塗りのクラウンで出勤した。

井浦重男の部屋の向かい側の社長室は、監査役室の四分の三ほどの広さ。稲村は部屋に入ると、応接用のソファーに身を沈め、テーブルの上に置かれた朝刊を取った。パラパラめくったが、活字が眼に入らなかった。しばらくして秘書室長の小谷勝《こたにまさる》が担当秘書の窪田《くぼた》洋子《ようこ》にノックをさせて部屋に入ってきた。

「社長、お茶はどちらに置きましょうか」

「デスクに置いておいてくれ」

「今日の予定もデスクでいいでしょうか」

「あぁ。予定はどうなっている」

稲村がデスクの脇に立っている小谷のほうを向いて言った。

「えーと、午前一〇時から一月の営業報告の会議があります。それから、午後は予定が入っていませんが、支店部長ができれば支店を一、二店回ってほしいと言っていますが……」

「ちょっと待ってくれ。今日は駄目かもしれないので、会議の前にもう一度、確認してくれ。それまでにはっきりする」

「わかりました」と小谷が言って、二人は部屋を出ていった。

稲村は気もそぞろだった。ソファーから立ち上がると、執務机に向かって座った。湯呑《の》みに手を掛けたが、すぐ飲むでもなく考え込んだ。結局、お茶は飲まずに、デスクの直通電話を取った。胸ポケットから手帳を出し、ダイヤルを回した。

「もしもし。杉田さん。そう。よかった。杉田さんも早いですね。ご出勤が……。ちょっとですね、今日の午後にそちらにうかがいたいんですよ。どうでしょう、ご都合は？　ええ、ええ、そうですか。じゃあ午後一時半に行きますよ。え、何かって？　ちょっとお願いごとがあるんですよ。え、こっちに来る？　いえいえ結構です。私もたまには外に出たいんですよ。まぁ隣ですけどね。じゃあ、そのときに詳しくお話しします」

稲村は受話器を置くと、また考え込んだ。どう切り出したらいいだろうか。

――杉田さん、お聞き及びかと存じますが、昨年の日銀考査で極めて厳しい指摘を受けたんです。――いやこれじゃ駄目だ。――杉田さん、うちの銀行、ついに窮地に追い込まれました。何とか助けてほしい。あなた次第だ。生きるか死ぬかなんです。――いや、こんな芝居じみた話じゃかえって疑われる……。稲村の頭のなかで杉田との想定問答が浮かんでは消えた。

「リーン、リーン」

デスクの内線電話が鳴った。稲村が受話器を取ると、小谷勝だった。

「何だ？　え、そう。一五分早めるんだな。わかった。あ、それから、午後はちょっと出かけるところができたので、支店回りは明日にしてくれないか。明日は予定を組んでくれていい」

稲村が壁の時計を見ると、午前九時半を少し回ったところだった。小谷の電話は営業報告の会議を一五分早めるという連絡だった。

営業報告の会議は毎月、七階の大会議室で開かれる。役員と本部の部長は全員出席して業務部長が報告する。支店単位の預金動向などの説明するので、たいてい一時間半くらいかかる。稲村は事前に業務部長から概要の説明を受けているので、退屈ではあったが、ときには居眠りもできる気楽な会議だった。しかし、この日は少し気が重かった。本店長という肩書を持っているジュニアの東条秀一常務が自分の正面に座り、業務部長の報告のあと、本店の動向を説明するからだった。

会議は予定どおり一時間半で終わったが、稲村は終始、落ち着かなかった。腕を組んだり、眼をつむったり、老眼鏡を掛けたり外したり、気もそぞろだった。傍目《はため》にはすでに報告を受けた話を聴いているので、退屈しているように映ったが、稲村の脳裡《のうり》には杉田の顔が何度も浮かび、どう切り出したらいいのか、思いがめぐっていた。

会議が終わり、稲村はホッとしたように伸びをして自室に戻った。行員食堂から昼食を取り寄せ、一人で食事をした。しかしその間も、杉田の顔ばかりが浮かび、食事を取った気がしなかった。昼食を終えると、腕時計を見ては席を立ち、部屋を歩き回った。それでも時間はなかなか経たなかった。ようやく一時一五分になり、稲村は部屋を出た。

6

東都海洋クラブ本社は、東都相銀本店ビルの隣に立つ東条第一ビルにある。

東条第一ビルは昔の東都相銀本店ビルで、現在の本店ビルよりひと回り小さい。八階建てで、海洋クラブ本社はその六階から八階までのフロアを使っている。役員室は八階にあり、稲村保雄は午後一時半少し前に、社長室に入った。

「杉田さん、お忙しいところ申し訳ありません。お時間をお取りいただいて……」

ドアを開けて入ってくる稲村を見て、社長の杉田秀幸は執務用のデスクから立ち上がり、出迎えた。稲村は痩《や》せ型で、脂気のないうりざね顔だったが、身長が一七〇センチほどの杉田はがっちりした体格で、広い肩幅、猪首《いくび》、四角い大きな顔が特徴で、鼈甲《べっこう》の大きなメガネを掛けていた。

「何をおっしゃいます。私がそちらにうかがうのが筋ですのに、ご足労いただいて本当にすみません」

杉田はゴルフ焼けした脂ぎった顔をほころばせながら、稲村を応接用のソファーに案内した。

「杉田さん、社長になって何年になります」

「あなたが社長になって二年後ですから、三年ですね。まぁお互いに東条家以外で初めての社長ですからね」

「そうか、僕はもう五年ですね。そろそろ引退してもいいんですが、なかなかそうもいきません」

稲村がそう言ったとき、秘書の女性がコーヒーを運んできた。

「稲村さん、さぁどうぞ」

杉田は勧めながら、「お寺のほうはどうです」と聞いた。

「いや、忙しくて全然駄目です。寺自体は再興しましたが、住職不在ですから」

稲村は大正一三年（一九二四年）一二月二二日生まれ。〝天皇〟と言われる井浦重男の二つ年上だった。船橋の寺の出身で、昭和二〇年中央大学商学部卒、倉庫会社に勤めたが、昭和二五年三月、東都相銀の前身である東都貯蓄殖産無尽に入行した。口数の少ない滅私奉公型の人間で、すぐに東条義介の信頼を得て、審査部長、本店営業部長などを歴任、昭和四〇年役員に取り立てられた。常務、専務、副社長を経て、昭和五五年五月に社長に就任した。

もともと権力欲のない男で、副社長になった八年前、実家の寺を再興した。義介の急逝を受け、住職になるつもりで辞任を申し出たが、東都相銀の内部固めには不可欠の人材と見た井浦に説得され、しばらく副社長として留《とど》まることになった。ところが、義介の実弟、義治が日本ヂーゼル部品株の仕手戦失敗の責任を取って社長を辞任すると、井浦によって社長に祭り上げられたのだ。

もちろん、そんな稲村の経歴は杉田も承知していた。

「そうでしょうね。うちみたいなお荷物を抱えていたら、放り出せないでしょうね」

「そう、そうなんですよ。いやいや、文句を言うつもりじゃないですよ。もう少しちゃんとした銀行にしなきゃと思いましてね。あと二、三年で目処《めど》をつけて、と思っているんですよ」

「ところで、今日は何の件ですか」

杉田がテーブルに手をついて眼を見開いた。

「今、申し上げました、私の身の振り方とも関係あるんですよ」

「どういうことですか」

「いや、〝東条家三奉行〟のなかでも、杉田さんとは一番親しくさせていただいています。それでというわけではないんですが、ちゃんとした銀行にするために、ご協力をお願いしたいと思いましてね。うちの銀行の状況をご説明して……」

「なにごとですか」

杉田の眼を見つめていた稲村は、少し眼をそらして話し出した。

「杉田さんもお聞き及びかもしれませんが、昨年秋、うちに日銀の考査が入りましてね。それで、いろいろ厳しい指摘を受けたんです。言わずもがなですが、やはり一番問題にされたのが海洋クラブ向け融資一〇〇〇億円です。まぁここ数年は利払い資金をうちで融資して、残高がじわじわ増えていますからね。担保もかなり不足しているし、回収を急げ、そう言うんですよ」

「わかっていますよ。でも海洋クラブは親父の夢だったでしょ。ゴルフ場をどこかに売却して少しでも返済するという方法もありますよ。しかしね、そうしたら会員権の価値が下がるし、預託金の償還請求だって増えます。海洋クラブの会員権の募集を始めたのが昭和四六年です。預託期間は一〇年ですから、もう償還請求ができる会員が増えているんです」

「私たちも、海洋クラブが身動きの取れないことは十分に承知しています。ですから、融資を回収しようなんて気はありません。お願いしたいのは担保なんですよ。それで日銀にもう少し猶予を頂戴《ちょうだい》しようというわけなんです」

「担保？　もうないでしょう」

稲村が居住まいを正し、身を乗り出すようにして言った。

「それがあるんですよ」

「え？　ほら二年前、神戸の山林は井浦先生に売っていただいたでしょう。うちに大変有利な価格で売れて本当に助かりました。『なぜあんな有利に取引できたのか、先生はさすがだな』と思ったものです。あれが最後じゃなかったですか」

神戸の山林というのは、神戸市西区伊川谷町の山林二〇〇万平方メートルのことである。二年前の昭和五八年、東都海洋クラブが債務超過になりそうになったとき、井浦の知人が経営する大阪の不動産会社、甲陽不動産に七〇億円で売却した。山林の簿価は五〇億円で、二〇億円の売却益が出たのである。それにより債務超過を回避、事なきを得たのである。

「いや、まだあります。たとえば千葉と山梨に山林があります」

海洋クラブは一〇年前、千葉市若葉区富田《とみだ》町の山林三〇〇万平方メートルと、山梨県北《きた》巨摩《こま》郡双葉町の山林約五〇〇万平方メートルの土地を取得、ゴルフ場開発する計画を進めていた。しかしオイルショックのあおりで、まだ着手できない状況にあった。

「この二つの物件は、比較的早く開発に着手できると見ていたので担保にしていなかったのですが、当分、開発は無理ですよね」

「そうですね。まだ担保に出していませんでしたか」

「そうです。簿価は一五〇億円ですよ」

「ほう、そんなになりますか」

「それと、海洋クラブはうちの銀行の株式一二〇〇万株を保有しています。価値は数十億円にしかならないでしょうが、それを担保に入れてもらって、日銀に説明に行きたいんです」

「そんなもので十分なんですか」

「十分です。ある程度、日銀さんには内々に話していて、了解を得られそうなんです。ですから株券をお渡し願いたいんです」

「そういうことですか。うちで東都相銀株を持っていても仕方ありませんからね。でも、東都相銀株が担保として認められるんですか」

「それは大丈夫です。ただ、東条家には内緒にしてもらいたいんです。ジュニアの秀一さんが反対したりすると時間がかかります。そうなると困るんです。日銀には今週中に報告に行くと言っているものですから……」

「で、どうすればいいんです？」

「今、ここで一札書いてほしいんです。念書と考えてください。それから、株券も受け取りたいんです」

稲村はこう言って、一枚のＡ４の紙を取り出し、杉田に示した。

「ここに署名捺印《なついん》してください」

その紙には「株式会社　東都相互銀行社長　稲村保雄殿／弊社は借入金一〇〇〇億円の担保として東都相互銀行株一二〇〇万株を譲渡します。／昭和六〇年二月七日／株式会社東都海洋クラブ社長　〇〇〇〇」とあった。稲村は「東都海洋クラブ社長」のあとの空白部分を指し示した。

杉田は立ち上がり、執務机から社長印を持ってきて、鼈甲のメガネを外して署名捺印した。

「これでいいですな。株券はどうします？」

「株券も今受け取れないでしょうか。たしか海洋クラブの金庫にあるでしょう」

「ありますよ。でも、重いですよ」

「かまいません」

杉田はまた立ち上がり、執務机の電話を取った。

「総務部長いるか。……。あ、ちょっとな、金庫から東都相銀の株券を持ってきてくれ」

「申し訳ないですね。お手数をかけて……」

「いいですよ。うちが今までどおりやっていくには、融資を続けてもらわなければ困りますからね」

「でも本当によかった。あなたが社長で」

「どういうことですか」

「三奉行でも、杉田さんは荒井淳さんや鶴丸洋右さんとは違うということですよ。荒井さんの朝霞不動産や鶴丸さんの洋誠総業はうちにとって問題企業です。回収できないと思っています。でも、杉田さんはうちの銀行を食い物にはしなかった。だから海洋クラブの社長をお任せしたんです。もし、荒井、鶴丸のどちらかが海洋クラブの社長に就いていたら、もっと融資額が膨れていたと思いますよ」

このときドアがノックされ、総務部長の鶴田《つるた》秀樹《ひでき》がジュラルミンのスーツケースを持って入ってきた。

「おお、ありがとう鶴田君。稲村社長、株券が来ましたよ。そこに置いてくれ」

杉田は稲村の前のテーブルにスーツケースを置き、開けてみせた。

「いいですな。これを日銀に見せれば、融資を継続してもらえるんですね」

「そうです。ありがとうございます」

総務部長の鶴田が礼をして部屋を出ると、杉田は「こんなやりとりをしておけばいいでしょう」と言って片眼をつむった。

「ご配慮、ありがとうございます」

「鶴田君はね、東条家とつながっているんですよ。ジュニアの耳に入っておかしなことになっても困るでしょうから」

「それから、あの千葉と山梨の山林ですが、これはですね、東都物産の担保にしたいんです」

「といいますと……」

「とりあえず日銀にはこの株で話がついているんですが、東都物産のほうは厳しいんですよ。ゴミためのような会社ですからね。その融資一五〇億円に担保がいるんです」

「どうすればいいんでしょう？」

「第三者担保提供、そういうのがあるんですよ。要するに、東都海洋クラブさんに東都物産向けの担保として提供してほしいんです。日銀に見せたら、また返すこともできますから」

「ほう」

稲村はまた背広の胸ポケットから封筒を出し、株式譲渡の念書と同様、一枚のＡ４紙を取り出した。

「この承諾書にサインして捺印していただけませんか」

「おやすいご用です」

杉田は、またメガネを外して承諾書の空白部分に署名して、社長印を押した。

「いや、本当にありがとうございます。これはあとでいいですが、印鑑証明書もお願いしたいんです」

「わかりました。すぐに取って、明日お届けしますよ」

「杉田さんにはご理解いただけると信じていました。本当にありがとうございました。井浦先生も大変感謝すると思います。それでは、そろそろ失礼します」

「先生にも、よろしくお伝えください」

杉田は左手でジュラルミンケースを重そうに持つと部屋を出た稲村のあとに従い、エレベーターホールまで見送り、ジュラルミンケースを稲村に渡した。

稲村は東条第一ビルを出ると、東都相銀本店前を素通りして日比谷通りを有楽町方面に向かった。田村町の交差点を渡り、都市銀行の大東銀行本店に入った。稲村は事前に大東銀行本店に金庫を借りていたのだ。ジュラルミンのスーツケースを貸金庫に預けた。

大東銀行本店を出て、稲村は天を仰ぎ、深呼吸した。ちらつき始めた小雪が稲村の頰を刺した。

7

五日後の二月一二日、火曜日午後六時四五分過ぎである。いつになく明るい稲村保雄がオーシャンホテル三〇〇二号室のドアをノックした。

「ちょっと待ってください。今、開けます」と、中から声がして、亀山卓彦がドアを開けた。

「先生も滝尾さんも来ています。社長が最後です」

「すみませんね。ちょっと遅れて」

「いや、約束は七時ですからいいんですよ。でも、皆、お待ちかねでしたからね」

稲村は応接ルームに入り、井浦重男の隣に座った。井浦が待ちきれずに聞いた。

「稲村君、どうだった？」

稲村は自分の顔を指差して言った。

「この笑顔を見ればおわかりでしょう」

「いつも、むっつり硬い顔をしている社長が、部屋に入るなりウキウキしている感じでしたね」

亀山が冷やかすように言った。

「ご推察のとおり、うまくいきました。株券は大東銀行本店の貸金庫に預けました」

稲村は背広のポケットからA４の紙一枚を出して、楕円《だえん》形のテーブルに広げた。井浦が取り上げた。

その紙は東都海洋クラブが東都相銀に対し借入金一〇〇〇億円の担保として東都相銀株一二〇〇万株を譲渡したことを証明する念書で、海洋クラブ社長、杉田秀幸の自筆署名があった。

「ほう、念書もあるんだな。これなら心配ないだろう。二〇%は我々が押さえたんだな。残りは三四%だな」

井浦は向かい合って座っている滝尾と亀山の二人に念書が見えるよう、テーブルの上をすべらせた。

受け取った亀山は井浦に向かって「次のステップにいけますね。先生」と言った。

「いや待て。稲村君、簡単に経緯を説明してくれよ」

「はあ、あの、この間の六日の翌日、杉田社長を訪ねて、『日銀に新たな担保を取ったと示して海洋クラブ向け融資の回収をしばらく猶予するのを認めてもらう必要がある』と話したら、あっさり念書を書いて株券を渡してくれたんです。その株券の入ったジュラルミンケースを大東銀行本店に持ち込んだわけです」

稲村は美味《うま》そうにコーヒーを飲んだ。そして、続けた。

「それだけじゃないんですよ。東都物産用に担保も出してもらえました」

胸ポケットからまた封筒を取り出し、承諾書と印鑑証明をテーブルに置いた。

「おぉ稲村君、でかしたな。完璧《かんぺき》じゃないか」

稲村はうれしそうに、承諾書と印鑑証明を封筒に戻しながら言った。

「気になることが一つだけあります。海洋クラブの金庫から株券を出して持ってきたのが鶴田という総務部長なんですが、その鶴田はジュニアとつながっているらしいんです」

「それなら、もうジュニアは我々が株券を入手したことを知っているかもしれない。急がないといけませんね。先生」

「亀山君、そうだな。明日、内容証明を出してくれ」

「どこにですか」

「何を言っている。この間、話したろ。墨田産業、東都都市開発、東都物産の三社に対し、融資の担保として不動産と有価証券の提供を求めるんだ」

井浦ににらみつけられ、亀山は身をすくめた。

「亀山君、いいな」

亀山がうなずくと、井浦は続けた。

「君がこういう案件には一番精通しているから、明日の朝一番で出してくれ」

「ジュニアはどんな反応をしますかね」

「そんなことはわからんが、何の動きもなければ、予定どおり二月二八日の定例取締役会で東条秀一を常務職から解任する。問題はそれまでに何か動きが出たときだ。すぐに打ち合わせをする必要がある。それをどうするかだ。何かいい案はないか」

全員が沈黙したままで、井浦の顔をうかがった。

「定例取締役会の前日、二七日にまたここで打ち合わせをしよう。問題はその前だ。毎日、何かあれば午後五時に俺の事務所の直通電話に君たちが電話してくるというのでどうだろう。俺は毎日午後五時の前後一〇分、事務所にいるようにする。その後に何か起きたときは自宅に電話をくれ」

「それじゃ、先生が大変でしょう」

滝尾が恐縮して言った。

「しかし仕方あるまい。俺が間に立つほかないだろう。当面は人を使えないからな。だがな、時間は厳守だぞ」

「先生、心配しないでください。な、滝尾、亀山、大丈夫だよな」

稲村が二人を見つめて言った。

「そうだ。一番大事なことを忘れていた。解任に向けた根回しのやり方だ。これは俺が動くとまずいので、会長の田中圭一《けいいち》さんには稲村君が話してくれ。『日銀から東条家と絶縁しろと言われている』とでも言っておくのがいいんじゃないか。彼も大蔵省から東条家による私物化を監視するために派遣されているのだから、それだけ言えば反対しないだろう。残りの役員は滝尾君と亀山君に任せる。残りは一五人だな、亀山君」

「そうです。先生以外の監査役が二人いますから、取締役に限れば一三人です。私の手駒が五人、滝尾常務のが四人いますね。合計九人です。それだけやれば十分ですね」

「うむ。それでいい。ただし根回しの時期には気をつけてくれ。そうだな、前日の二七日の夜がいいだろう。もっとも田中会長は二七日の昼間にこっそりやってくれ」

「わかりました。二七日はここに集まったあと、私と滝尾常務が個別に手駒を集めて話します」

「じゃあ今日はこれでおしまいにしよう。二合目までは来た感じかな。一杯やって別れるか」

亀山が席を立ち、冷蔵庫からビールを取り出した。

第2章　クーデター

1

亀山卓彦が墨田産業、東都都市開発、東都物産の東条ファミリー企業三社に内容証明郵便を出したのは二月一三日、水曜日である。差出人は「東都相互銀行社長　稲村保雄」とした。

その内容は、一か月以内（三月一三日まで）に三社に対する東都相銀の融資を返済するよう要請するもので、もし、返済ができないときは、代表者が個人保証し、三社の保有する有価証券を担保として提供するように求めたものだった。

内容証明は二月一四日には配達された。三社の社長である東条家ジュニアの秀一は、遅くとも二月一五日の金曜日には内容証明を見たはずだ。それから、一〇日余り経ったが、秀一は普段と変わらぬ様子で、東都相銀本店に出勤、本店長の仕事をこなしているように周囲には見えた。

井浦は二月一三日から毎日、午後五時の前後一〇分間、事務所の執務室で待ったが、電話は一回もなかった。もちろん自宅にもなかった。

そして、二月二七日午後七時、予定どおり、オーシャンホテルに井浦、稲村、滝尾、亀山の四人は集まった。前回の会議同様に、ビジネステーブルに井浦、稲村が滝尾、亀山に向かい合って座った。

井浦がダンヒルの煙を吐き出しながら、三人を見回した。淡いルームライトに照らされた三人の顔はいずれも緊張して強張《こわば》っているような感じがした。

「この二週間、何もなかったんだな」

「私は、役員室の廊下や会議で、ジュニアに顔を合わせる機会がありましたが、まったく普段と変わりませんでした。滝尾君、亀山君、君たちはどうだった?」

最も硬い表情の稲村が水を向けると、滝尾が答えた。

「私たちは役員室にはほとんどいないので、会議以外ではジュニアを見かけませんでしたね。亀山さんはどう?」

「私も滝尾さんと同じですね」

「ところで君たち、役員の根回しはどうなった? 稲村君、会長はどんな反応だった?」

「田中会長には、今日の昼に彼の部屋に行って話しました。『もっと早く東条家を排除できていればね』とぽっつり言っていました。会長が反対に回る心配はありませんね」

「滝尾君と亀山君のほうはどういう段取りだ」

井浦に聞かれて、亀山が答えた。

「二人とも八時から手駒を集めています。私が人形町界隈《かいわい》の料理屋、滝尾さんが上野の料理屋に予約を取っています。こっちは心配無用です」

「そうか。じゃあ、今日はあまり長居はできないな。次の作戦会議をどうするか。明日やるか。ジュニアを解任したあと、同じ時間に、え、どうだ？」

三人ともうなずいた。

2

東都相銀本店六階の役員会議室は、日比谷通りと反対側の一番奥にある。長方形の部屋で、中央に長方形のテーブルがあり、両側に一〇人ずつ座れるようになっている。入り口と反対側の真ん中に社長の稲村保雄が座り、議長を務める。その左隣が会長の田中圭一、右隣が監査役の井浦重男の席と決まっているが、そのほかの役員は自分の好きな席に座ることになっている。部屋の一番奥に三人が座れる机があり、そこには秘書室長の小谷勝と秘書室員が一人、席に着いて書記を務める。

役員会はいつも正午からで、最初に仕出し弁当を取る。食事が終わると、コーヒーが運ばれ、それから議長の稲村が議事進行をする慣行になっていた。

二月二八日、木曜日正午、定刻には、監査役を含めた役員二〇人全員が集まり、食事が始まった。東条家のファミリー企業に対し、融資の返済を求める内容証明を送付したことは行内に広まっていたこともあって、いつになく張り詰めた雰囲気があり、隣同士の雑談も小声でコソコソした感じだった。

食事がすみ、稲村が開会を宣した。

「それでは会議を始めます。本日は決議する議題はありません。報告事項が三件です。お手元に資料が三枚あると思いますが、それぞれについて担当役員から説明してもらいます。それでは、亀山君、お願いします」

稲村の斜め前に席を取っていた亀山は、東都海洋クラブから担保として東都相銀株一二〇〇万株を受けた件、それに、墨田産業、東都都市開発、東都物産の東条ファミリー企業三社に対し融資の返済を求める内容証明郵便を出した件を簡単に説明した。

ジュニアの東条秀一は稲村の左側に三人置いた席で、ちょうど正面に座っていた亀山卓彦の顔をにらみつけ、説明を聞いていた。

説明が終わると、しばらく沈黙が支配した。秀一はじっと亀山をにらみつけたまま、身動き一つしなかった。

「質問はありますか」

議長の稲村が役員たちを見回した。目が合うと、そらす者ばかりで、質問は出なかった。

「少し、補足します。ご承知のように、昨年の日銀考査で当行の資産内容について厳しい指摘を受けました。この点については皆さんにも昨年末の役員会で説明しました。まぁ二件とも、担保不足を補塡《ほてん》して、回収を急ぐのが狙いです。これで、日銀さんにもご理解いただいて時間をかけて処理していくことが認められると考えています。それでは、三件目の報告事項は一月の営業報告です。これは、総務担当の滝尾常務に説明していただきます」

滝尾の説明は一〇分ほどで終わった。

「一応、議事はこれで終わりですが、ここで一つ提案があります」

事前の説明を受けている役員がほとんどだったので、緊張が走った。しかし、稲村の次の言葉が出ない。稲村の顔面が蒼白《そうはく》になった。

「え、えと、こっ、これは当行の死命を制することです。て、提案の内容は東条秀一さんの、常務本店長の職を解くというものです。秀一常務は当行の創業者、故東条義介氏のご長男で、大株主であります。しかし、当行が生き残るには融資先となっている東条ファミリー企業の業績を改善させ、資産内容をよくする必要があります。しゅ、秀一さんには、それに専念していただくという趣旨であります。そ、それでは、ご、ご、ご異議ありませんね」

「異議なし」と言う声がポッポッ出た。

「どうです。賛成の方は挙手をお願いします」

すぐに一五人が手を挙げ、残りの四人も周りを見ながら手を挙げた。ジュニアの秀一を除いて議決権のない監査役も含む一九人全員が解任に賛成した。それを見て、顔面を紅潮させた秀一が立ち上がり、「わかりました。今日のことは一生忘れません。覚えていてください。いいですね」と言って、会議室のドアを乱暴に開け、出て行った。

会議室にはバターンという激しい音が響いた。しばらく重苦しい沈鬱《ちんうつ》が支配した。

秀一が出て行った会議室の沈黙を破ったのは井浦だった。

「皆さん、当行が生き残るには、東条ファミリーを排除することが大前提です。これは第一歩です。頑張りましょう」

井浦はこう言って立ち上がった。会議室を出る井浦に稲村、滝尾、亀山が続き、田中会長ら他の役員はそれを黙って見つめるだけだった。

3

東都相銀の役員会議室を飛び出した東条秀一の頭のなかは真っ白だった。自室に戻ることなど、頭に浮かぶ余裕もなかった。正面玄関から外に出ると、日比谷通りを大手町方面に向かって足早に歩き出した。今にも雨の降り出しそうな曇天のなかだった。その形相は怒髪天を衝《つ》く、と言った感じで、行き交う通行人がときおり振り向くほどだった。

秀一は昭和二三年（一九四八年）二月二八日生まれ、ちょうど、この日が三七歳の誕生日だった。

秀一は昭和四五年に慶應《けいおう》義塾大学法学部を卒業し、司法試験の勉強を始めたが、受験に失敗した。自分の跡を継がせるつもりで、銀行業務の勉強をさせたかった父の義介は、日本長期開発銀行頭取の池本孝三郎《いけもとこうざぶろう》に息子の教育を頼んだ。秀一は昭和四九年に日本長期開発銀行に入行し、三年間修業を積み、昭和五二年六月、東都相銀取締役に就いた。義介の死を受けて常務に昇格、「オーナー」として井浦らに担がれた。犬猿の仲だった義兄の副社長、島田昌夫の追放劇でも、井浦らと行動をともにした。いってみれば、この五年間、秀一は井浦らと二人三脚で東都相銀を経営してきたという気持ちが強かった。

それだけに、内容証明郵便が来てから、裏切られたとは思った。しかし、解任までするとは想像だにしていなかった。怒り心頭だった。しかし、とっさの出来事で、ドアを激しく閉めることくらいしか、怒りを表現する方法が見つからなかった。

一〇分ほど歩いたろうか。日比谷交差点で信号待ちしたときだ。ようやく、秀一の網膜に周囲の風景が映像を結ぶようになった。ちょうど午後一時前、昼休みを終え、日比谷や丸の内のオフィス街に戻るサラリーマンたちが信号前の歩道に溢《あふ》れていた。

「いったい俺はどこへ行こうとしているんだ」

秀一は我に返った。

「そうだ。彼のところに行こう。彼なら相談に乗ってくれるだろう」

秀一が思い浮かべたのは、日本長期開発銀行の泊広夫《とまりひろお》だった。秀一が開発銀行で修業をしていた三年間、営業企画部調査役として世話役をしてくれた縁で親しくなり、今もときおり付き合っていた。

泊は昭和四二年に東大法学部を出て開発銀行に入ったエリート中のエリートで、秀一より三年先輩だった。当時、泊はいわゆるMOF担（大蔵省銀行局に連日通い、金融行政についての情報を集める仕事）ではなかったが、大蔵省はもちろん通産省、運輸省などの経済官庁に出入りして情報収集する役割だった。そのため、大蔵省で本流の主計局や主税局の同世代の官僚と親密に付き合い、ツーカーの仲になることが求められていた。

そうした官僚との懇親を深める狙いから、泊は月一回、同世代の官僚と若手の二世経営者たちを集めた勉強会を主宰していた。勉強会といっても、午後七時頃から料理屋でやる会合で、飲み会と言ったほうがよかったが、官僚にとっても二世経営者たちにとっても「将来プラスになる」という思惑からか、たいてい二〇人くらいは集まった。

あるとき、泊が秀一を誘った。

「東条君、今度、僕のやっている勉強会に来ないか。出てくるのは経済官庁の課長補佐クラスと、君と同じ慶應出身の二世経営者たちだな。二世経営者はたいてい、建設とか流通とかオーナー系の大企業の御曹司で、今、常務くらいのポストで修業中の連中だよ。僕がやっているから、皆、君より二、三年くらい上だけどな。幸い、銀行経営者の御曹司は一人もいない。どうだい?」

秀一は泊の提案を喜んで受け入れ、以来一〇年、泊の勉強会に参加している。官僚側のメンバーにはすでに課長になっている者もいたし、現在、銀行局の課長補佐になっている者もいた。秀一はその課長補佐に会うことも考えたが、「いくらなんでも、最初から監督官庁に駆け込むのはまずいだろう」と思い直し、泊を訪ねることにしたのだった。

開発銀行の本店は日比谷通りに面した銀行協会の裏手にあった。開発銀行本店に着く頃には、秀一も完全に落ち着きを取り戻し、一階の受付に立った秀一の姿からは「怒髪天を衝く」といった感じは消え、傍目《はため》には普通のサラリーマンの風情に戻っていた。

「会長秘書役の泊さんをお願いします。東都相銀の東条です。アポはないですが、ぜひ、三〇分ほどお目にかかりたいんです」

受付の女性が受話器を取り、連絡を取った。

「それでは一一階にお上がりください。少しお待ちいただくかもしれませんが、お会いできるそうです」

泊が在席しているとわかって、秀一はホッとした。一一階でエレベーターを降りると、秘書の女性が出迎えてくれ、応接室に案内してくれた。

応接室のソファーに身を沈め、一人きりになると、秀一はハタと気がついた。

「いったいどう切り出せばいいんだ。泊さんにはまだ何も話していない……」

秀一は考え込んだ。しかし、思いをめぐらす間もなく、秘書がお茶を運んできて、そのあとから泊が入ってきた。

「よう、秀一君、なんだい？　急に」

「いえ、まぁちょっと、近所に用事があったものですから。お忙しいのはわかっていたのですが、急に先輩の顔を見たくなって……」

「運がいいよ、君は。一か月のうち半分くらいは東京にいないからな。たまたま、今週は今日だけ本店でゆっくりできる」

そして、泊は右手の親指を上げて、

「今日はこれがプライベートの用事で休みなんだ」と続けた。

泊は二年前から開発銀行会長の池本孝三郎の秘書役に就き、内外を飛び回る池本会長に同行し、その活動を補佐するのが仕事だった。

「会長は相変わらずですか」

「そうね。エネルギッシュだね。ところで、なんだい？　ゆっくりできるといっても世間話をしている暇はないよ」

秘書がお茶を出し終えて部屋を出るのを見て、泊が切り出した。

「どうもすみません。お忙しいのに。実は驚天動地のことが起きたんです。泊先輩しか、相談相手が思い浮かばなかったんです」

お茶をすすっていた泊が茶碗《ちゃわん》をテーブルに置き、身を乗り出した。

「え、どうしたんだ？」

「今日、東都相銀常務を解任されたんです。ほんの三〇分ほど前です」

「解任されたってどういうことだ？」

「定例役員会で緊急動議が出され、可決されたんです」

「監査役の井浦重男さんとはうまくいっていたんだろ。違うのか」

「一年くらい前まではそうでした。僕も、井浦さんにあこがれて弁護士を目指そうとしたんですから。尊敬もしていたし、僕を支えてくれるとばかり思い込んでいましたよ。それが日銀考査の入った去年の秋くらいから、井浦さんが変なことを言うようになったんです」

「どんなことだい？」

「『東条家の資産を銀行再建のために提供せよ』と言い出したんです。僕は最初、冗談かと思いましたよ。でも、あまりしつこいので、僕は『それは筋違いだ。親父が死んだあとの不良資産は井浦さんたちのせいじゃないですか』と言い返したんです。それがきっかけになって、どんどん関係が悪化して、今年になってからは口も利かないという感じになっちゃったんです」

「しかしな、東都相銀は君がオーナーだろう。株だって過半数押さえているんだろう」

「ええ、つい最近までそうだったんですが、今、東条家で押さえているのは三四％だけです。二週間ほど前にわかったんですが、東都海洋クラブの保有している二〇％分の東都相銀株を、東都相銀が担保として取り上げてしまったんです。つまり、井浦さんが率いる東都相銀経営陣の支配下に入ってしまったわけです」

「井浦さんも乱暴なことをするね」

「それだけじゃないんです。株が取られた直後の二月一五日だったかな。今度は東条家のファミリー企業三社に対し、合計七〇〇億円の融資返済を求める内容証明が来たんです」

「それで、今日の常務解任か」

「そうです」

「日米開戦みたいだね。まさに真珠湾攻撃だ。君もびっくりしたろ」

「いや、驚天動地でしたよ。はらわたは煮えくり返っていましたけど、相手に動揺していると思われるわけにはいきませんから、この二週間、銀行には普段どおり、知らんふりして通いましたよ。でも、さすがに今日は我慢できませんでした。まさか、こんなに早く僕を追放するとは思いませんでしたから。『もう銀行がどうなろうと知らない』という覚悟ができました。徹底的に戦いますよ」

「まぁまぁ秀一君、お茶でも飲めや。ところで、返済期限はいつだ？」

興奮した秀一をなだめるように、泊がお茶を勧めた。秀一はビールでも飲むように茶碗をぐいっとやった。

「一か月以内ということですから、三月中旬です。返済できないときは代表者が個人保証して三社の保有有価証券を提出せよ、というんですよ。代表者は三社とも僕です」

「要するに、東条家の持っている東都相銀株を取り上げようということか」

「それが第一の狙いでしょうね。それが実現したら、次はファミリー企業の優良資産を取り上げるつもりでしょう」

泊は眉間《みけん》にしわを寄せて考え込んだ。そして、組んでいた腕を解《ほど》いて茶碗を取り上げ、冷めかかったお茶をすすった。

「厳しいな。ファミリー企業三社っていうのはどこなんだ？」

「墨田産業、東都都市開発、東都物産です」

「三社とも優良資産を持っているのか」

「経営陣が欲しいのは墨田産業と東都都市開発の二社ですね。東都物産はゴミためのような会社ですからね」

「それじゃ、墨田産業と東都都市開発の借金を返してしまえばいいだろう」

「それは僕も考えています。でも、合計で五五〇億円あるんです。そう簡単には用意できませんよ」

「うちの会長に頼んでみるか。だが、池《いけ》さんがウンと言っても頭取がね……。五五〇億円ともなると、右から左というわけにはいかないだろうな」

　開発銀行の池本会長は事業家肌のバンカーで、秀一の父、東条義介とも親しかった。開発銀行に三年勤務した秀一が池本会長に頼み込めば、ウンと言う可能性はあった。しかし、頭取の金尾久《かねおひさし》は堅実経営を基本にしたオーソドックスなバンカーで、清濁併せ呑《の》むタイプの池本との関係はしっくりいっていなかった。

「池本会長には頭取時代にお世話になったので、無理を言えば可能かなとも思いましたが、開発銀行から返済資金を借りるとしても、担保が足りないでしょう」

「東都相銀の株を担保にすればいいじゃないか」

「うちの銀行の株を三分の一、開発銀行が押さえることになりますよ。金融行政上の問題にもなるでしょう」

　開発銀行は長期金融を担う長期信用銀行法に基づく銀行で、金融債を発行して資金調達することが認められていたが、リテール（小口金融）業務を営むような店舗展開は認められていなかった。その開発銀行が首都圏だけとはいえ、東都相銀のような一〇〇店も店舗展開している銀行を系列下に置くとなれば、大蔵省も簡単にはOKを出せないことはハッキリしていた。

「そうだな。うちは無理だろうな。でもな、秀一君、株を持ったままで金を借りるのは無理だぞ。その辺はどう考えている?」

「できれば売りたくないですよ。東都相銀は親父が残したブランドですからね」

「秀一君、東都相銀の内容は相当悪いんだろ、君が株を持ち続けて現経営陣との争いに勝っても、あとが大変だぞ。結局、優良資産を東条家から持ち出さないと、再建はできないんじゃないか。そのことは考えているか?」

「ぼんやり考えていますが、踏ん切りはついていませんね」

「時間がない。早く腹を決めなきゃ駄目だぞ。東条家の優良資産だけを守りたいのか。それなら東都相銀の株を手放せばいい。そうすれば、絶対にカネを貸すところが出てくる」

「一週間ほど前から、あるルートで融資してくれる人を探しているんです。でも、今までは東都相銀株の売却を前提にはしていませんでした。泊先輩のおっしゃるように踏ん切りをつけなきゃいけませんね」

「東都相銀を君のファミリーで再建するのは無理だが、大手銀行がバックにつけば簡単だよ。店舗は都内主要駅の駅前、一等地にあるわけだろ。喉《のど》から手が出るほど欲しいところもあるはずだぞ」

「わかりました。泊先輩の言われる方向で考えます」

「おいおい、そんな悠長なこと言ってちゃ駄目だよ。今、決断しろ。決断すれば、誰か紹介するぞ」

「いや、決断しました。東都相銀株はすべて売ります。それで、現経営陣に反撃します。ただ、今スポンサーは探しています。そのルートが無理だったら、お願いします」

「そうか。それならいいが、事は急を要するぞ。相談する弁護士はいるのか」

「弁護士はまだ、誰とも相談していません」

「秀一君が東都相銀の株を手放して借金を返しても、それで決着とはならんぞ。相手のリーダーは元特捜検事の弁護士、井浦さんだろ。現経営陣との戦いは法廷闘争になるよ。修羅場に強い弁護士に心当たりがあるから、あとで連絡するよ」

「わかりました。先輩、よろしくお願いします」

泊は腕時計に目をやった。

「じゃあ、いいな。とにかく頑張れよ」

泊は立ち上がり、応接室のドアを開けた。

「お忙しいのにすみませんでした。スポンサーの目処《めど》がつかなければまた連絡します」

「あぁ。でも、こっちは頼まれてすぐに見つかるものでもないから、君の意向に関係なく、感触を探っておくよ」

「ありがとうございます」

秀一はエレベーターに乗り込み、泊広夫に深々と頭を下げた。

4

東都相銀が役員会で東条秀一常務を解任した二月二八日、木曜日は、夕方から小雨が降り出した。井浦重男たちがオーシャンホテルに集まる午後七時には本降りになっていた。三〇〇二号室に最初に着いたのは社長の稲村保雄だった。雨にぬれたコートをクローゼットに入れると、背広の上着も脱がずにベッドにばったりと倒れ込んだ。東都相銀に入ってから三十数年間のことが走馬灯のように駆け巡った。

「やるしかなかった。しかし、俺には荷の重い仕事だった」「これで、本当にうちの銀行の再生ができるのか」「いや、できるんだ。間違いない」。こんな自問自答を繰り返した。

午後七時ちょっと前に、井浦重男、滝尾史郎、亀山卓彦の順で、三〇〇二号室にメンバーが集まった。

「ご苦労さん。特に稲村君、歴史に残る大仕事、ご苦労さん。今日はそこのソファーでやろう」

井浦は楕円《だえん》形のテーブルの席でなく、応接用のソファーに腰を下ろしながら「亀山君、缶ビールでもやろうや」と促した。

亀山が隅の冷蔵庫から缶ビールを四つ取り出し、ガラスのテーブルに置いた。三人がソファーに身を沈めると、井浦が缶ビールを取るように勧めた。

「じゃあ、乾杯しよう。乾杯」

四人は軽く缶ビールを上げ、お互いに目礼した。

「稲村君、今日は本当にご苦労さん。ちょっと顔色が悪いが、大丈夫か」

井浦が疲れ切った表情の稲村を見つめた。

「いや、疲れましたよ。わずか数分ですけど、一時間くらいの感じがしましたね。頭ではわかっていても、実際やるとなると、長年世話になった東条ファミリーと訣別《けつべつ》する引き金を引くんですから。そりゃ、疲れますよ」

「そりゃそうだろうが、避けては通れないからな。でも、これからのほうがもっと大変だぞ」

「先生、わかっています。で、これからどうするんですか」

稲村は缶ビールを飲み干し、「ちょっと亀山君、君の残りをもらうぞ」と言って、下戸の亀山がひと口だけ口をつけた缶ビールを取り上げた。

「稲村君、どうするんですかじゃ困るぞ。もう動き出しているんだから。亀山君、君の考えを聞かせてくれ」

「今日、ジュニアは捨て台詞《ぜりふ》みたいなことは言いましたが、抵抗しませんでしたね。ちょっとそれが気になりますけど……。これからどう出てくるか、それ次第でしょうが、たぶん何もできないでしょう。ファミリーの資金源はうちの銀行ですからね。そこから縁切りされれば動けませんよ。我々としては、できるだけ早く東条家の持ち株比率を三分の一以下にすることが大事だと思います。そのためには東都物産の持ち株を押さえることがなんとしても必要だと思います」

滝尾が口を挟んだ。

「ジュニアはおいそれと担保には差し出さんだろう」

「そうです。だから、私は東都物産に会社更生法の適用を申請するのがいいように思います」

「いや、そんなことをしたら、うちが貸倒れ引当金を積まなきゃならんだろう」

「東都物産向け融資は一五〇億円です。半分引き当てても七五億円。それなら、耐えられますよ」

「ちょっと、待て」

ダンヒルをくゆらせながら、亀山と滝尾のやりとりを聞いていた井浦が割って入った。

「耐えられるだろうが、前に滝尾君が言っていたように信用不安を招く恐れがある。そうなったら藪蛇《やぶへび》だぞ。むしろ墨田産業の会社整理を申し立てるほうがいいんじゃないか。三〇〇億円の融資が返ってくるのは間違いないし、お釣りも相当ある。東条家だって自分の取り分を少しでも多くしたいだろうから、含みになっている貸ビルなどを残し、東都相銀の株はこっちに渡すんじゃないか」

会社整理は、企業に支払い不能や債務超過などの恐れがあるとき、債権者などが裁判所に申し立て、裁判所の監督のもとで企業を整理、再建させる手続きのことだ。申し立てができるのは、その企業の取締役、監査役、資本金の一〇%以上を有する債権者、六か月前より引き続き発行済み株式の三%以上を有する株主だ。裁判所が会社整理の開始命令を出し、選任した管理人が企業の財産管理を行う。再建の見込みがなければ、破産手続きに移行するが、墨田産業と東都都市開発は表面上は経営不振だが、含み資産が相当あり、破産に移行する心配はまったくなかった。

眼をつむって聞いていた稲村が「先生、それがいいかもしれませんね」と言いながら立ち上がり、冷蔵庫に行った。稲村は酒を飲んでもあまり顔に出ないたちだが、この日ばかりは普段と違っていた。

「先生、もう少しいかがですか。ちょうどあと四本あります」

紅潮した顔つきの稲村はそう言って、四缶を抱えるようにしてテーブルに運んできた。井浦はダンヒルを灰皿に置いて、「ありがとう」と言って缶ビールを開けた。

「ふうむ。そうだな。墨田産業一社より東都都市開発も一緒がいいな。まず、二社に会社整理を申し立てる。東都物産の会社更生法申請はそのあとだな。問題はいつ着手するかだ」

「先生。明日、明後日《あさって》というわけにはいかないでしょう。内容証明で示した返済期限は三月一三日です。その前に動くわけにはいきませんよ。期限が来てもジュニアの出方を少し見る必要がありますよね」

「亀山君の言うとおりだね。一週間か二週間は必要かな」

「じゃ三月末に、まずは墨田産業に会社整理、一週間置いて、東都都市開発にも会社整理を申し立てましょう。それから、様子を見ながら東都物産に会社更生法を申請することにしてはどうでしょう」

稲村が応じた。

「とにかく臨機応変に対応することが大事だ。亀山君は申請用の書類をすぐに作ってくれ。宮田《みやた》君と相談しながらな。それを保管しておいて、すぐに動けるようにしたい」

宮田というのは、顧問弁護士の宮田慎一《しんいち》のことである。井浦自身、東都相銀の顧問弁護士だったが、義介が亡くなってからは、東都相銀の経営を取り仕切り、顧問弁護士の仕事はやはり検事出身の後輩で、亀山と同窓同期の宮田に任せていた。

「わかりました」

「それから、今後の打ち合わせをどうするかも決めておく必要がある。ずっと四人で勝手に決めるのはまずいからな」

「先生、役員会で決めるわけにはいかんでしょう。常務会にでもしますか」

「正式には取締役会がいいがな。だが、実際にはその前に決めねばならん。常務会では人数が多すぎる。どうする亀山君」

「戦略はやはりこの四人で決めて、その後に田中会長を交えて決めることにしてはどうですか。大蔵OBの田中会長が参画していれば大蔵省も了解済みみたいなことになります。それから、必要があれば常務会と取締役会に諮るというのはどうでしょうか」

「それでいいな。じゃ、三月一三日が過ぎたら、稲村君が田中会長に話して打ち合わせをしよう。そこで会社整理申し立ての話をする。今日はそんなところかな。稲村君がお疲れだから、早々に引き揚げることにするか」

5

稲村ら三人は井浦重男を残し、オーシャンホテルを出た。品川駅前で、滝尾史郎が立ち止まり、稲村保雄に声を掛けた。

「ちょっと、一杯やっていきませんか」

「いや、今日は疲れた。勘弁してくれよ」

亀山卓彦が滝尾の残念そうな顔を見て、その背広の袖《そで》を引いた。

「私が付き合いましょう」

「亀山さん、申し訳ないな。飲まずに帰れない気分なんだ」

滝尾と亀山は駅の改札口に向かう稲村を見送り、駅ビルにある居酒屋に入った。居酒屋は八割方、席が埋まり、騒然としていた。

「ちょうどいいですな」

滝尾がそう言って入り口近くの空いている四人席に腰を下ろした。ビール一本とお銚子二本、刺身の盛り合わせを頼んだ。

「亀山さん、飲まないのにすみません。ビール一杯くらいはいいでしょう」

滝尾は亀山がグラスを取ったので、三分の二ほど注いだ。そして自分のグラスにも注ぎ、グラスを重ねた。

「亀山さん、私は手酌でやります。食事のつもりでお付き合いください。お嬢さん、ちょっと」

滝尾は手を挙げた。はっぴ姿の店員が来ると、寄せ鍋《なべ》とお茶を頼んだ。

「ビールがまずければ、お茶を飲んで聞いてくださいよ。亀山さん」

滝尾は社長の稲村より一歳年下の大正一四年（一九二五年）八月一三日生まれ。亀山より四歳年長、井浦より一歳年長だった。昭和二一年（一九四六年）に専修大学専門部法律科を卒業、国税マンとして東京国税局に勤務したが、昭和三〇年に東都相銀に入行した。亀山より七年早い入行だったが、役員になったのも常務昇格も亀山のほうが一年早かった。亀山は日本ヂーゼル部品株の仕手戦の責任を取って取締役に降格したので、現在は滝尾が常務、亀山が取締役という肩書で、序列的には滝尾が上になっていた。

しかし、亀山は井浦の信任が厚く、取締役に降格になってからも融資の実務を任されて、定例の資金会議などに出席、実際には融資の実権を握り続けていた。行内では「常務」と呼ばれ、「陰の実力者ナンバー2」とも言われていた。そんなこともあって、滝尾は亀山を「さん」付けで呼んでいた。

「今日はうちの銀行の新しい歴史が始まった日だと思うんですよ。でもね、僕は心配なんです。先生は自信満々のようですけど、ジュニアは意外に胆力がある男です。これからどう出てくるか、それを思うとね」

滝尾はお猪口《ちょこ》に酒を注ぎ、ぐいっと飲み干した。

「秀一さんはね、先生を信頼していました。司法試験を目指したのは先生を尊敬していたからです。その先生に闇夜に後ろからばっさり斬られたようなものです。法律の知識も結構あるし、彼の反撃を侮ってはいけないと思うんですね。どうでしょう」

「滝尾さん、先生だって侮ってはいませんよ」

亀山が滝尾を見つめて言った。滝尾はお猪口に酒を酌み、また飲み干した。滝尾の禿《は》げたおでこが光った。

「それはわかっています。でも不安なんですよ。行内にもジュニア支持勢力がいますからね」

滝尾は事務処理能力では亀山より劣っていたが、総務畑が長く、人事管理に長《た》けていた。行内に情報網を張り巡らし、批判勢力や不満分子は容赦なく左遷するという冷血な男だった。陰では「ゲシュタポ」と呼ばれ、恐れられていた。

「ジュニアの支持勢力がいる？　滝尾さん、本当ですか」

亀山が怪訝《けげん》な顔をして聞いた。滝尾はすぐには応《こた》えず、刺身をつまんだ。そして、またお猪口を空けた。

「まぁ私も〝ゲシュタポ〟なんて言われ、批判勢力の芽は摘んできました。でも、これまでジュニアは我々のサイドだったので、手はつけていないんです。けれど、若手中心にジュニアは人気があるんですよ」

「でも、若手なら大勢に影響はないでしょう」

「亀山さん、若手が白けちゃうと預金獲得に影響が出ます。それは覚悟しておかないといけないんです。長期戦はまずいんですよ」

「それは、先生もわかっています」

「でもですね。秀一さんがどう反撃してくるか。それ次第じゃ、長期戦になります」

「それは今、心配しても始まらんでしょう」

ちょうどそのとき、ガスコンロと寄せ鍋が運ばれてきた。

「滝尾さん、もうこの話はやめて、食いましょう」

滝尾は浮かない顔のまま、うなずいた。

6

〝クーデター〟から二週間は平穏な日々が続いた。常務を解任された東条秀一は東都相銀に出勤することはなかった。まったく音無しだった。三月一五日には会長の田中圭一を交えた打ち合わせもすみ、遅くとも三月末までに墨田産業に会社整理を申し立てる段取りが決まった。

井浦重男は「これなら、意外に早く東都相銀から東条家を完全に排除できるだろう」と、少し高をくくり始めた。

そんな井浦の高輪《たかなわ》の自宅マンションの電話が鳴った。三月二〇日、水曜日の朝六時である。

自宅マンションは八〇平方メートルほどの3LDKで、銀行経営者の住まいとしてはそれほど派手なものではなかった。だが一人暮らしには十分だったし、リビング、書斎、寝室それぞれに電話機があった。

電話のベルに目覚めた井浦が枕元の受話器を取ると、亀山卓彦だった。

「先生、大変です」

「どうしたんだ」

「今日の朝刊、見ましたか?」

「見てないよ。今、目覚めたんだから」

「そうですか。いえ、私も起こされたんです。先生もご存知の旭光《きよっこう》新聞社会部の大石眞吾《おおいししんご》記者から電話がありました。『今日のうちの朝刊を読んでくれ。東条家が反撃に出たことがわかる』。有無を言わさんという調子でした。それから『本当は昨日取材してもよかったんだけど、取材すると井浦さんが抑えようとするでしょうから見送りました。でも、これまでの取材の付き合いがあるから、朝一番で教えます』と言うんですよ。それで電話は切れました。私はすぐに朝刊を取って見ましたよ」

「それで、何が書いてあるんだ」

「いや、大変です。ジュニアが東都相銀株を全部売ってしまったらしいんです」

「何?　今日は朝から稲村君も滝尾君も呼んで緊急会議が必要だな。すぐに手配をしてくれ。場所は俺の事務所がいい。行内にバタバタしていると思われても困るから、時間は午前一〇時半からにしよう」

ここまで話して井浦は考え直した。

「いや、もう外でコソコソすることはないな。銀行で堂々とやったほうがいい。よし、俺の監査役室でやろう。場合によっては田中会長も呼ぼう。君が稲村君と滝尾君には連絡してくれ。それから田中会長は稲村君が銀行に出てから話せばいい」

井浦は受話器を置いて、しばらく仰向《あおむ》けに寝たまま動かなかった。そして、つぶやいた。

「もし事実なら、我々のシナリオは出だしからつまずいたことになる。どうするんだ。お前、え」

深呼吸して起き上がると、井浦はベッドルームから出て、リビングルーム脇のキッチンでコップを取った。そして、気持ちを落ち着けるように水を飲み、玄関の新聞受けに向かった。

旭光新聞を取って広げると、社会面トップに「東都相銀、オーナー常務を突然解任／株式売却で経営陣に反撃／三四％株主に実業家が登場」という見出しが躍っていた。

リビングのソファーに腰を下ろし、井浦は貪《むさぼ》るように読んだ。

大掛かりな仕手戦、大物政治家との癒着など数多くの疑惑が取り沙汰《ざた》されてきた東都相互銀行で、オーナーの東条秀一氏（37）が二月二八日、突然、常務本店長を解任されたことが明らかになった。表向きは、東条ファミリー企業三社への融資返済問題が理由とされているが、背景には経営権を巡るオーナー一族と経営陣の根深い対立がある。解任に対抗するため、秀一氏は東条家の保有する東都相銀全株式（持ち株比率三四％）を実業家の山田功《いさお》氏に売却、徹底抗戦する構えで、オーナー一族対現経営陣の対立がさらにエスカレートするのは確実だ。／東都相銀は、創業者で〝政商〟の異名を取った東条義介氏が昭和五四年に急死したあと、長男の秀一氏が二代目オーナーとなり、将来の社長と目されていた。その秀一氏を二月二八日に開かれた定例取締役会（監査役を含む二〇人全員出席）で、議長の稲村保雄社長が「常務、本店長から解任し非常勤取締役とする」件を提案し、可決した。解任の理由は東条家ファミリー企業の経営に専念してもらうため、という。／同相銀は都心中心に駅前に店舗を構え、「夜八時まで営業」をキャッチフレーズに急成長した。資金量は一兆二〇〇〇億円で、相銀五位。／昨年九月末現在の貸出金九〇〇〇億円のうち、二〇〇〇億円が東条家のファミリー関連の企業向けで、その多くが元利とも返済が滞っている。このため、これまでにも大蔵省の銀行検査や日銀考査で、その不健全な資産内容が問題とされていた。昨年秋の日銀考査でも追い貸し（利払いのための融資）をストップし、回収を急ぐように求められた、という。／これを受け、経営陣がファミリー企業向け融資を回収するため、まず、最大の融資先である東都海洋クラブ（融資額一〇〇〇億円）の保有する東都相銀株一二〇〇万株を担保として取得、次いで、墨田産業、東都都市開発、東都物産のファミリー企業中核三社に対し、代表者の個人保証と保有有価証券の提出を求めた。この中核三社の社長を務めているのが秀一氏で、「その経営に専念してほしい」として東都相銀常務を解任したのだ。／同相銀の発行済み株式は六〇〇〇万株で、これまで東条家が過半数を握っていたが、経営陣が二〇％に相当する一二〇〇万株を押さえたことで、中核三社を含めた東条家が保有する株比率は三四％に減った。しかも、経営陣は担保として中核三社の保有株の提供を求めており、秀一氏はそれを避けるため、三四％分をすべて、埼山《さきやま》財閥の資産管理会社、埼山興業の山田功社長に売却してしまったのだ。さらに、秀一氏は山田社長の支援を受け、近く中核三社の借入金の一部を返済する意向という。

この本記と言われる記事の脇に、サイド記事も載っていた。その記事の見出しは、「『最後で最大の内紛』〝東条家〟対〝実権派四人組〟東都相銀の対立、エスカレート」だった。

今回の東都相銀の内紛は「最後で最大の衝突」といえる。その帰趨《きすう》によってはかつての仕手戦に絡む疑惑や、首相経験者を含む政治家とのつながりなど数々のスキャンダルの真相が明らかになる可能性がある一方、東都相銀の経営危機につながる恐れもあり、当局の出方も注目される。／東都相銀は東条義介氏が昭和二四年に創業した東都貯蓄殖産無尽が前身。二六年の相互銀行法の施行を受け東都相銀になった。夜八時まで店を開けていたため、世間では庶民の銀行として親しまれていた。しかしそれは表の話で、内実は創業者である義介氏のワンマン会社で、同氏により私物化された問題銀行だった。義介氏は同相銀の資金を湯水のごとくファミリー企業につぎ込み、株の仕手戦や不動産、ゴルフ場投資に使い、多額の不良債権を抱える事態になっていた。／義介氏が健在なうちは東都相銀の経営陣は一枚岩だったが、義介氏が昭和五四年六月に急逝すると、内紛が始まった。背景には同相銀の経営権を巡る長男の秀一常務と、その義兄（義介氏の長女の夫）の島田昌夫副社長の確執があった。／当時、社長は義介氏の弟の義治氏だったが、経営の実権は井浦重男監査役、稲村副社長、滝尾史郎常務、亀山卓彦取締役の四人が握りつつあった。仕手戦で抱え込んだ損失の処理を取り仕切ったからだ。／井浦氏ら四人は義介氏亡き後、長男の秀一氏を担ぎ、義治社長と手を組んだ島田昌夫副社長の排除に動いた。昭和五五年には島田副社長を引責辞任に追い込み、義治社長も会長に棚上げし、稲村氏を社長に就けた。さらに、昭和五八年には大蔵省から会長含みでOBの田中圭一氏（元環境庁事務次官）を受け入れた。この頃から井浦氏ら四人は完全に東都相銀の経営の実権を掌握、行内で〝実権派四人組〟といわれるようになった。／〝三奉行〟といわれていた義介氏の社外の取り巻きグループは、当初、中立の立場を取っていたが、徐々に〝実権派四人組〟に擦り寄るようになった。〝三奉行〟はみな東都相銀から多額の融資を受けており、その回収を求められては困ると思い出したからである。／こうしたなかで、昨年秋、日銀の考査が入り、ファミリー企業向け融資の回収を急ぐよう厳しく迫られた。このため〝四人組〟は大蔵省や日銀の当局が「こちらの味方」と判断、〝蜜月《みつげつ》〟だった秀一氏を切りにかかったのだ。／双方が今後、どんな手立てを取るか不透明だが、泥仕合になるのは必至と見られる。東都相銀は多額の不良債権を抱えているだけに、今後、同相銀の経営問題に発展するのでは、と危惧《きぐ》する向きもある。

読み終わって、井浦は「〝実権派四人組〟か。うまいことというな」と独り言を言った。

〝実権派四人組〟は中国の政争からヒントを得た造語だと、すぐに思ったのである。

昭和四〇年代の一〇年間、中国では〝文化大革命〟という嵐が吹き荒れた。昭和四一年（一九六六年）八月八日、中国共産党八期一一中全会（第一一回中央委員会全体会議）で「プロレタリア文化大革命に関する決定」が発表され、資本主義の道を歩む実権派を打倒すること、四旧（旧思想・旧文化・旧風俗・旧習慣）を打破すること、そのためにパリ＝コミューン型の大衆組織を創出することなどが打ち出された。それを主導したのが各地の大学・高校・中学の学生を中心につくられた政治運動組織、紅衛兵であった。担いだのが毛《もう》沢東《たくとう》で、裏で紅衛兵を操ったのが毛沢東夫人の江青、張春橋、王洪文、姚《よう》文元の「四人組」だった。攻撃の対象になったのが劉少奇《りゅうしょうき》・鄧小平《とうしょうへい》ら実権派で、文化大革命では「実権派」と「四人組」は相対立する関係だったが、東都相銀ではその〝実権派〟と〝四人組〟を一緒にしたのである。

井浦はそんなことを思ったが、すぐ我に返った。

「これはやばいぞ」

そして、今度はリビングにある受話器を取った。亀山に電話するためだった。

「井浦だが、亀山君か。銀行でやる会議は一〇時半からでいいが、その前に二人で会いたい。八時半にオーシャンホテルのロビーに来てくれよ。それに稲村君と滝尾君には連絡したな。それならいい、じゃ、八時半にまた。あ、ちょっと待て。旭光新聞の大石記者にできれば午後に会いたい。都合を聞いておいてくれ。ふむ。じゃ、頼んだぞ」

井浦の自宅マンションはオーシャンホテルから歩いて一〇分ほどのところにある。迎えの車は午前一〇時に来る。その前にマンションに戻る必要があり、それで、八時半に設定したのだ。

井浦は、午前八時過ぎにマンションを出た。外は春めいていた。明るい日差しのなか、裏道を歩く井浦に当たる風が心地よかった。八時二〇分過ぎにオーシャンホテルのロビーに着くと、すでにロビーのソファーに腰を下ろしていた亀山が立ち上がり、寄ってきた。

「そこのティールームにしよう」

二人はロビーの奥にあるティールームに入った。混み合っていたが、隅の席が空いていた。二人はそこに座り、朝食セットを取った。

「亀山君、ちょっと困ったことになったな」

「そうですね。計画を急ぐしかありませんね」

「それは当然だし、この件は稲村君たちを加えて相談する。それよりな、最大の問題は埼山財閥の資産管理会社、埼山興業と、その山田功社長だ。君は知っているか」

「聞いたことがある程度ですね」

「とにかくだな、埼山興業と山田とかいう社長が太い資金パイプを持っていたらことだ。東条家の株式の買い取りだけじゃすまんぞ。融資だって返済してくるかもしれん。記事には最後にそう書いてある」

「どうでしょう。株売却で得られる資金は約六〇億円です。これじゃ返済できませんよ」

「もし、埼山興業か山田社長が返済資金を用立てたらどうなる?」

「できますかね」

「できるかできないかは、調べてみなきゃわからんだろう」

「そうですね」

「君は君で調査してくれ。俺もいくつか当たってみる。返済してきたらシナリオが狂うからな」

「わかりました」

「それから、大石記者はどうなった?」

「あのあともう一度電話しました。午後ならいいそうです。時間はあとで連絡すると言ってあります」

「そうか。わかった。君はもう銀行に出勤したほうがいいだろう。ここはいいから」

亀山は立ち上がり、井浦に目礼して立ち去った。残った井浦はコーヒーを口に運びながら考えた。

「もし墨田産業と東都都市開発への融資を全額返済されたら、会社整理もできないし、株式の取得も困難になる。そうなると東都物産の会社更生法だけになる。これは両刃の剣だ。こっちも返り血を浴びる。それだけじゃない。東条家が優良資産を独り占めして、銀行には不良資産だけが残されることにもなりかねない」

さすがのカミソリ井浦も名案は浮かばなかった。

「とにかく情報だ、とにかく情報だ」

井浦はこうつぶやきながら、ティールームを出た。

いったんマンションに戻った井浦が東都相銀本店に出勤し、監査役室に入ったのは午前一〇時一五分過ぎだった。すぐに、秘書の伊藤幸子が社長の稲村らに連絡した。

四人が集まり、応接用のソファーに着くと、伊藤幸子がお茶を運んできた。

井浦はそのお茶を飲みながら、上目づかいに三人をにらんだ。

「旭光新聞は読んだな」

「はい、読みました。ちょっと困った事態になりましたね」

稲村が深刻な顔つきで答えた。

「でも社長、記事は事実なんですか」

「滝尾さん、事実と考えたほうがいいですよ。まだ一〇〇%事実とは言えませんが、うちの事情に精通していて、東条家にも食い込んでいる大石記者が書いたものですから」

亀山が稲村に代わって答えた。

「そうか、じゃあ、ちょっと厳しいか」

「ところで、田中会長はどうした？」

「あ、先生に連絡していませんでしたが、今日の午前中は外の会合に出ていて、出社が昼過ぎのようです。緊急事態ということで、会合を途中退席してもらうことも考えたんですが、それはまずいと思いまして、とりあえず、あとで私が説明しようと思っています」

稲村が答えた。

「そうか、今日はそれでいいな。だが、次からは田中会長にも議論に参加してもらおう。まぁそれはいいとして、問題は埼山興業と山田とかいう社長だ。君たち、何か情報はないか」

三人とも顔を見合わせ、首を振った。しばらく沈黙が支配したが、亀山がそれを破った。

「わかっているのは、埼山財閥というのは金融財閥で、今の大東京生命などがその系列だということくらいです。でも、資産管理会社の埼山興業というのはよくわかりません。東条家とどういう関係なのかも不明です」

亀山がここまで話したとき、ドアがノックされて秘書の伊藤幸子が入ってきた。

「先生、今、田所さんという方から電話が入っています。どうされますか。あとになさいますか」

普段なら会議中だと電話は取り次がないが、井浦が出勤してすぐに、会議が終わったら田所に電話するよう指示していたので、伊藤も気を利かせたのだった。

「うん、今、出よう。つないでくれ」

井浦は立ち上がると執務机の電話に向かった。立ったまま受話器を取り、話し始めた。

「あぁ田所さん。急になんでしょうか。『騒ぎ』ですか？　そんなことありませんよ。『旭光新聞』？　読みましたよ。え、『面白い情報』？　この間、たまには寄れよと言いましたよね。いつでもいいですよ。今日ですか。かまいませんよ。あとで連絡しますよ。せっかくだから夕食でもどうでしょう。いいですか。じゃあ、のちほど時間と場所を連絡します。連絡先はこの間いただいた名刺のところでいいんですな。午後一番で連絡しましょう。それじゃまたあとで。楽しみにしていますよ」

井浦は三人のところに戻り、電話の説明を始めた。

「やりとりでおおよそ想像はつくだろうが、田所というのはフリーのジャーナリストでな。仕手戦の失敗のとき取材していた記者だよ。亀山君は会ったことがあるんじゃないか」

「たぶんありますね。でも、あのときは先生が頻繁に接触していたと思います」

「ふうむ。それでな、一月末だったかな、日比谷図書館のあたりでばったり出会ったんだ。『すっかりお見限りだね』と言ってやったら、『近いうちにお邪魔します』と言ってたんだが、その後何も連絡してこなかった。それが旭光新聞に記事が出たんで電話してきたわけだ。まぁ現金なものだが、『面白い情報がある』そうだから、埼山興業の件もあるし、今日会ってみるよ。一人のほうがいいだろう。な、亀山君」

「そうですね。私も、一、二度会ったことがあるかな、という程度の記憶ですから、先生に一人でお願いしたほうがいいでしょう」

「よし、わかった。だがな、田所という男、ブラックに近いジャーナリストだ。敵か味方か判断するのに慎重じゃないといけない。それなりの手立ては講じるが、敵に情報がある程度もれる可能性もある。とにかく、田所のことはこの四人限りにしてほしい。これからは田中会長も交えて相談することが多くなるから気をつけてくれ。まだ海のものとも山のものともわからんし、何もかも情報を共有するわけにはいかない。田中会長は突き詰めれば当局の人間だからな。当面、田所から得た情報は四人以外のところでは情報源を秘匿すること、いいな。さて、それじゃあ会社整理の件だが、これをどうするかだ。稲村君」

「すぐにやる必要がありますね。書類はできているんだな。亀山君」

会社整理を申し立てるには、倒産状態に陥った経過や現状、会社の再建の見込みがあることを書いた申立書と、その証拠となる添付書類を裁判所に提出する必要がある。

「ええ、できています。宮田慎一弁護士のところにあります。この前の話では三月末に墨田産業、一週間の間を置いて東都都市開発という段取りでしたが……」

「やはり一緒にしよう。明日、二一日に東京地裁に持ち込んでくれ。ああ、二一日は春分の日か。じゃあ明後日《あさって》、二二日に必ずやってくれ」

「わかりました。でも、もし東条家が二社の借金を返済してきたらどうします？」

「そうなると困るが、金額が大きいからそう簡単にはいかないさ、今日、明日ということはないだろう。だが、急ぐ必要はあるので、二二日には必ずやってくれよ」

「提訴したあとに返済された場合はどうでしょう」

「それは難しいぞ。時間稼ぎはできるが、株式は押さえられない。その場合は、返り血覚悟で東都物産の会社更生法申請しかないだろう。だから、別ルートでの株式取得も模索しなきゃならんかもしれん。ところでな、旭光新聞の大石記者には今日午後に俺と亀山君で会う。稲村君は田中会長と相談してくれ」

「え、どういうことです？」

　不意に矛先が向いた稲村が慌てて聞いた。

「一つは、会社整理の件を報告して了解を取ることだ。できれば彼に結論を出させる方向で話すのがいい。もう一つは埼山興業と山田社長のことを知っているかもしれないから、聞いてみてくれ」

「わかりました」

「あ、ちょっと待て。これからは情報が大事だ。少しでも新しい情報があれば共有する必要がある。亀山君に集中するのがいいな。田所の話は別にして、共有のネットワークには田中会長も加えたほうがいい。当局の情報も重要だからな。どういう仕組みでやるかは、君たちで相談してくれよ」

　井浦の部屋を出た三人はすぐに稲村の部屋に入った。

「情報交換、どうする？」

部屋に入るなり、稲村が二人に聞いた。

「毎週月曜日にやってはどうですか。先生が出勤する午前一〇時半から、場所は社長のこの部屋でどうです。それに、情報は私に集中することにしてください。私が必ず一日に朝と夕の二回、先生に報告します」

亀山が即座に答えた。

「滝尾君、どうだい？　それでいいかな」

「いいですね。〝御前会議〟とでも呼びますか」

「うまいこと言いますね、滝尾さんは。隠語のほうがいいから、それでいきますか。第一回の〝御前会議〟は来週にしましょう。先生には私が報告しておきますよ」

稲村がうなずくのを見て、亀山と滝尾は稲村の部屋を出た。そして、一階下の五階にある融資担当役員室に入った。滝尾が話があるといった風情で、亀山についてきたのだ。

「一本電話させてください」

滝尾がソファーに腰を下ろしたが、亀山は立ったまま執務机の受話器を取った。旭光新聞記者の大石眞吾に電話するためだった。用件はすぐにすみ、亀山は滝尾の前に座った。

「なんですか。滝尾さん」

「先生は自信満々の様子だけど、厳しいと思いませんか。亀山さん」

金縁のメガネの奥の眼が不安げだった。

「厳しいかもしれませんね。でも、先生がこれまで失敗したことがありますか」

「それはそうです。でも心配なんですよ。先生は、銀行に対する外からの攻撃をかわすのに類《たぐ》いまれな力を発揮されました。でも、攻撃するのは初めてです」

「いや、島田副社長の追い落としだってやっています。検事時代は〝カミソリ井浦〟と呼ばれた男です。心配無用ですよ」

島田昌夫は昭和一五年（一九四〇年）五月二四日生まれ、井浦の一四歳年下だった。井浦同様に東大法学部卒、昭和三八年に警察庁に入った。島田が二五歳の昭和四〇年、義介の長女・君子と結婚、三年後の四三年に警察官僚を辞めて東都相銀に常務で入行した。義介が亡くなる四年前の昭和五〇年には副社長に就いた。ジュニアの秀一より八歳年上だったこともあり、義介の後継者は自分だと思い込んでいて、秀一が五二年に入行すると二人の確執が始まった。義介が亡くなると、二人の対立は抜き差しならないものになってしまった。

島田はエリート臭をプンプンさせた男で、行内では孤立した存在だった。しかも同じ東大卒ということから、井浦にさえ対抗心むき出しで、井浦の戦略に異論を唱えることもしばしばだった。そこで、井浦らが秀一を担いで辞任に追い込んだのである。昭和五五年のことだ。そして、二年後の五七年には東都海洋クラブ社長のポストからも追われ、島田は完全に東条家ファミリーから追放された。

「あのときは、我々が辞表を胸にして副社長辞任を迫ったんでしたね。それがうまくいったわけですが、島田さんは行内で総スカンでしたからね。それに、彼はブラックなどを使って東都相銀の信用を貶《おとし》めるような宣伝をして、それがバレましたからね」

「そうでしたね。三年前、我々が海洋クラブ社長を解任できたのも彼が自分で墓穴を掘ったからでした。ブラックを使うだけならまだしも、『週刊日本経済』のインタビューで堂々とうちの銀行の批判を展開したんですからね」

「今度は違いますよ。秀一さんはひ弱そうに見えますが、気の強い男ですし、力もあります。僕はそう見ているんです。行内に人気もあります」

「まぁ、そう心配しても始まりません。井浦さんを信頼しましょうよ」

「信頼しないなんて言ってませんよ。ただ、守りと攻めは違うという感じがするんです。守りと違って、攻めでは強気と過信が裏目に出ることもありますから」

「じゃ、どうすればいいんですか」

滝尾は答えに窮した。そのとき電話が鳴った。井浦からだった。

7

東条家ジュニアの秀一が東都相互銀行株二〇四〇万株を埼山興業社長の山田功に売却したことは、井浦ら東都相銀の〝実権派四人組〟にとっては衝撃だった。〝四人組〟が描いたシナリオは、まず、東条家の東都相銀株式の保有比率を三分の一以下にして資本面の支配を排除、そのうえで東条家の資産を取り上げ、東都相銀のファミリー企業向け融資を削減するというものだった。その大前提が崩れたことになるからだ。

しかし、井浦重男は自信家で冷静沈着な男であった。対抗策に妙案がなかなか浮かばなくても、井浦は表立って苛《いら》ついたりすることはなく、人にはそんな様子はおくびにも出さず、普段どおりに接するタイプだった。

だが、監査役室で一人になると、イライラが顔に出た。稲村ら三人が部屋を出ると、すぐに応接用テーブルに置かれた三月二〇日付旭光新聞の朝刊を乱暴に取り上げ、執務机に放り投げた。

井浦は座った執務机の椅子を回転させ、窓から外を見つめた。そこには明るい日差しがあった。眼をつむって温和な日差しにあたっていると、潮が引くように気持ちが静まっていった。

うつらうつらしていた井浦はノックの音にハッとした。

秘書の伊藤幸子だった。

「昼食はどうしましょう。それから、午後の予定はどうですか」

「昼食は行員食堂の定食を持ってきてくれ。午後は事務所に行かないで、ここにいるだろう。昼食を運んでくるときまでに決めておくよ」

伊藤幸子が出て行くと、井浦はダンヒルに火をつけ、亀山卓彦に電話をした。亀山が、先行きに不安を募らせた滝尾史郎の話を聞いているときだった。

亀山は、旭光新聞社会部記者の大石眞吾が午後二時に来て井浦の部屋で会う約束になったこと、毎週月曜日午前一〇時半から稲村保雄の社長室で〝御前会議〟をやること、この二点を伝えた。井浦は、それを聞いて昼食を取った。

昼食を終え、ダンヒルに火をつけたとき、稲村から電話があった。会長の田中圭一への報告の結果だった。井浦の思惑どおり、田中は会社整理を急ぐように指示したが、埼山興業社長の山田については、案の定情報はなかった。

午後一時半過ぎ、秘書の伊藤幸子が入ってきて咳《せ》き込むのを見て、井浦は部屋の窓を開けた。ひっきりなしにダンヒルを吸っていたのだ。

「午後二時に来客がある。その間は電話を取り次がないように。それから、少し入り口のドアも開けておいてくれ。煙が充満している感じだからな」

「わかりました」

伊藤幸子はタバコの吸い殻で一杯になった灰皿を持って出て行った。そして、しばらくしてきれいな灰皿を持って戻った。

「新橋シティホテルの予約は取れたかな」

「はい、午後六時から『いろり』の個室を取りました」

「それなら悪いが、朝、渡したところに電話をして、田所さんに場所と時間を伝えておいてくれ」

井浦は疑い深い人間で、田所のような男に会うときは、自分ですべてやるのが常だったが、この日は自分でやる気にはならなかった。

午後二時少し前、亀山が大石と一緒に監査役室に来た。大石は先に亀山の部屋に立ち寄り、そこから監査役室にやってきたのだった。

井浦は大石を入り口まで出迎え、「大石さん、お久しぶり」と見上げるように言って、握手した。大石の肩書は「旭光新聞東京本社編集局社会部記者」である。

身長一八〇センチを超す、髭《ひげ》の濃い大柄な男だった。色白なだけに、あごから口の周りの黒さが際立っていた。

井浦が応接用のソファーに案内し、大石は奥に一人で座り、井浦と亀山が相対した。秘書の伊藤幸子がコーヒーを運んできた。井浦はコーヒーに砂糖とミルクを入れてスプーンでかき混ぜながら言った。

「大石さん、すっかりご無沙汰《ぶさた》してしまって。いつ以来でしょうかね」

「井浦さん、僕は一回しか会っていませんよ。会ってくれなかったでしょう」

「そうでしたかね。うちの親父が亡くなって、仕手戦の処理でうちがマスコミ攻めされているときでしたね。でも、この亀山のところにはよくお見えだったようで、彼から大石さんの話はよく聞いていたんですよ。もう五年くらいは経ちますよね。稲村が社長になった頃ですから。まぁご無礼があったとすれば、申し訳ありませんでした。ときに今のご関心はなんでしょうか」

「いや、東都相銀さんもこのところ落ち着いていましたからね。それに、僕は一年前まで東京にいなかったんですよ。四年ほど大阪に行っていたんです。東都相銀さんが静かでよかったですよ」

大石は長髪の頭をかき上げながら笑った。

「困りますな。うちばかりメシの種にされては。大石さん、お手柔らかにお願いしますよ。うちだって、今、経営正常化に向けて頑張っている最中ですから。『最後で最大の内紛』だなんて書かれちゃ困るんですよ」

「大石さん、記事を書くなら、我々にも取材してくれないと困ります」

井浦の発言を補足するように、亀山が言った。

「いや、役員の方には取材しましたよ。誰とは言えませんけどね。でも、井浦さんや亀山さんを取材したら、記事を潰《つぶ》しにかかったでしょ」

「そんなことはないさ。一方だけ取材するんじゃ公平じゃないでしょう。大石さんは東条家と前から親しかったですからね。裏があるんじゃないですか」

亀山の刺々《とげとげ》しい言い方に、まだ三〇代半ばで血気盛んな大石が眼を剝《む》いた。

「どこか記事に問題でもあるんですか？　あるんなら訴えてもらってもいいんですよ」

「まぁ亀山君、出てしまったことはいいじゃないか。こうして来てくれたんだから、我々の狙いもわかってくれているよ。そうですよね、大石さん」

大石と亀山の激しいやりとりに、井浦がとりなすように割って入った。

「そりゃ僕だって、どっちかの味方になるつもりはありませんよ。僕はですね、今、何が起きているかを伝えるだけです。それをすることが日本のためにもなるし、東都相銀さんのためにもなると思っているんです」

「それはもう、よくわかっています。しかしですな、我々もうちの銀行を正常化するために立ち上がったんです。東条家と絶縁する以外にうちの銀行は生き残れません。我々のやっていることは、大蔵省や日銀の理解も得られているんですよ。だから大石さんにもご支援願いたいんですよ。それでですな、大石さん。少し教えてほしいことがあるんです。取材源の秘匿というやつで、言えないこともあるんでしょうが、できる範囲でお願いしたいんですよ。一つは埼山興業っていうのはどんな会社ですか」

「そんなことならお教えしますよ。埼山財閥の資産管理会社です。水戸藩の御用商人である埼山吉右衛門《きちえもん》が築き上げた金融財閥です。ほら、大東京生命、大東京海上火災、大東京信託銀行などがそのグループですよ」

「そのくらいは我々も知っていますが、山田社長というのはどういう男です」

「山田さんね。これはちょっとね。まぁ三代目の埼山吉右衛門に可愛がられ、一五年ほど前に埼山興業の終身社長になったらしいですね」

「らしい、ってことは会っていないんですか」

「ええ、まぁ。まだ会っていません。でも、近々会えると思いますけどね」

「埼山興業というのはカネは持っているんですか」

「井浦さん、ちょっと勘違いなさっているんじゃないですか。東条家から株を買い取ったのは山田社長個人ですよ。埼山興業じゃありません」

「それだって、埼山興業から資金を用立ててもらうことはありうるでしょう」

「ああ、そういうことね。いや、それは無理ですね。資産管理の会社ですから」

「じゃ、山田社長はどこからカネを調達しているんです」

「それがね。スポンサーがいるんですよ」

「どこなんです」

「いや、それはいずれ記事にするので、今は言えません。でも、株買い取り資金だけじゃないですよ。たぶん墨田産業と東都都市開発の借り入れの返済資金も用立てるんじゃないかな」

「たしかに、あなたの記事にはそう書いてあった。でも、半端な金額じゃないですぞ。株買い取り資金だって今の株価からすると約六〇億円です。上場はしていないが、店頭市場で公開しているから株価がついている。三〇〇円近辺ですからね。それに墨田産業が三〇〇億円、東都都市開発が二五〇億円借りています。合計すれば六〇〇億円を上回ります。そんなカネを用立てることのできる者がいるんでしょうか、本当に」

「いると思ったほうがいいですよ。どっちにしても井浦さん、もう揉《も》め事はよしにしたらどうです。行員のことを考えたらどうです。東条家と折り合いをつけて、過去も清算して再出発したらどうです」

「何を言うんですか、大石さん。我々があなたの言うように再出発するためには、東条家と絶縁するのが不可欠なんです。私たちは行員の将来の生活のためにやっているんですよ。

間違えないでください」

「しかしですね。このまま内紛がエスカレートすれば経営危機ですよ、東都相銀は」

亀山が立ち上がらんばかりに身を乗り出した。それを見て、井浦は亀山を手で制するようにして「亀山君、まぁいい」と言って続けた。

「大石さん、あなたのおっしゃることはよくわかります。我々もできればそうしたいと考えています。今後も、できたら情報交換したいと思います。よろしいですか」

「いいですよ。僕だって東都相銀に再出発してほしいんですから」

大石は腕時計を見た。午後三時少し前だった。

「お忙しいところ申し訳ありませんが、最後に一つだけお願いします。山田さんはいつ株式を取得されたんですか」

「それは申しかねます」

「そう、おっしゃらずに、少しお願いしますよ」

「ごく最近ですよ」

「今週だと思っていいですか」

「まぁそんなところです。さぁそろそろ失礼しなければ。次のアポイントがありますから」と言って大石は立ち上がった。

井浦と亀山は大石をエレベーターホールまで送って出た。大石がエレベーターに乗り込む前に「また、ご連絡差し上げます。当行のためです。よろしくお願いします」と、井浦が念を押した。

「わかりました。こちらからも連絡しましょう」

大石がそう答えたとき、エレベーターのドアが閉まった。

井浦と亀山は黙って監査役室に戻った。テーブルは片付いていた。二人はソファーに向かい合って座った。

「君、大石君は大事にしなきゃいかんぞ。それにしても、彼の言うことは本当かな。本当だったら、ことだぞ」

井浦はダンヒルに火をつけながら、難しい顔をした。

「先生、いったいどこなんでしょう。東条家のスポンサーは」

「それがわかれば苦労はない。だから早く調べなきゃいかん。君も全力を尽くしてくれ」

「わかりました。今晩の田所氏との会食で、いい情報が得られるといいですね」

亀山はそう言って立ち上がり、井浦に一礼してドアに向かった。井浦は座ったまま亀山の後ろ姿に向かって声を掛けた。

「あまり期待しないでくれよ。調べてほしいと頼むことくらいはできるだろうけどな」

亀山はドアのところで振り向いた。

「わかっています。会社整理申請の準備はほぼ終わっています。二二日に申請できると思います。できることからきちっとやりますよ」

亀山の表情は終始硬かった。一人残った井浦はソファーから立ち上がり、執務机の椅子に座り直した。椅子を回転させ、机を背にして目をつむった。ビルの谷間から西日が差し、目を閉じてもまぶしかった。疲れが出たのか、井浦は少しうとうとした。

8

その日、三月二〇日午後五時半過ぎ。場所は新橋シティホテル。地下一階の和食「いろり」の一〇畳ほどの個室に井浦重男はいた。仲居がお茶と一緒に持ってきた毎朝新聞の夕刊を読んでいた。旭光新聞朝刊のスクープの後追い記事は載っていなかった。滝尾常務の担当している総務部に数件、取材があったが、大石記者のように東都相銀の内情に通じていないとすぐには記事にできなかったのだろう。

午後六時少し前、仲居が田所波人を案内してきた。井浦は立ち上がって、床の間を背にした席を勧めた。田所は、今日はこげ茶の背広を着ていた。一月末に日比谷公園で出会ったときは暗いなかだったのでよくわからなかったが、ときどき会っていた五年前よりかなり髪が薄くなっていた。

「いや、田所さん、ご足労いただいて申し訳ありません。今日はふぐのコースでいいですね」

「そんな、井浦さんらしくもない、冬場に咲くサクラみたいですよ。私は何でもかまいません」

腰が低いという表現から最も遠い存在の井浦があまりにも下手に出たので、田所は拍子抜けした。

「じゃ、コースで頼みましょう。田所さん、ビールでいいですか」

田所がうなずくと、井浦は仲居と田所にこもごも眼をやった。

「ビールを三本持ってきてよ。銘柄はどこでもいいよ。それで、いいですね。それからお酌はいいよ。自分たちでやるから」

すぐに突き出しと一緒にビールが運ばれた。井浦が田所にビールを注ぎ、自分のグラスにも注いだ。

「本当に今日はありがとうございます。じゃあ」と井浦が言って、二人はグラスを当てた。

そして、一気に飲み干した。

「ああ、うまい。今日は本当に疲れた。疲れたときはビールが一番ですな」

井浦はそう言って田所のグラスにビールを注ぎ、また、自分のグラスにもなみなみと注いだ。

「井浦さん、これからは手酌にしましょう。お互い自分のペースでやりましょうよ」

「やぁ、すみません。ほかの飲み物のほうがよろしいですか」

「いやいや、そういうことじゃなくて。まぁ、あとでひれ酒でももらいますか。それはのちほど言いますから」

「そうですか。そのときは言ってください」

「今日は朝から大変でしたか」

「いや、ああいう記事が出ると、朝早くから叩《たた》き起こされますからね」

「取材も入るんでしょうね」

「そう、そういうこともありますしね。どう答えるか、社内で相談しないわけにもいきませんからね。情報通の田所さんのような方の電話ならいいんですが、事情を知らない連中の取材というのが一番困ります。どちらにせよ、今日の田所さんの電話は本当にありがたかった。こちらから電話しようと思っていたんですよ」

「そうですか。僕のほうも二か月ほど前に偶然出くわして、遊びに行くと言いながら音沙汰《おとさた》なしで、すみませんでした」

「いや、いいですよ。ところで、今日の旭光新聞の記事の事はご存知だったんですか」

「もちろんです。書いたのは大石記者でしょう。僕も大石記者と同じくらい東条家に食い込んでいますからね。情報は入ってくるんですよ」

「それなら、連絡をいただければよかったのに」

「いや、それが大石記者がこんなに早く記事にするとは思っていなかったんです。そろそろ連絡しようと思っていた矢先だったんです」

「ところで、いい情報というのは何ですか」

「井浦さん、そんなに急がないでくださいよ。今後も親しくお付き合いさせていただきたいんですから、ちゃんと話しますよ」

「わかってますよ。心配しないでください」

井浦は胸ポケットから分厚い封筒を半分ほど出して、にやっと笑みを見せた。それから井浦が手を差し出すと、田所は握って、片目をつむってウインクして首をすくめた。そのとき仲居がふぐ刺しの大皿を持って入ってきた。

「田所さん、そろそろ、ひれ酒をどうです？」

「じゃあ、もらいますか」

「ひれ酒を二つ、それにビールもあと二本」

井浦がそう言ってダンヒルに火をつけた。仲居が部屋を出るのを見計らって切り出した。

「田所さん、山田功という人には会ったことがあるんですか」

「もちろん、知っていますよ」

「どんな人ですか」

「どんな人と言われても答えようがないですね。もう少し具体的に聞いてください」

「埼山財閥の三代目の埼山吉右衛門に気に入られて、埼山興業の終身社長になったと聞いていますが、どんな感じの人ですか」

「漠然としてますね。でも、そう、年齢は六〇歳かな。井浦さんと同じですよ。小太りで、大工刈りみたいな短髪、ごま塩って感じですね」

このとき、仲居がひれ酒とビールを運んできた。二人はマッチを擦って、箸《はし》でかき回しながらひれ酒に火をつけ、すぐに蓋《ふた》をした。

「田所さん、外見じゃなくて、どんな人物かを聞きたいんですよ」

「もちろんわかっています。田村角次元《かくじ》首相の『刎頸《ふんけい》の友』とか『戦後最大の政商』と言われている大野幸治《こうじ》さんを小振りにしたような人ですが、大野さんのように金持ちではないですな。政界はもちろん暴力団なんかともつながりはありますよ」

「暴力団とは東山組ですか」

　東山組は最大勢力の暴力団で関西を地盤としているが、ここ一〇年で関東にも進出、関東系の二大組織とときおり小競り合いを繰り返していた。

「東山組は関係ありません。関東系の山吉《やまよし》連合の幹部と親密です。ですから、もう一つの澄川会《すみかわ》とは疎遠ですね」

「その筋の人間と見たほうがいいんですな」

「いや、それは違います。その筋の人ではない、そう見たほうがいいです。それに近い人が周囲にいるということです」

「東条家とのつながりにも山吉連合は関係しているんですか」

「いや、それはわかりません。たぶん関係ないような気がしますが、僕は知りません」

「東条家とつないだのは誰なんでしょうね」

「東条家とどうしてつながったのか、そのあたりの事情はまだ詳しく知らないんですよ。でも、それほど昔からの関係ではないですよ。最近だと思ったほうがいいでしょうね」

「カネはどこから調達してきたんですか」

「これはですね、埼山財閥のカネはいっさい出ていません。これは間違いありません。でも、どこかスポンサーがいるのは間違いありません」

「そこはわからないんですか」

「ええ、今の段階では。でも、そう遠からずわかります。わかればお知らせしますよ」

「是非、お願いします。でも、東条家にスポンサーがついているなら、ファミリー企業はうちの融資を返済してきますね。うちとしては、東条家と縁切りして自主再建したいんです。それには、うちの株式が間接的であっても東条家の支配下にあるのは困るんですよ。なんとか協力のほど、お願いしますよ」

「僕が山田さんにつなぐことはできますよ」

「是非、お願いします」

「僕の見るところじゃ、山田さんも東条家から買った東都相銀株をどこかに売る気はあるようですよ」

「それなら、なんとしても山田さんに会って話したいですね」

井浦が御膳《おぜん》にひれ酒を置いて身を乗り出した。

「じゃあ、セットできるようにします。今週は無理だろうけど、来週か再来週くらいには連絡できるかもしれません」

「それはありがたい。よろしくお願いしますよ。じゃ、もう一度ビールで乾杯しましょう」

二人はグラスを当て、飲み干した。料理はふぐのから揚げが終わり、ちりになった。仲居がちり鍋《なべ》を作り始め、話題は田所の仕事のことになった。田所は雑誌に少し書いているようなことを言ったが、あまり話したがらなかった。もちろん、井浦も突っ込んで聞く気など毛頭なかった。仲居がいるところで、肝心なことを話すわけにはいかないと考えていただけで、話題は何でもよかった。それに、もう話すことは何もなかった。

第3章　都銀上位行の影

1

「亀山君を呼んでくれ」

井浦重男は三月二二日、金曜日午前一〇時半、東都相銀本店に出勤すると、すぐに秘書の伊藤幸子に命じた。

井浦はいつものように、執務机の朝刊を取って応接用のソファーに腰を下ろした。お茶を持った伊藤幸子とともに、亀山卓彦が入ってきた。亀山が一礼して井浦の前に座ると、井浦はお茶を飲みながら聞いた。

「会社整理のほうはどうなった？」

「午前中に東京地裁に提出できます」

亀山はかしこまった姿勢で、黒縁のメガネの中央に手をやりながら答えた。

「それじゃ、午後に会長を含めて会議をやろう。緊急〝御前会議〟だな。稲村社長たちと相談して時間を決めてくれ」

「先生、昨晩、いや一昨晩はどうでした？」

「収穫はあった。この話はまだ、君だけにしておいてくれ」

「どんな収穫です？」

亀山が興味津々という顔で、身を乗り出した。

「埼山興業の山田社長に会えるかもしれない。スポンサーのこともたぶんわかるだろう。帰り際に一本を渡したからな」

人差し指を上げてみせた。一本は一〇〇万円のことだ。

「それはよかったですね」

「だがな、まだ田所が敵か味方かはわからない。稲村君と滝尾君には成果がなかったようだと言っておいてくれ。田所に会ったこと自体が秘密だぞ。いいな。我々四人限りの秘密だ」

「わかりました」

亀山が部屋を出て行くと、井浦は執務机上にある六法全書を引っ張り出した。老眼鏡を掛け、パラパラめくり、ときおり食い入るように条文を見た。

亀山がセットした〝御前会議〟は、午後二時から稲村保雄の社長室で開かれた。会長の田中圭一も入るので、五人が座れる会議用テーブルを使った。テーブルには墨田産業と東都都市開発に対する会社整理申し立てについての資料が置かれ、奥の席に井浦を中央にして左右に田中と稲村が座り、亀山と滝尾がそれに相対した。コーヒーが運ばれ、亀山が黒縁メガネをときおりいじりながら説明を始めた。

「会社整理の申請は宮田慎一弁護士が昼前に東京地裁民事第八部に提出しました。お手元にあるのが申立書および添付書類です。中身はご覧いただければわかりますので省略しますが、申し立てはたぶん、来週初めには東条家が知るでしょう。それからどう出てくるかが問題だと思います」

田中がそこで口を挟んだ。

「亀山さん、本当に会社整理はできるんでしょうか。含みが相当あるんでしょう」

「会長、それはわかっています。しかし決算上は経営不振です。債務超過にはなっていませんがスレスレの状況です。商法第三八六条二項では、裁判所は申し立てにより、整理開始決定前でも、業務の制限、財産の保全処分、業務・財産に対する検査命令や監督命令などを出せることになっていますので、我々が東都相銀株を取得できる可能性があります。それが実現しなかったとしても、業務・財産の検査命令により検査役が選任されて、業績不振の原因、会社再建の見込み、方法などを調査し、裁判所へ報告することになっています。会社整理の申し立てが却下されるとしても一か月程度先になりますので、時間稼ぎはできます」

「それはそうでしょうが、東条家が融資を返済すると、そのとおりにはなりませんね」

さすが大蔵官僚OBである。田中が突っ込んだ。

「ご指摘のとおりではありますが、すぐに返済ができるとは思えません」

「でも、東条家にはスポンサーがついたでしょう」

ここで、井浦が亀山を制するように手を挙げた。

「その件は私が説明しよう。埼山興業の山田社長の件はまだよくわからないが、そのバックにスポンサーがいるのは間違いないと判断していい。その調査に全力を挙げなければならない、と思っている」

「仮にスポンサーがいるとしても、すぐに融資するのは可能でしょうかね」

稲村が亀山のほうを見て聞いた。

「墨田産業が三〇〇億円、東都都市開発が二五〇億円借りています。合計五五〇億円です。右から左に出すことは金融機関以外では無理でしょう。金融機関だって手続きなど考えたら、少なく見積もっても一週間はかかります」

「株式の取得時期は正確にはわかりませんが、大石記者の話によれば一八日か一九日です」

「それは、どういうこと？」

田中が目を見開いた。

「申し訳ありません。まだご報告していませんでしたが、一昨日の二〇日午後二時、例の記事を書いた大石記者が取材に来て私と先生が応対しました。そのとき彼は、譲渡時期がごく最近だと言ったんです。『今週か？』という問いにも『そんなところ』と答えました。二〇日は水曜日ですから、月曜か火曜ということなら一八日か一九日です」

「そうですか。それなら、まだ返済資金の手当てはすんでいない可能性が高いですね。株購入資金と一緒に手当てしていれば、もう返済に来てもおかしくないからね」

「そう見ていいだろう。我々が動くなら、会社整理の申請の訴状が東条家に着いてからだろう」

井浦が話をまとめ、次の話題を持ち出した。

「さて、山田社長に渡った株式を取り戻すことはできないか、別の方法で。さっきまで六法全書を見ていたんだけどな。どうだ、亀山君」

「株式の移転禁止を求める仮処分を求めてはどうでしょうか。それから、返還を求める本訴を起こしてはどうかと思います」

「先生、それはいいですね」

稲村と滝尾が同時に身を乗り出して声を上げた。そして、顔を見合わせて照れ笑いをした。

「俺もそれを考えた。会社整理の申し立てとあまり時を置かずにやったほうがいい。会長はどう思いますか」

「いや、いいんじゃないでしょうか。とにかく株を押さえることが大事ですからね」

「じゃ、亀山君。来週半ばまでには提訴してくれ」

「わかりました。準備します」

「あぁそれと、毎週月曜日午前一〇時半から〝御前会議〟をやることになったらしいが、来週は特に動きがなければ無理にやらなくてもいいだろう。再来週も四月一日で入行式などがあるから、もしやるとしても午後がいいんじゃないか」

「そうですね。先生のおっしゃるようにしましょう」

2

墨田産業、東都都市開発両社の保有していた東都相銀株の山田社長への移転禁止を求める仮処分と、返還請求の本訴は三月二七日に提訴された。しかし、東条家は音無しの構えだった。静かな日々が続き、新年度入りして、新入行員の入行式や支店長会議などが淡々とこなされた。〝御前会議〟は四月一日も四月八日も開かれることはなかった。

「ひょっとすると、東条家とスポンサーの間で話し合いがうまくいっていないのではないか」

井浦たちの脳裡《のうり》にそんな思いが過《よ》ぎりだした四月九日、火曜日午後一時過ぎのことである。

東都相銀本店五階にある亀山卓彦の役員室の電話が鳴った。

「亀山だ。え、何？　弁護士？　わかった。五階の私の応接に通しておいてくれ。知っているな。ふうむ。一〇分ほどお待ちくださいと言っておけ」

亀山は電話を切るなり部屋を飛び出した。そして秘書に対し、一階の本店営業部の女性行員が来客を案内してくるから、応接室に通しておくよう指示し、六階の役員室に駆け上がった。まず、井浦の部屋に行ったが、井浦はもう飯田ビルにある法律事務所に向かったたあとだった。秘書の伊藤幸子にすぐに東都相銀に戻るように連絡を依頼して、稲村の部屋に入った。

「おう、なにごとだ」

執務机で書類に目を通していた稲村保雄はハッとしたように顔を上げ、びっくりした顔つきで亀山を見た。

「いや、とうとう東条家が動き出したようです。今、一階に東条秀一の弁護士という男が来ました。私の応接に案内させましたので、これから私が会ってみます」

「用件はなんだろう」

「それは会ってみなければわかりません。でも、たぶん融資返済の件でしょう。とにかく私が会いますので、井浦先生や田中会長を集めておいてください。面会が終わったらすぐに説明します。先生は事務所に向かったところで、すぐに戻ってくると思います」

亀山はこれだけ言って稲村の部屋を出ると、小走りでエレベーターホールに急いだ。

五階の自室に駆け戻った亀山は自分の秘書を呼び、コーヒーを出すように指示した。それから、深呼吸をして隣の応接室に向かった。

「いや、お待たせして申し訳ありませんでした」

亀山はノックして部屋に入った。ソファーに座っていた弁護士が立ち上がった。身長一八〇センチくらいの偉丈夫、年格好は亀山と同じくらい、見るからに高価そうな舶来の濃紺の背広に身を包んでいた。

「融資担当取締役の亀山です」

「あぁ、亀山さんですか。お名前はうかがっています」

弁護士は四角い大きな顔を崩して亀山に近寄り、名刺を交換した。名刺には「森山法律事務所　弁護士　森山恭二《きょうじ》」とあった。

「森山先生？　あの有名な森山先生ですか。最近もリソーミシンの和議申請で活躍された、あの森山先生ですね。お初にお目にかかります。よろしくお見知りおきください」

森山は昭和五年（一九三〇年）生まれ、井浦より四歳年下、亀山の一つ下だった。井浦と同様に東京大学法学部在学中に司法試験に合格、弁護士になった。以来、企業絡みのトラブルや企業倒産の処理を多数手掛け、企業再建のプロを自他ともに認める有名弁護士だった。しかし、多額の顧問料を取ることもあって、企業再建に巣食う〝悪徳弁護士〟という噂もあった。

昨年倒産したリソーミシンの創業者、平岡栄三《ひらおかえいぞう》会長の顧問弁護士として暗躍し、そのことが新聞や週刊誌を賑《にぎ》わせた。創業家の責任追及を避けるには和議が望ましかったが、結局、会社更生法の適用申請を余儀なくされ、平岡会長らが粉飾決算で逮捕されてしまった。亀山はそのことを思い出したのだが、森山弁護士がやり手であることに変わりはなく、脅威に感じた。

「さあ、どうぞ」

コーヒーが運ばれ、亀山は森山をソファーに座るよう促した。

「ところで、今日はどんなご用件ですか」

「今日は、東条秀一さんの顧問弁護士としてお邪魔しました」

森山は脇のアタッシュケースを取り上げ、中から封筒を取り出した。

「えーと、それでですな、秀一さんが社長を務めている墨田産業と東都都市開発が御行からお借りしている借金ですが、両社で五五〇億円あります。それを全額お返ししたいんです。ここにあるのは日銀小切手です」

森山は封筒から半分ほど小切手を引き出し、テーブルの上に置いた。

「ちょっとお待ちください。急に返すと言われましてもね」

「いや、返せと言ってきたのは御行のほうじゃないですか」

森山はまたアタッシュケースから、東都相銀が出した内容証明郵便を取り出した。

「それは、わかっています」

「それなら受け取っていただきたいですね。内容証明郵便では三月一三日が期限だったと思います。一か月近く遅れましたが、耳をそろえて返そうというのですから、受け取れないというのは困りますね」

「しかし、私どもが三月二二日に両社の会社整理を申し立てたのはご存知ですよね。裁判所の管理のもとで再建を進めることになったわけですから、勝手に債権者と債務者がカネのやりとりをするわけにはいきません」

「でも、会社整理の目的は融資の回収でしょう。全額回収できるわけですから、文句はないでしょう」

「そう言われましてもですな。融資の返済を受けるにはそれなりの手続きが必要です。今、ここで受け取るわけにはいきません。裁判所とも相談のうえ、こちらから連絡しますので、今日のところはお引き取り願えないでしょうか」

「まあ、そこまでおっしゃるなら、今日のところは引き下がりましょう。しかし、もう全額返済できるのです。手続きは進めてください」

「今、即答はしかねますが、ご趣旨はわかりましたので、当行内部で検討してご連絡します」

森山はアタッシュケースに日銀小切手の入った封筒と内容証明郵便をしまい、立ち上がった。それに続いて亀山も立ち上がり、先にドアを開けてエレベーターホールに案内した。

「今日はご足労いただき、本当に申し訳ありませんでした」

亀山はそう言って森山を送り出すと、すぐに六階に上がった。

稲村の部屋には四人が集まっていた。亀山がドアを開けると、四人の顔がドアに向いた。顔には「どうだった」と書いてある。

亀山は席に着くなり、目の前の冷めたお茶を飲み干した。緊張で喉《のど》がからからだった。

「今、弁護士は帰りました。弁護士の名は森山恭二です。やはり、融資の返済が目的でした」

「先生、森山弁護士ってどんな方です？」

滝尾が上目づかいに井浦を見た。

「ほら、企業再建のプロとか言われている弁護士さ。聞いたことあるだろう」

「そうです。最近ではリソーミシンの件で名前が登場していましたよ」

亀山が脇の滝尾を見ながら補足した。

「ふうむ。まあ、やり手で手ごわいかもしれない。だが、よからぬ噂もあってな。そこがつけ目かもしれない。それはいいとして、どういうことだったのか、もう少し詳しく説明してくれ」

「わかりました。森山弁護士は日銀小切手を出して、全額返すと言いました。しかし、私はすでに会社整理を申し立てているので、ここでは受け取れないと言って、断りました。それに、返済の手続きも必要なので、今日のところはお引き取りくださいと言って帰ってもらいました」

「日銀小切手は見たのか」

「森山弁護士はテーブルに半分ほど封筒から出して置きましたが、私は手に取りませんでした。手に取って受け取ったことにされては困りますからね」

「うん、それはいい判断だ。じゃ、どこの銀行振り出しかはわからないな」

振り出した銀行名がわかれば、東条家の背後にいる本当のスポンサーがわかるのではないか、井浦はそう思ったのだ。

「はい、わかりません」

「まあ、仕方がないな」

「先生、今日は引き取りましたが、一応、こちらから森山弁護士に連絡すると言いました。いずれ返済は受けざるをえないでしょうね。そうなると、株式の取得は無理ですね。どうしますか」

「たしかに、いずれは株式の返還請求はもちろん、会社整理も取り下げるしかないかもしれん。ある程度、時間稼ぎはできるだろうがね。田中会長はどう思いますか」

「ふうむ。難しいね」

田中はそうつぶやいてしばらく考え込んだ。そして、亀山を見据えて言った。

「ファミリー企業には東都物産というのもありましたよね。ここを攻めてはどうでしょうか」

「ええ、それは一つの手です。でも、問題があるんです。東都物産は名目だけでなく実質でも債務超過なんです。会社整理はできません。できるとすれば、会社更生法申請です。でも、そうすると七五億円くらいの引き当てが必要になる恐れがあります。耐えられない額ではありませんが、うちの銀行も打撃を受けます」

「そうか。そういうマイナス面はあるんだな。でも、ほかに手がなきゃ、やる以外ないんじゃないですか。先生」

「そうですな。東都物産の会社更生法もやりますか。引き当てるといっても九月中間決算だ。まだ、余裕はある。稲村君と滝尾君はどう考える？」

「もちろん、異論はありません」

稲村はそう言って、滝尾を見た。最初から東都物産に手をつけることに反対だった滝尾は、ちょっと小首を傾げたが、事ここに至ってはやむをえないと判断したのか、首を縦に振り、ＯＫの意思表示をした。

「亀山君、どれくらいで準備できる？」

「そんなこともあろうかと思い、宮田慎一弁護士と準備していました。一日、二日でできると思います」

「そうか、その線で進めてくれ。これでいいな」

井浦の言葉に四人が黙ってうなずいた。

「それから、とにかく埼山興業の山田社長と接触して交渉する線もやる必要がある。田中会長、どうです。何か伝手《つて》はありますか」

「私もいろいろ探ってはいますが、今のところないですね。引き続きやりますよ」

「お願いします。君たちも頼むぞ」

井浦は稲村ら三人を見回して念を押した。

3

東都物産に対する会社更生法の申請は四月一〇日、水曜日に行われた。東条家サイドの反応はなかったが、二日後の一二日の旭光新聞朝刊と毎朝新聞朝刊に「東都相銀の内紛、泥仕合の様相／訴訟合戦に、東都物産に会社更生法」「東都相銀　経営陣vsオーナー家対立がエスカレート／ファミリー企業の会社更生法申請」の大見出しで載った。

井浦重男が午前一〇時半前に東都相銀本店に到着すると、六階の秘書室前で亀山卓彦が待っていた。

「稲村さんたちが待っています。それから、午後三時に大石記者が来ます。会われますか」

「ふうむ」

もともと苦虫を嚙《か》み潰《つぶ》したような井浦が、顔をますますくちゃくちゃにしてうなずいた。

井浦と亀山が社長室に入ると、稲村保雄、田中圭一、滝尾史郎の三人が深刻な面持ちで会議用テーブルから腰を浮かせた。井浦が椅子に腰掛けながら、テーブルに置かれた朝刊のコピーに目をやり、にやりと笑みを見せた。

「何だ。そんな顔するなよ。心配するな。人の噂も七五日と言うぞ」

「でも、先生。今度の記事は旭光新聞だけじゃありません。毎朝新聞も、です。これから他の新聞はもちろん、週刊誌などにも載るんじゃないでしょうか」

滝尾が新聞のコピーを指しながら心配そうに言った。

「ここまできたら、出るのは仕方がない。いかに我々の主張を書いてもらうか、それだよ。大事なのは。広報担当は滝尾君だろ。君がしっかり対応しないといけない」

「それはわかっています。マスコミの取材には私ができる限り対応しています。それで、今回の動きは東都相銀の再生のために避けて通れない、そう説明しています」

「それでいいよ。でもな、全部を君が引き受けることはない。取材の申し込みがあるなら、稲村社長や田中会長にも取り次いだほうがいいぞ。田中さん、取材を受けるのが嫌だとかいうことはありませんよね」

「それはかまいませんよ。でも、先生、あまり書き立てられると、うちの預金者に不安を与えませんか」

「その心配はあります。でも、もう仕方ありません。会わなかったり、記事を抑えようとしたりするほうがマイナスです。マスコミには自然体で臨み、早急に決着させることが大事です。そうすれば影響も軽微なはずです。全員で東条家と埼山興業の山田社長のスポンサーを特定できるように頑張るしかない。株券をこっちが押さえるには、スポンサーか、山田社長と直接交渉するのが手っ取り早いですからね。会長もお願いしますよ」

「大蔵省の後輩にも少し探りを入れているのですが、どうやら都銀上位行が一枚嚙んでいるようですよ」

「ほう、そうですか。もう少し詰めていただけないでしょうか」

「それはやっておきます」

田中がそう言うと、井浦は滝尾に眼を移した。

「いずれにしても、マスコミ対策は万全でなければならん。旭光の大石記者には私と亀山君が過去のいきさつから担当するが、毎朝の記者にも話を聞いてくれよ。ときには夕食に誘ったっていい。でも、大手のマスコミはこれは駄目だぞ」

井浦は親指と人差し指で丸を作った。そして、四人を見回すように続けた。

「今日の記事だって、情報源は東条家だろうが、我々の主張もきちっと書いてある。そう、心配しないで対応してほしい。行員に動揺を与えるようなことがあってはいかんよ」

井浦はこう締めくくって、立ち上がった。

井浦が監査役室に入ると、あとに続いた亀山がどもりがちに聞いた。

「せ、先生。ほ、本当に大丈夫でしょうか」

井浦はカッとした。

「亀山、君と俺は何年の付き合いだ。三〇年を超えるぞ。検事のときだって、東条義介のスキャンダルだって二人で処理してきた。大丈夫だ」

「わかっています。先生がもし検事を続けていたら、検事総長候補でした。今の加藤晴樹《かとうはるき》検事総長の一年下ですが、私は先生が検事総長になっていたと確信しています」

「そんなことはどうでもいい。今、我々のやっていることには大義がある。それが負けるようなことはない。俺も検事になった人間だ。最後は本当の正義のために戦う。今度の戦いは東都相銀の行員全員のためだ。自分のためじゃない。負けるはずはない。仮に負けたとしてもそれでいいじゃないか。だが亀山、弱気になるな。君まで弱気になってどうする。俺もな、かつてはカミソリ井浦と言われた男だ。最後の戦いに全知全能を傾ける」

「わかりました。では、のちほど大石記者と参ります」

亀山は一礼して部屋を出て行った。残った井浦の頭の片隅にあった田中会長の言葉が膨らんだ。

「どうやら、都銀上位行が一枚嚙んでいるようです」

「いったいどこなんだ」――井浦は独り言をもらした。東都相銀に関心があるのは大東、東菱、瑞穂の東京系三行であるはずはない。関西系の三葉銀行か加山銀行のどちらかだろう。「加山銀行だったらやばいな」。井浦はため息のようにもらした。加山銀行の磯部《いそべ》三郎《さぶろう》会長は海千山千の策謀家という評判だったからだ。

そんな沈鬱《ちんうつ》な気分のとき、デスクの直通電話のベルが鳴った。受話器を取ると田所波人からだった。田所には監査役室と事務所の直通電話の番号を教えておいたのだ。

「ああ、田所さん。ちょうどよかった。え、今日の新聞記事？　そんなの関係ないよ。そうじゃなくて、田所さんにお願いした件がどうなのかな、と思ったもんでね。え、いろいろわかったことがある？　そう、じゃあ会いましょう。いつがいい。来週火曜、一六日ね、いいですよ。この前と同じところでいいですか。じゃ、またシティホテルの『いろり』の個室を予約しておきます」

受話器を置いて、井浦は少しホッとした。来週になれば情報が入るのは間違いなかった。田所のほうから電話してきたということは、彼がそれなりのカネになる情報を入手した、と見るのが自然だったからだ。

4

　その日、四月一二日、金曜日午後三時過ぎ、亀山卓彦が旭光新聞記者の大石眞吾を伴って井浦重男の監査役室にやってきた。井浦は午後一時半過ぎに事務所に行ったが、郵便物などを見てすぐに東都相銀に引き返し、大石の来るのを待っていた。

「いや、大石さん、お待ちしていました。今日の記事はいい記事でした」

　井浦はこう言って大石を迎えた。大石はソファーに座るなり、きっと目を見開いて言った。

「井浦さん、もういい加減にしてはどうですか。このままいったら、東都相銀は破綻《はたん》しますよ」

「大石さん、何です。そんなにむきになって。私たちはね、東都相銀の再建の最後のチャンスだという信念でやっているんですよ。行員のためですよ」

　井浦は大石をなだめるような調子でさえぎった。

「それはそうかもしれない。でも、墨田産業と東都都市開発への会社整理の申請はまだしも、東都物産への会社更生法申請は無謀ですよ。墨田産業にしたって東都都市開発だって表面はともかく内実は優良会社です。会社整理なんてできるはずがない。しかし、東都物産は潰れたような会社です。それを本当に潰してしまったら、井浦さんたちにマイナスでしょう。このままじゃ、東都相銀は生き残れるかわかりませんよ」

「おっしゃることはわかります。でも大石さん、東都相銀を長年食い物にしてきた東条家が優良資産だけ残して、悪い資産はすべて東都相銀に押し付ける、そんなことが許されますか。私たちは何とか、東条家の優良資産を没収して東都相銀の再建に役立てたい、そう考えているんです。大石さんも、その辺のところを理解して応援してくださいよ」

「それは違うんじゃないんですか。井浦さん、あなただって義介氏の時代には散々、東条家の不正蓄財に関与していたじゃないですか。それがジュニアの時代になったら、手のひらを返したように正義漢面する、そんなのってないでしょう」

「私も元検事です。そういう批判をされるなら、甘受します。しかしですね、もう、東都相銀はこのままじゃ生き残れないんです。だから、東条家には不良債権を減らすために協力するよう再三、要請したのに埒《らち》があかない。仕方なく東条家を完全に排除すべく動き出したのですよ。言ってみれば罪滅ぼしみたいなものです」

「でも、こうなったら権力闘争ですよ。東条家と実権派四人組の。違いますか。損するのは善意の行員だけです。どっちもどっちでしょう。行員のためというなら、東条家とこういうかたちで対決するんじゃなく、話し合うべきですよ」

「話し合いは散々しました。去年ね。ですが東条家はビタ一文、財産を拠出する気はありませんでしたよ。そして、日銀考査です。ファミリーから回収せよ、そういう命令です。大石さん、その命令に逆らえますか。仕方ないじゃないですか。私の責任がないとは言わない。でも、東条家を排除して行員が一丸となって再建に取り組む、そういう自主再建が一番いいし責任を取ることでもある、私はそう信じているんです」

「日銀考査、日銀考査、そう言いますが、もう一〇年以上前からお宅は日銀だけじゃなくて大蔵省にとっても問題銀行だったじゃないですか。もっと、早く動くべきだったんですよ」

「そう言われれば、返す言葉もない。だけど、今は、私たちはね、行員のためにやっているんですよ。それはわかってください」

訴えるような井浦の眼差《まなざ》しは真剣そのものだった。少し言いすぎたと思ったのか、大石は井浦から眼をそらし、大きな上半身をかがめるようにして、うなずいた。

「それはわかりますよ。でも、いくら正義でも負けては仕方ないでしょう。何かほかの道があるんじゃないでしょうか。そういう意味で、私もできる範囲で情報を提供しているんですよ。その関連で言えば、井浦さん、埼山興業の山田社長のバックに誰がいるか、わかりました？」

「いえ、わかりません」

「どうもね、都銀上位行がいるっていう噂があるんですよ」

「どこですか」

井浦が眼を輝かせた。

「それはまだ正確にはわかりません。でも、関西系の商社が関与しているらしいんですよね。たぶん五両商事、加山銀行系のね」

「関西系の都銀上位行は二行ですが、三葉銀行じゃないんですね」

「たぶんそうですね。また、何かわかりましたら教えますよ。私も片側の味方じゃありませんからね。今日みたいなことは、東条家サイドにも言っているんですよ。誤解しないでください。今後ともよろしくお願いしますよ。今日は、好き勝手なこと言ってすみませんでした。そろそろ失礼します。でも、最後に言っておきますけど、新たな動きがあれば記事にします。それが東都相銀の再建にマイナスでもやります。私は起きている事実を読者に知らせるのが仕事ですから、結果としてそれがどちらかにマイナスに働いても仕方ありません。それだけは言っておきます」

「わかっています。今後も頻繁に亀山君と連絡を取ってください。お願いします」

井浦は深々と頭を下げた。

5

井浦重男が田所波人に会う約束をしたのは、大石記者に会ってから四日後の四月一六日、火曜日だった。長い四日間だった。その間、頭に〝加山銀行〟という名前がこびりついて離れなかった。寝ても覚めても〝加山銀行〟という名前が浮かんでくる。

一六日は小雨の降りしきる日だった。前日の一五日午前一〇時半から〝御前会議〟を開いたが、誰にも新しい情報はなかった。情報は亀山卓彦に集中することになっていて、必ず一日に朝と夕二回、井浦に亀山から連絡が入ることになっていた。この日も朝は自宅に、夕方は事務所に連絡があった。午後五時前、亀山からの電話があって何もないことを知ると、井浦はすぐに事務所を出た。田所との約束は午後六時からだったが、事務所でじっとしていられなかった。

井浦は、小雨の降るなか傘を差して、あてもなく日比谷公園を歩き回り、ダンヒルを吸い続けた。傘を脇にしてときおり天を見上げた。小雨が頬を打った。ヒヤッとして気持ちがよかった。腕時計を見ると午後五時半だった。新橋シティホテルは歩いて一〇分ほどのところにあった。

新橋シティホテルの「いろり」に着くと、仲居が夕刊とお茶を持ってきた。この間と同じ部屋だった。ふぐの季節は過ぎたので、しゃぶしゃぶのコースを頼んだ。田所はどちらかといえば肉が好きだと言っていたからだ。毎朝新聞の夕刊を広げた。亀山の言ったとおり何も載っていなかった。ぼんやり夕刊を眺めていると、仲居が田所を伴って入ってきた。

「どうも、また、ご足労いただきありがとうございます」

「いや、大変ですな。今日はいい話がありますよ。まあ、期待してください」

「そうですか。今日はしゃぶしゃぶにしましたが、よろしいですか。それではね、しゃぶしゃぶのコースでお願いします。ビールも三本お願いね」

仲居が部屋を出ると、田所は胸ポケットから三枚の紙を取り出し、井浦に渡した。

「まず、これを読んでください」

三枚の紙はいわゆる怪文書と呼ばれる文書だった。受け取った井浦はときおり考え込むような仕種《しぐさ》をしながら読み進んだ。そこにはこう書かれていた。

東都相互銀行の再建を願う事情通より

マスコミ各位殿

皆様におかれましては〝スキャンダルのデパート〟東都相互銀行で、〝最後で最大の内紛〟が勃発《ぼっぱつ》していることはすでにご存知のことと思います。しかし、その背後に何があるのかは諸説紛々です。そこで、その真相をお伝えします。マスコミ各位の報道に役立てていただければと思い筆を取りました。これは極秘情報ですので他言は無用です。よろしくお願いします。

さて〝最後で最大の内紛〟が起きたのは、井浦重男監査役をリーダーとする東都相銀の〝実権派四人組〟が、オーナー家である東条家から東都相銀株式を奪い取るため、二月に行動を起こしたのが原因です。まず〝実権派四人組〟は東都相銀と二卵性双生児ともいわれる東都海洋クラブの保有している東都相銀株一二〇〇万株を担保として取得、二月二八日に東条家のオーナー、東条秀一常務を解任したのです。〝実権派四人組〟の大義名分は東都相銀を私物化した東条家を排除し、東都相銀を再生させるということでした。

しかし、東条家の御曹司・秀一氏は、こうした〝実権派四人組〟の動きに猛反発、東条家が支配している東都相銀株二〇四〇万株（持ち株比率三四％）を埼山財閥の資産管理会社、埼山興業の山田功社長に譲渡してしまったのです。その狙いは何か。不良債権の塊みたいな東都相銀を捨て、優良な不動産やゴルフ場を保有している墨田産業と東都都市開発の二社を温存して、ファミリーの財産を保全すること、それが東条家の狙いです。

〝実権派四人組〟の戦略は、東条家から東都相銀株を奪い取り、東条家の財産を召し上げ、不良債権を減らし、そして、東都相銀を自主再建することだったと思われます。〝実権派四人組〟が墨田産業と東都都市開発の二社に対し会社整理を申し立てる一方、山田氏に渡った東都相銀株の返還を求める訴訟を起こしたことで、それは明らかです。

しかし、現時点において、この戦略が大きな暗礁に乗り上げたことは間違いありません。東条家サイドに巨大なスポンサーが付いているからです。そのスポンサーは埼山興業の山田社長ではありません。山田社長個人はカネがないからです。それでは、山田社長のスポンサーは誰なのか。

それは、関西系都市銀行上位行の加山銀行、つきつめれば、加山銀行会長の磯部三郎氏です。磯部会長は副頭取だった一〇年ほど前、大手商社、安城商会がカナダの石油開発で失敗して倒産の危機に直面した際、獅子《しし》奮迅の活躍をしたことで有名です。当時、安城商会がもし倒産すれば負債総額が一兆円を超え、日本発の金融恐慌が起こる可能性さえ指摘されていました。しかし、磯部氏はそうした事態を避けるため、安城商会を解体し、加藤忠商事に吸収合併させたのです。

加山銀行はその処理で、三〇〇〇億円を損失処理しました。収益ナンバーワンだった加山銀行はトップの座から滑り落ちましたが、そのとき、磯部会長は「三〇〇〇億円、溝《どぶ》に捨てた」と言い放ち、頭取就任時の記者会見で「〝向こう傷〟を恐れるな」と行員に檄《げき》を飛ばし、転落からわずか五年で、収益ナンバーワンの座を奪還しました。以来、磯部会長は日本を代表するバンカーとして注目を集めています。その磯部会長がなぜ、スポンサーなのか。それは言わずと知れたことです。加山銀行は日本のトップバンクです。しかし、その目指すところは世界のトップバンクです。関西系の加山銀行にとっては首都圏での店舗網の拡充が最大の課題です。そのためには、不良債権の塊、東都相銀であっても〝垂涎《すいぜん》の的〟なのです。

東都相銀の不良債権は二〇〇〇億円とも三〇〇〇億円とも言われています。しかし、安城商会の解体で三〇〇〇億円を溝に捨てた加山銀行にとってはどうということのない金額なのです。磯部会長は、内紛が収まれば、東都相銀を救済合併する腹だというのが事情通の見方です。

今のところ、加山銀行が東条家のスポンサーという証拠はありません。しかし、埼山興業の山田社長のスポンサーが五両商事の河相彦治《かわいひこじ》社長であることは間違いありません。山田社長が東都相銀株を買い取る資金を提供したのは五両商事の子会社、ゴリヨーローンだからです。

皆さんもご存知のように、五両商事の河相社長は加山銀行の磯部会長の腹心中の腹心です。経営不振に陥った五両商事を再建するため、磯部会長が副頭取時代に加山銀行常務だった河相氏を派遣、河相氏がその期待に応《こた》え、物の見事に五両商事を再建、今や、五両商事は〝加山銀行の別働隊〟と言われるようになっています。

では、東条秀一、山田功、河相彦治の三人はどういうつながりなのか。皆さんも疑問に思われるでしょう。その関係を次にご紹介しましょう。

この三人は昔からの知り合いではありません。欲と打算でつながったのです。

東条秀一氏は東都相銀常務を解任された二月二八日、途方に暮れました。しかし、秀一氏は半年ほど前から、〝実権派四人組〟が不穏な動きをしていると察していました。ときおり〝四人組〟の親分、井浦氏が秀一氏に対し東条家の優良資産の売却を求めてきたからです。あるとき、ある有名弁護士に相談にいきました。すると、その弁護士は「いつでも相談に乗る」と答えたそうです。秀一氏は三月一日にその弁護士に相談しました。その回答は「東条家の保有している東都相銀株を即座に手放せ」というものでした。

秀一氏はいろいろな伝手《つて》を使って東都相銀株の買い取り先を探しました。しかし、約六〇億円の資金をポンと出すような人はいませんでした。そんなとき、ある男が秀一氏にアプローチしてきました。その男の名は不動産ブローカーの品田《しなだ》卓男《たくお》氏。品田氏はゴルフ場開発の用地買収を仲介して稼いでいる男で、企業舎弟との噂もありますが、ゴルフ場開発の関係で五両商事と埼山興業に出入りしていて、山田功、河相彦治両氏とは面識がありました。

蛇の道は蛇とはよくいったものです。品田氏がどこかで秀一氏の窮状を聞き込んできたのです。そして、山田、河相両氏に相談を持ち掛けたのです。「おもしろい。やろう」。二人がそう言ったらしいのです。品田氏は秀一氏とは接点はありませんでしたが、ゴルフ場を運営している東都都市開発の関係者を通じて接触してきたのです。

「これから、一緒にゴルフ場開発で提携できるなら、カネを出す人を紹介しますよ」

品田氏はこう言って秀一氏に持ち掛けたのです。三月一一日のことです。

藁《わら》をも摑《つか》むという気持ちだった秀一氏は品田氏の誘いに乗ったのです。そして、即座に山田氏に会い、一週間後の三月一八日に東都相銀株二〇四〇万株を譲渡したのです。譲渡まで一週間を要したのは、河相氏が加山銀行の磯部会長の了解を取るためでした。つまり、山田氏の資金はゴリョーローンを通じて加山銀行が出しているのです。墨田産業と東都都市開発の返済資金五五〇億円も同様です。

表に出ているのは、埼山興業の山田社長です。しかし、山田社長はダミーに過ぎません。裏には加山銀行がいるのです。いずれ、加山銀行が山田氏の保有することになった東都相銀株を取得するとの密約があり、その見返りに、墨田産業と東都都市開発の返済資金を用立てたのです。

それだけではありません。加山銀行が野望を実現した暁には、東条家は五両商事、埼山興業の両社とゴルフ場開発運営で提携していくことでも合意しています。〝実権派四人組〟がいくらもがこうが、もはや、東都相銀は加山銀行の掌中にある、それが真相です。

　この情報は秘中の秘です。皆様に提供するのは、あくまでも、今後の取材の参考にしていただくためです。くれぐれも情報管理のほど、よろしくお願いします。

以上

井浦が難しい顔つきで読んでいる間にビールと突き出し、刺身が運ばれた。コースにすると、しゃぶしゃぶでも刺身が出るのだ。

読み終わって、井浦は「しまった」という顔をした。

「田所さん、すみません。気がつかずに」と言って、田所のグラスにビールを注ぎ、グラスを重ねた。そして、読み終わって御膳《おぜん》の上に置いた怪文書を指した。

「これはなんです。これが本当なら、我々はもうどうにもならないじゃないですか」

「いや、これは怪文書です。あまり真に受けてしまわれても困りますよ。ただ、これを読んでもらったほうが説明しやすいので、お見せしたのです。私がこれを入手したのは昨日です」

「どこに配られているんですか」

「それはわかりません。でも、大手の新聞社や雑誌社には送られていると考えていいですね」

「どこで入手したんですか」

「それは言えません。でも、大手新聞の社会部記者です。送られてきたのは一昨日だそうです。ホットな文書です」

「どこまで、本当なんです」

「僕が知っているところでも間違いがあり、細部には正しくないところがいくつもあるだろうと思います。でも、大筋の流れは違っていないな、という感じですね。まあ、送られた記者たちはちゃんと取材して記事にしますから、記事になったことは本当だ、と思えばいいんじゃないですか」

「加山銀行がバックにいるのはどうなんです」

「加山銀行が資金面のバックにいるのは本当です。でも、話の構図は違います」

「どう違うのです」

「つまりですね。この怪文書では五両商事と埼山興業がつるんで、東条家に持ち掛けたように書いてありますが、これは違います。逆なんですね。秀一さんが東都都市開発の幹部を通じて品田氏に埼山興業の山田社長を紹介してもらえるように頼んだのが真相です」

「山田社長は五両商事の河相社長とは知り合いだったんでしょう」

「いや、それも違います。山田社長も河相社長も品田のことは知っていましたが、お互いに面識はなかったんです。山田社長は国士みたいな人ですから、秀一さんの窮状を知ってなんとか助けたいと思ったのは確かでしょうね。でも、埼山興業社長として助けるわけにはいかない。それで、山田個人としてカネが調達できないか、品田に探らせた。そうしたら、品田が河相社長を見つけてきたんです」

「でも、これには『一週間を要したのは、河相氏が加山銀行の磯部会長の了解を取るため』とあるじゃないですか」

井浦は怪文書を取り上げ、三ページ目を開いて、田所に見せるようにした。

「そこもちょっと違うんです。品田が河相社長に話をつけるのに一週間かかったんです。河相社長が加山銀行の磯部会長の了解を取るのは一〇分もかからなかったという話ですよ。まあ、つまり、加山銀行は怪文書に書いてあるように思っているかもしれませんが、山田社長は違いますよ」

「どう違うんです」

「山田社長は義俠心《ぎきょうしん》で動く国士です。それに、山田社長だけでなく、登場する人物は皆、海千山千の連中です」

「どういうことなんですか」

「これですよ」

親指と人差し指で丸を作ってみせた。

「カネで動くということですか」

「そうです。もちろんカネだけじゃありません。山田社長は国士ですから。話の持っていき方次第です。山田社長が持っている東都相銀株二〇四〇万株は、加山銀行に行くかもしれないし、井浦さんたちに戻るかもしれない。それは今後の交渉次第です」

「それなら、山田社長に会えますか」

「もちろん、会えます。この間約束したじゃないですか。私がもうセットしましたよ」

「え、もう了解を取っているんですか」

「そうです。あとは日程の調整だけです。山田社長は一九日でどうかと言っています」

「一九日なら問題ないです。明日、場所を決めて連絡しますよ」

井浦が胸ポケットから分厚い封筒を取り出し、怪文書と一緒に田所に渡そうとすると、封筒だけ受け取り、怪文書は戻してきた。

「コピーですから持ち帰って結構ですよ」

にんまりした田所がそう言って封筒を胸ポケットにしまったとき、仲居がしゃぶしゃぶの準備をするために入ってきた。

6

井浦重男が自宅マンションで、コーヒーとトーストの朝食を取っているとき、電話が鳴った。田所波人に会った翌日、四月一七日、水曜日の朝のことである。

「亀山君か。え、毎朝新聞？　いや取っていない。旭光新聞だけだ。うん、うん。わかった、すぐに買って読む。それから、昨日の話も含めて俺が稲村君たちに説明するよ。加山銀行がスポンサーの背後にいるのは確かだと思うが、まだ脈はある。明後日《あさって》、埼山興業の山田社長に会うことになった。とにかく、午前一〇時半から〝御前会議〟をセットしておいてくれ」

電話を切ると、井浦は急いで朝食をすませ外に出た。日差しが暖かくポカポカしていた。最寄りの都営地下鉄の高輪台の駅売店で毎朝新聞を買った。すぐに取って返して新聞を読んだ。記事が載っていたのは社会面ではなく、経済面の囲み記事だった。

見出しは「東都相銀内紛、背後に加山銀行存在説が浮上／首都圏での地盤強化狙い？」

記事にはこうあった。


経営陣とオーナーの東条家との間で勃発《ぼっぱつ》した東都相互銀行の内紛の背後に都市銀行上位行の加山銀行が存在し、同行が東条家サイドのスポンサーとなっているとの観測が浮上していることが明らかになった。／加山銀行は収益ナンバーワンの都銀だが、関西が地盤で、首都圏では大東、東菱、瑞穂の東京系三行の後塵《こうじん》を拝している。同行にとっては、首都圏の地盤拡大が最大の課題で、東都相銀を合併すれば、首都圏でも東京系三行に遜色《そんしょく》ない地盤を築くことができる。／東都相銀の内紛は東条家の保有している東都相銀株の帰属を巡って先鋭化している。経営陣が東条家を排除するため、東条家が支配している東都相銀株の取得に動いたのが二月。これに対抗するかたちで、東条家が支配下にある東都相銀株二〇四〇万株（保有比率三四％）を埼山財閥の資産管理会社、埼山興業の山田功社長に売却したのが三月中旬。以来、その帰属を巡って訴訟合戦に発展している。／東都相銀株二〇四〇万株は時価約六〇億円。六〇億円と言えば、東条家が右から左に調達できるような金額ではないし、東条ファミリー企業の借金五五〇億円も一括返済する、との情報も流れ、金融界では「東条家にはスポンサーが付いている」との見方が取り沙汰《ざた》され、疑心暗鬼が渦巻いていた。／そうしたなか、渦中の人となった埼山興業の山田社長が周囲に「東都相銀株を買ったのは埼山興業ではなく、私、個人だ。資金は関西の都銀系中堅商社に用立ててもらった」と発言した、との情報が流れた。／「関西の都銀系中堅商社」と言えば、加山銀行系の五両商事しかない。このため、金融界で「東条家の背後には加山銀行がいる。その狙いは合併して首都圏で地盤強化することに違いない」との見方が急浮上しているわけだ。／こうした見方に対し、五両商事は「個別の取引については答えられない」とコメント、加山銀行は「当行は五両商事のメインバンクだが、その個別の取引については承知していない」（広報部）としている。／しかし、東条家関係者は「山田社長に株買い取り資金を出したのは五両商事の子会社のゴリョーローンに間違いない」と話しており、それが事実とすれば加山銀行が背後にいる可能性は濃厚。もし、加山銀行が東都相銀を吸収合併すれば都銀の勢力図を大きく塗り替えることになるのは間違いなく、他の上位都銀は危機感を強めている。

読み終えて、井浦は昨日聞いた田所の話と符合する、そう思った。猜疑《さいぎ》心の強い井浦は、それまで田所を心底は信用していなかったが、毎朝新聞の記事を読んで、「田所は信用できる」と思い直していた。

井浦が一〇時半前に出勤し、社長室に入ると、稲村保雄ら四人が緊張した面持ちで待っていた。

「何だい。そんな緊張して。心配するなよ」

「先生、そうは言いましても、加山銀行が背後にいるとなると、大蔵省や日銀の当局だって我々の自主再建より、加山銀行の吸収合併を選ぶんじゃないですか」

滝尾が金縁のメガネの奥の小さな眼を剝《む》いて、食って掛かるような調子で言った。

「田中会長、大蔵省はどういう考えなんですか」

井浦が水を向けた。

「大蔵省は、基本的には我々を支持しているはずですよ。私がここに来たのも大蔵省の意向ですよ。その狙いは東条家に私物化された東都相銀を正常化させるためです。井浦さんたちが東条家を排除して再建しようというのですから、それに大蔵省が異論を差し挟むことはありません。日銀だって同じでしょう。だいたい日銀が東条ファミリーから回収しろと言ったんじゃないですか」

「会長、新しい動きはありませんか、当局のほうで」

「それはないですね」

「わかりました。それじゃ、私が入手した情報を基に説明しよう。まず、埼山興業の山田社長に資金を提供しているのは五両商事の河相社長だ。河相社長が加山銀行の磯部会長の腹心であることも間違いない。だから、加山銀行が東都相銀に強い関心を持っているのは事実だ」

ここで、滝尾が口を挟んだ。

「それじゃ、やっぱり、加山銀行が狙っているんじゃないですか」

「関心は持っている。だがな、滝尾君。関心を持っているからと言って、そうなるというものでもない。当局が加山銀行による東都相銀の吸収合併をシナリオとして持っているなら話は別だがね。今の田中会長の話では、それはないのだから、あまり心配ないと見ていい」

腕組みして聞いていた田中が首を傾げながら聞いた。

「先生、もし、山田社長、河相社長、磯部会長の三人が最初から組んでいたらどうなります？　このときも加山銀行が吸収合併する方向になるんじゃないでしょうか」

「その場合は、たしかにそうでしょう。でも、私の得ている情報ではそれはないと見ていいように思います。もちろん、まだ断定はできませんよ。でも、七、八割方信じてもいいような気がします」

「どういう情報ですか」

「ふむ。つまりですな。東都相銀株譲渡の経緯はこういうことなんです。融資返済を求めた我々の動きに困り果てた東条秀一の指示で、東都都市開発の幹部があちこち走り回り、埼山興業の山田社長を紹介してもらった、それが発端らしいんですよ。山田社長というのが明治時代のやくざみたいな人で、秀一君のためにひと肌脱ごうと言い出した、というんですな。でも、雇われ社長の身で、埼山興業ではカネは出せない。それで、資金の出し手を探したら、五両商事の河相社長が乗ってきたというのが真相のようです。だから、三人が最初からつるんでいたわけじゃない、そう見ていいんじゃないかとね」

「ほう、それなら先生の見込みも当たっているかもしれませんな」

田中がうなずき、稲村を見た。

「そうですね。でも、山田社長だってうちの株をずっと持ち続けるつもりじゃないでしょう。いずれ、どこかに売るんじゃないですかね。先生」

「それはそうだろう。稲村君、その売り先がうちになればいいわけだ」

「しかし、相手は加山銀行でしょ。うちとじゃ力が違いすぎやしませんか」

「そんなことはわかっている。だがな、山田社長の持っている東都相銀株は時価約六〇億円だ。うちにだってなんとかなる。まだ、あきらめるのは早い。実は今度、山田社長に会えることになった。明後日だ。その結果を見てから心配すればいい」

聞いていた四人がハッと我に返ったように身を乗り出して井浦を見つめた。滝尾がすっとんきょうな声を上げた。

「え、先生、山田社長に会えるんですか？」

「うむ。会う。もうセットできた。山田社長は義俠心《ぎきようしん》の強い人らしい。もちろん、海千山千でカネも大事だろう。しかし、我々の銀行再建に取り組む意欲を訴えれば、カネだけじゃないかもしれない。それも会ってみればわかるさ」

「それはよかった。とにかく、先生が会った結果を踏まえてもう一回、対策を検討してはどうですか。稲村さん、私も大蔵省関係でもう少し情報収集してみましょう。今日は大変、収穫があった。あまり期待してもなんですが、先生、よろしくお願いしますよ」

田中がこう発言すると、井浦は黙ってうなずいた。

会議が終わって、井浦が自室に戻ると、亀山がついてきた。

ソファーに腰を下ろした井浦は、胸ポケットから三枚の紙を出して亀山に渡した。田所からもらった怪文書だ。読み終わった亀山は井浦に返しながら言った。

「毎朝新聞の記事はこの文書がネタ元ですかね」

「それはわからん。だが、大手新聞の記者から入手したと言っていた」

「田所さんは相当深入りしているんですか」

「それもわからん。とはいえ、東条家だけじゃなくて山田社長にもパイプがあるのは間違いない。その辺のところは聞かなかったがな」

「河相社長とはどうでしょうか」

「田所の人脈は兜町が基本だろう。それから考えると、銀行関係はあまり人脈がないんじゃないか。うちのような仕手戦を仕掛けたりする特異なところは別だがね。まぁ聞いていないから断定はできんがな」

「聞いていただければよかったんですけどね」

「馬鹿もん。そんなにガッガツはできんよ。足元を見られる」

「それもそうですね。すみません」

「今日はこれからちょっと所用があって外出する。午後は事務所にいる。何かあったら事務所のほうに連絡しておいてくれ」

そう言うと井浦はソファーから立ち上がった。そして亀山を従えて部屋を出ると、エレベーターホールに向かった。

「私は一〇階の行員食堂に行きます」

亀山は先にきた昇りのエレベーターに乗り、少し遅れてきた下りに井浦が乗った。

一階でエレベーターを降りたとき、隣のエレベーターに乗り込む濃紺の背広を着た男の横顔がチラッと眼に入った。井浦はハッとして振り向いたが、ちょうどドアが閉まったところだった。男が田所波人のように見えたのだ。

井浦は亀山に所用と言ったが、実際は用などなかった。そのまま自室にいれば、亀山が一緒に昼食をと言い出しそうだった。それを避けるためについた嘘だった。井浦は「心配するな」と言ったが、ホンネでは心配だった。早く一人になりたかったのだ。

井浦は日比谷公園のほうに向かって歩き出した。だが、先ほど田所のように見えた男のことがなんとなく気になった。

――まさか、田所がうちの銀行に来ることはないだろう。もし来るとしても俺のところのはずだ。しかし、昨日会ったばかりだからありえない。そうでなければ、亀山のところだろう。だがそれなら、亀山がこれから田所が来ると報告したはずだし、行員食堂になど行かないだろう。亀山は田所とは一度か二度しか会っていないので、俺に任せると言った。その亀山が俺に内緒で会うはずはない。他人の空似かな――。

井浦はそんなことを考えながら歩いた。日比谷公園に着くと、もう新緑の季節だった。チューリップなども咲き乱れ気持ちがよく、田所のことが頭から徐々に離れていった。

第4章　株を握った男

1

四月一九日、金曜日午後六時、井浦重男は事務所から赤坂のうなぎ料亭「御膳」に向かった。一五分ほどで着いた。離れの座敷に案内されると、すぐに女将《おかみ》がお茶を持って挨拶《あいさつ》に来た。

「今日は野暮用でな。そのつもりで頼むよ」

「かしこまりました」

埼山興業社長の山田功が到着したのは、それからしばらくあとのことだった。

まさに田所波人の説明したとおりの風貌《ふうぼう》である。小太りで、大工刈りのようなごま塩の短髪。背格好は井浦と同じくらいだ。縦じまの派手なダブルの背広に身を包み、明るい青の地に赤の水玉模様のネクタイを締めていた。

「本日はお忙しいところ貴重なお時間を割いていただき、本当にありがとうございます」

井浦は山田を見るなり座布団をずらし、正座して畳に額を擦《こす》りつけんばかりに手をついた。そして、胸ポケットから名刺入れを出すと名刺を差し出した。

「井浦さんじゃね。お噂は聞いておるでよ。〝カミソリ井浦〟と呼ばれちょるらしいのう。一つ、お手柔らかにお願いするでよ」

山田はおもむろに背広の右ポケットから名刺を取り出し、井浦に渡した。名刺には「山田功」とだけあった。

「どうぞ、今日はゆっくりなさってください」

井浦は奥の席に着くように勧めた。

「ときに最初はビールでよろしいですか。オオサカビールでいかがでしょう」

山田がうなずくと、井浦は仲居にビールを三本注文した。銘柄をオオサカビールにしたのは加山銀行がメインバンクだったからだ。もし、山田が加山銀行とつながっているなら、そうするのが無難だと思ったのだ。

仲居がうなぎの煮凝《にこご》りとビールを持ってきた。

「さあ、どうぞ」

井浦はビールを持ち、山田に勧めた。自分のグラスには仲居に注いでもらった。

「それでは、本当に今日はありがとうございます」

そう言ってグラスを重ねた。

「山田さんは埼山財閥の大番頭と言われているようですが……」

「終戦直後ですわな。ちょうどあんたが〝カミソリ井浦〟と恐れられていた頃じゃ。埼山財閥もまだ財閥の体をなしておったから、裏の仕事がかなりあったでな。それをやっていたのがわしというわけじゃ。まあ、それで終身社長などと言われちょるが、今はそんなにやることはないんじゃよ。埼山財閥も過去の遺物みたいなものじゃからな」

「お察しのことと思いますが、今日は、私どもの再建の方針を説明させていただき、そのうえで山田さんの取得された東都相銀株のことでお話をうかがいたいと思いまして……。当行の最大の株主になられたわけですから」

井浦はビールを持ち、グラスを空けるように促した。

「お酒にしましょうか」

「そうじゃな、熱燗《あつかん》がいいわな。これからは手酌でやるけん、お構いのうしてくだされ」

井浦が手をたたいて仲居を呼び、熱燗を二本頼んだ。山田はハイライトを取り出すと火をつけた。

「たしかに東都相銀株は買いよったぜよ。東条秀一さんがお困りということじゃったからな。純粋の投資じゃよ」

山田はうまそうに一服すると、天井に向かって紫煙を吐き出した。

「ご承知のように、当行にはオーナーの東条義介時代の負の遺産があり、それが大きな足かせになっています。今、私どもは、その足かせを取り除いて再建するために全力投球しているのです」

「それはわしも聞いちょるわ。だが、少々手荒じゃなかかね」

「その点もご説明できるのですが、今日は言い訳いたしません。ご指摘を受けるような面があったことは否定しません。ただ、再建のためには避けて通れない道だったとご理解いただき、ご容赦願いたいと思います。私どもは、行員の将来のためにやっているのです」

「わしも同じじゃ。株を売る気はないぜよ。東都相銀行員の将来のためになる再建を実現できよるかどうか、見極めるつもりじゃ」

「そういうお気持ちなら、是非、私どもを支援していただきたいと思います。よろしくお願いします」

井浦は座布団を外し、また平身低頭した。山田はハイライトを灰皿に押し付けて火を消すと、両手を広げ、手のひらを上にして言った。

「まぁ井浦さん、面《おもて》を上げなされや。支援するしないは、もうちいとあんたらの経営を時間をかけて見なければなんとも言えんでのう」

「そうおっしゃるということは、加山銀行に株を売却することはないのですね」

「そんな憶測があるようじゃな。しかし、それはないぜよ。わしはどこにも売る気はないと言っちょるじゃろ」

「それを聞いて安心しました。ところで山田さんの資金は、五両商事の河相社長が融資しているというのは本当ですか」

「それは本当じゃ。しかし、それだけのことぜよ」

「河相社長は加山銀行の磯部会長の腹心ですよね」

「それはわしも聞いちょる。だが、わしは関係ないぜよ。五両商事もうちも、最近ゴルフ場開発を考えちょってな。その関係で担当者同士で接触があるんじゃ。わしも埼山興業社長として株を買うわけにはいかん。個人で買うしかないのよ。そうなりゃカネは借りよるしかないじゃろ。それをうちの担当者が五両の担当者に話したところ、河相社長がゴリョーローンを紹介しよったというわけじゃ」

「そうですか。山田さんは河相さんと面識がないのですか」

「いやいや、そんなことはないぜよ。あれだけのカネを借りよるんじゃからな。この間、会いよったよ」

「それが初めてですか」

「そうじゃ。磯部会長もパーティで見かけたことはあるが、話したことはないぜよ」

「ときに、墨田産業と東都都市開発にも五五〇億円を融資したようですが、これも山田さん個人ですか」

「そうじゃな。ただしこれは純粋なビジネスで、株とは別よ。あんたも知っちょるじゃろ。墨田産業も東都都市開発も優良会社じゃきに、回収の心配はないぜよ」

「わかりました。では、株が加山銀行に渡ることはないんですね」

「あんたもしつこいわな。株を売る気はないと言ったじゃろうが。わしは行員のための監視役になるつもりなんじゃ」

　山田はうるさいという顔つきで、井浦をにらみつけた。

「私どもも行員のために再建に取り組んでいます。もし、山田さんに私どもの考え方をご理解いただけたら、ご協力願えるのでしょうか」

「それは、わかっちょる」

「株を私どもに売っていただくことも可能と考えてよろしいですか」

「わしは東都相銀行員の将来にとって一番いい方向になるようにしたいんじゃよ。そのために最もいい選択をするつもりじゃ」

「私どもとしては、引き続き筆頭株主としての山田社長にご説明に上がりたいと思っております。それはよろしゅうございますね」

「もちろんぜよ。埼山興業に連絡しよればええ」

山田はポケットを探り、また、一枚の名刺を取り出し、井浦に渡した。「埼山興業社長山田功」とあった。

2

週明けの四月二二日月曜日、午前一〇時半からの〝御前会議〟で、井浦重男は山田との会談結果を報告した。井浦の報告内容はざっと次のようなものだった。①山田社長の東都相銀株取得資金は五両商事の子会社ゴリョーローンが貸し付けている。②墨田産業と東都都市開発の融資返済資金も山田社長が用立て、その五五〇億円もやはりゴリョーローンから借りている。狙いは純粋なビジネスで、両社とも優良会社だと話していた。③山田社長の言うところを信じれば、今回の件があるまで五両商事の河相社長とは面識がなかったし、加山銀行の磯部会長とは今も面識がない。④東都相銀株の購入目的は投資であり、売る気はない。⑤自分の役目は東都相銀行員にとって最も望ましい再建がなされるよう監視することだ。

この五点を説明したうえで、井浦は「我々が粘り強く山田社長と交渉すれば、株を譲り受けるのも不可能ではない、そういう感触を得た。これからも我々の再建に向けた方針を説明していくことも了解してくれた」と解説した。

「先生、脈はあるんですか」

「それはまだわからん。だが、不可能じゃないと思う。我々の再建案に納得してもらえれば、あとはこれ次第だろう」

井浦は指で丸を作ってみせた。

「では、山田社長との交渉は先生がやってくださるんですね」

「そうしよう。だが、これだけに頼っていてはリスクが大きすぎる。君たちも別の方法がないか探ってくれよ。墨田産業と東都都市開発の会社整理はいずれ取り下げざるをえないだろうからな。頼むぞ」

こう言い置いて井浦は立ち上がり、部屋を出た。

3

四月中は、東条家の顧問弁護士である森山恭二から何の連絡もなかった。亀山卓彦は

「こちらから連絡する」と言った手前、「森山から催促の電話があったら困るな」と思っていた。一応、すでに返済の手続きはできるようにしてあるが、返済を受けるのはできるだけ遅いほうがよかった。森山から電話があればすぐに手続きに入らざるをえなかったが、そうなれば会社整理の申し立ては取り下げるしかなかった。

連休明けの五月七日火曜日は、前日が振替休日だったため〝御前会議〟が開かれた。午前一〇時一五分には井浦重男が出社、所用で一一時出社予定の田中会長は不在だったが、すぐに会議は始まった。亀山は（もう一か月が過ぎた。森山弁護士が催促してきてもおかしくないな）とぼんやり考えていたが、特段何も言わなかった。社長の稲村保雄も常務の滝尾史郎も何も言うことはなかった。お茶を飲んで一〇分ほどで会議は終わった。

亀山が五階の自室に戻り執務机で新聞を読んでいると、内線電話が鳴った。

「亀山です。あ、会長ですか。ええ、わかりました」

会長の田中圭一からで、「面白い話があるので関係者を集めてほしい」という依頼だった。

時計を見ると午前一一時少し前だった。すぐに井浦重男らに連絡し、再び社長室に集まることになった。

亀山がドアを開けると、すでに四人は会議用のテーブルに座っていた。各人の前にコーヒーが運ばれていた。亀山が滝尾の隣の席に着くと、すすっていたコーヒーのカップをテーブルに置いて、田中が切り出した。

「実は昨日、大蔵省OB二人とゴルフをしたんですが、そこに麻布《あざぶ》画廊の社長、佐木恒雄《さきつねお》さんという方がいましてね。まあ、四人でプレーしたわけです」

「麻布画廊？」

井浦が〝聞いたことあるか〟という顔をして皆を見回した。稲村も滝尾も亀山も首を横に振った。

「佐木さんというのは、政界に人脈を持っている画商です。大蔵省にもずいぶん以前から出入りしていましてね。私も銀行局に在籍していた若い頃に何度か会っているんです。最近はすっかりご無沙汰《ぶさた》でしたがね」

田中はコーヒーカップを取り上げ、口元に運んだ。ひと口飲み終えると続けた。

「その佐木さんがプレーの途中で私と二人になったとき、『東都相銀の株が欲しいなら力になりますよ』と囁《ささや》くんですよ。『え、それ、どういうこと？』と問い返すと『私が仲介すれば株を取り戻せる』と自信たっぷりなんですな。話はそれで終わったんですが、プレーが終わって帰り際に私に名刺を差し出し、『必要なら連絡してください。早いほうがいいですよ』と言うんです」

田中は胸ポケットの手帳に挟んだ名刺を出し、テーブルに置いた。井浦が取り上げた。住所は「港区南青山二ノ〇△ノ一四」とあった。名刺は稲村、滝尾、亀山という順に回された。

「店は青山通りにあるんだな」

井浦がつぶやいた。

「どんな人物なんですかね。会長」

稲村が顔を上げた。あごをさすりながら、田中が答えた。

「変な人物じゃないと思いますよ。大蔵省の銀行局に二〇年も前から出入りしているんですから。それに、政界の有力者にも顔が利くという噂ですしね。そうそう、昨日、昼には大山武夫《たけお》蔵相に会ったときの話なんかもしていましたね」

「それで、どうなんです。会長は会ったほうがいいとお思いですか」

稲村が井浦の顔をうかがうようにして田中を見た。

「ふうむ、そうですね。とりあえず会ったほうがいいと思いますが。どうですか、先生」

「エヘン、エヘン」

井浦が腕組みを解き、咳払《せきばら》いをして脇《ほど》の田中を見た。

「そうですな。やはり、早急に会ってみたほうがよさそうです。問題は誰が会うかですよ。田中さん、あなたが会うというのはどうですか」

「もちろんかまいませんが、私じゃ子供の使いみたいにしかならないでしょう。また誰かが会わなきゃいけなくなります。私の紹介で亀山さんあたりが会いに行くほうがいいんじゃないですかね」

「子供の使いなど、そんなことはありませんよ、会長」

「先生。私は代表権もないんですよ。それに、まだ会長になって一年しか経っていませんしね」

　会長の田中は大正一〇年（一九二一年）の大晦日《おおみそか》生まれ。井浦と誕生日は同じだが、五歳年上である。戦時中の昭和一八年（一九四三年）九月に東京大学法学部を卒業して大蔵省に入る。課長補佐までは理財局勤務が長かったが、昭和三〇年代後半の課長時代は主計局の主計官や銀行局の特殊銀行課長、総務課長を歴任、銀行局担当審議官を経て環境庁に移り、昭和四九年には事務次官にまで上り詰めた。退官後は環境公庫副総裁などを経て、昭和五八年一二月、東都相銀に顧問で入行、昭和五九年六月に会長に就任した。

　田中はあまり大蔵官僚らしくない茫洋《ぼうよう》とした人物で人柄もよかった。逆にちょっと頼りないところもあったが、それが東都相銀のような銀行ではプラスに働いていた。井浦にしても、ちょっと馬鹿にした気持ちがあり、警戒心はまったくなかった。

「会長、何を言うんですか。今年の総会では代表権を持っていただきますよ。それはそれとして、誰が会うかといえば、事情に精通した人間のほうがいいのも確かです。亀山君がまず会って話を聞いてくるのがいいかもしれませんな。稲村君どうかね」

「そうですね。まだ海のものとも山のものともわかりませんから、先生や私が出るわけにもいかないでしょう。滝尾君も肩書が常務だし、マスコミ対応で忙しいこともあります。亀山君の場合、取締役という肩書はいいんじゃないでしょうか。我々のまだ完全には信用していないぞ、という感じも相手に伝わりますし……」

「そうだな。じゃあ、亀山君、午後一番で連絡を取ってみてくれ。で、できるだけ早く会ってみてくれよ。会長、それでいいですな」

「いいですよ。彼の言うことがまやかしじゃなきゃ、前進ですからね」

井浦はその日の午後一時半過ぎから、飯田ビル三〇階の井浦法律事務所で過ごした。数年前から東都相銀の経営にかかりきりで弁護士業は開店休業状態だったが、顧問をしている先がまだ数社あった。そのうちの一社の総務部の者が午後三時から来ることになっていた。井浦は秘書の葉山栄子が運んできたコーヒーを飲みながら考え込んだ。

――佐木という男は本当に信用できるのだろうか。いや、信用できる男であってほしい。大蔵省に長年通っているという話からすれば、ある程度信用していいだろう。だが、信用できても株の買い戻しが実現しなきゃ意味はない――。

そんな自問自答を続けていると電話が鳴った。

「あぁ、亀山君か。で、どうだった。ふむ、そうか。それはよかった。報告？　そうだな、先に俺が聞くか。じゃあ、明日オーシャンホテルの三〇〇二号室を取っておくから、終わったら来てくれ」

井浦は受話器を置いた。亀山が翌日の五月八日、水曜日午後四時半から麻布画廊で佐木恒雄に会うことの連絡だった。

午後三時からの来客が小一時間ですむと、井浦は名刺入れから一枚の名刺を取り出した。それを見ながらダイヤルを回した。

「あ、田所さんですか。いや、ちょっとお聞きしたいことがありましてね。もし、お時間があれば会って話したいんですよ。できるだけ早いほうが助かります。え、今日、明日は駄目ですか。そう、それじゃ九日の木曜日はどうです。いい？　夜の八時頃ですか。もちろん大丈夫ですよ。では、新橋シティホテル最上階のレストランバーを予約しておきます。たしか『シティラウンジ31』といったかな。私は七時半くらいには行ってますよ。それじゃそういうことで。あ、それともう一つ、ちょっと教えていただきたいことがあるんです。田所さんは麻布画廊の佐木さんって知っていますか。ほう知っている。どんな人です？　信用できますか。ああ、そう。わかりました。それでは九日に会いましょう。え、佐木さんのことも調べてくれる？　それは助かる。お願いします」

受話器を置いた井浦は、「これなら、期待してもいいかな」と独り言をもらした。

4

麻布画廊は青山通りを渋谷方面に向かった左手にあった。道路に面した三〇坪ほどの横長の店だった。入り口は左端で、入るとすぐ接客用のテーブルと椅子が置かれ、奥にカウンターがあって女性店員が一人いた。その右側に五枚の絵が飾られていた。道路側は全面ガラス張りで、歩道から中がよく見えた。

亀山卓彦は五月八日午後四時前、東都相銀本店を出て新橋から地下鉄銀座線に乗った。外苑《がいえん》前で降り赤坂方面に一〇〇メートルほど戻った。麻布画廊のガラスのドアを開けると、カウンターの中の女性が立ち上がった。

「失礼ですが、亀山様でしょうか」

亀山がうなずくと「お待ちしておりました」と言って、カウンターの中に招き入れた。右側にドアがあり、そこを開けると事務所兼社長室だった。奥の執務机に真っ白な髪を七三に綺麗《きれい》に分けた男が座っていた。年格好は田中会長と同じ六〇代半ばくらいに見えた。立ち上がると一七〇センチくらいの中肉中背で、色白ののっぺりした顔つきだった。その男が佐木恒雄で、手前のソファーに座るよう勧めた。

「初めまして。私、東都相銀の亀山です」

亀山はソファーに座る前に名刺を差し出した。佐木は自分の名刺も差し出し、一緒に腰掛けた。そこへ女性店員がお茶を運んできた。佐木は亀山の名刺をテーブルに置き、もみ手をしながら笑顔でうなずくように言った。

「亀山さん、お初にお目にかかります」

「こちらこそ。田中から佐木さんの話はうかがっております。それを詳しく聞いてこい、ということでして……」

「田中会長とは古い付き合いなんですよ。銀行局の総務課長時代からですからね。大変お世話になっているんです。その恩返しをしたい、そういう気持ちもありましてね」

「うちの銀行のことでご協力がいただける、そのようなお話だと聞いていますが……」

「亀山さん、東都相銀株はカネですよ」

「え、それはどういう意味です？」

あまりにも単刀直入な佐木の言葉に、亀山は湯呑《の》みを落としそうになった。

「カネを出せば、東都相銀株は手に入るということですよ」

「え、東都相銀株を時価より高値で買い取れということですか」

「そんなことはできません。だって東都相銀は店頭公開していますよね。株価がありますから、三〇〇円のものを五〇〇円で買うなんてことはできません。ですから別ルートでカネを流せばいいんです。それは私たちの仕事なんですよ。亀山さん、絵画ビジネスってどんなものかご存知ですか？」

「いや、あいにく不勉強でよく知りません」

　佐木は真っ白な髪に手をやりながら、説明を始めた。

「それじゃ、お教えしましょう。絵画などの美術品というのは価格があって無きがごとしなんですよ。わかります？」

「なんとなくわかります」

「一つ、例を挙げて説明しましょう。ここに一枚の油絵があったとします。この灰皿を油絵と考えてください」

　佐木はテーブルの灰皿を持ち上げた。

「これがある収集家が長年探し求めた一枚だったとします。その人にとっては一〇〇〇万円の価値があります。しかし普通の人にとってはそんな価値はありません。同じ画家の同じ号数の油絵と同じ価値で、通常五〇〇万円で取引されていれば五〇〇万円です。つまり、一枚の絵は五〇〇万円で取引されても一〇〇〇万円で取引されても問題ないんです。極端なことを言えば一億円でもかまわないんです」

「一物二価、三価ということですか」

「そのとおりです。内密ですけど、よく使われるやり方を一つご紹介しましょう。たとえば、ある銀行に功労者の取締役がいたとします。規定ではその取締役に退職慰労金は五〇〇〇万円しか払えない。でも、あと二〇〇〇万円は上乗せしてやりたい、そう思ったとします。そのとき絵画を使うんです。まず、その取締役に常識では二〇〇〇万円の価値の絵画を買ってもらいます。それをたとえば私が四〇〇〇万円で買い取るんですな。そうすれば、取締役は差額の二〇〇〇万円を手にできるわけです」

「あなたが四〇〇〇万円で買った絵画はどうなるんですか」

「当然、その銀行が私への手数料を上乗せして買い取るんです。手数料が二〇〇万円なら四二〇〇万円でね。そして絵画はその銀行の資産として帳簿に四二〇〇万円で載るわけです」

「なるほど、それが絵画ビジネスですか」

「インフレのこの時代、一〇年経てば今は四二〇〇万円の絵画が五〇〇〇万円くらいに跳ね上がることはあるんですよ。私は、そういう商売を長年やっているんです」

「よくわかりました。でも、絵画ビジネスと東都相銀株の取得がどう関係するんでしょう。あまり関係ないような気がしますが……」

「いやいや亀山さん、何を言うんですか。私はこの問題の関係者をすべて知っていて、みんながカネで動くんですよ。いくらでもやりようはあるでしょう」

佐木はテーブルに両手をついて身を乗り出した。

「みんな、とはどういうことです？」

亀山はちょっと身をのけぞらせた。

「私はね、埼山興業の山田社長とはもう二〇年の付き合いです。山田さんはやくざじゃありませんが、心はやくざ以上に任俠道《にんきょうどう》の人です。単純にカネを積めば動く人じゃありません。でも、意気に感じればカネで動くんです。自分の懐を肥やすことはしませんが、人の懐を肥やすことならやりますよ。それに私は政界ともつながりが結構ありましてね。特に大山武夫蔵相の秘書、青井五郎君とはツーカーの仲です。山田さんだって大山蔵相が亀山さんたちを支持すれば株を売りますよ。それは安心してください」

「それなら、私どもはどうすればいいんですか」

佐木の自信たっぷりな言い方に亀山は少し胡乱《うろん》顔で聞いた。

「まぁ、あまり急がないでください。どういうシナリオで動けばいいか腹案はあります。ただ、まだそれを言うのは早い。次回にしましょう」

そう言って佐木は亀山を見据えて、続けた。

「よく東都相銀さんで相談してください。そのうえで、またご相談しましょう」

「わかりました。持ち帰って相談します」

亀山は立ち上がって一礼した。部屋を出る亀山に、佐木が「私はあなた方の味方です。安心してください。できる限りの協力をします。田中会長によろしくお伝えください」と言って見送った。

青山通りに出た亀山は時計を見た。あと一〇分で午後五時半だった。渋谷方面に歩き、外苑前から地下鉄に乗り、渋谷に出た。そして山手線で品川に向かった。

亀山がオーシャンホテルに着いたのは午後六時過ぎだった。フロントで三〇〇二号室と言うと、もうチェックインされていた。エレベーターで三〇階に上がり、インターホンを押した。

「おう、待ってたぞ」

井浦重男がドアを開けた。上着はもちろん、ネクタイも外し、ズボンとワイシャツ姿だった。すでにルームサービスで生ハムやチーズなどつまみとビールを取っていた。

「いつから、来ていたんですか」

「いや、五時過ぎには着いていた。それでルームサービスを取ってちょっと早めに飲んでいたんだ」

井浦がそう言いながら、亀山にビールを注いだ。

「ご苦労さん。で、どうだった」

下戸の亀山は少し口をつけただけで、グラスをテーブルに置いた。

「いや、悪かった。君は下戸だったな」

井浦は立ち上がり、冷蔵庫から缶コーヒーを持ってきた。

「すみません」

亀山は缶コーヒーを開け、ひと口飲んだ。

「はぁ、まだなんとも言えません。佐木さんは具体的にどうすればいいのか、言いませんでしたから。でも、相当な自信でした」

「整理して説明してくれよ」

「そうですね。一つは彼の人脈です。埼山興業の山田社長とは長い付き合いのようです。それから大山蔵相の秘書、青井五郎さんとも非常に親密なように話していました」

「それから？」

「ええ、東都相銀株はカネだと言うんです。カネさえ使えば山田社長も動くと。山田社長は自分の懐を肥やすような人間ではないが、当局が明確な方針を示せば動くと言うんですね」

「カネというのはどれくらいの額をどうしろと言うんだ」

「それはまだ言いませんでした」

「それじゃあ仕方ないな。まだ、海のものとも山のものともわからんな」

「たしかにそうなんですが、ちょっと気になることを言うんですよ」

「何だ？」

「要するに、絵画ビジネスを利用せよということみたいなんですが、そこがはっきりしません」

「どういう話だ」

「つまり、絵画は価格があって無きがごとしだと。五〇〇万円の絵画が一〇〇〇万円でも、極端な話一億円でもいい……。それを利用するのが絵画ビジネスだって言うんです。それでどうしろ、とは言わないんですがね。たぶん絵画ビジネスを使ってカネを流せば、株を買い取れると示唆しているような気がします。はっきりとは言いませんでしたが。腹案はあるので次回にしようということでした」

「そうか。それならもう一度会うしかないな。明日、また午前一〇時半から打ち合わせをしよう。今日はここで食事をして上で飲むか。ああ、君は下戸だったたな」

「食事は何にしますか」

「ビーフカレーでももらうか」

亀山は、ルームサービスに電話した。

5

「先生、どう思いますか」

五月九日、木曜日午前一〇時半、東都相銀本店六階の社長室。井浦重男が部屋に入るなり、声が飛んだ。会長の田中圭一だった。

「もう、亀山君の報告は聞いたんですか」

井浦が座りながら、四人を見回すと、皆うなずいた。

「まだわかりませんが、株買い取りの脈はある、そう見ていいような気がします。加山銀行、埼山興業、東条家の三者が最初からつながって仕組んだわけでないことは七、八割方間違いない、そう思われます。山田社長もそう言っているし、佐木さんもカネの問題だと言っているわけですから。でも、佐木さんに株買い取りの力が本当にあるのか、それはわかりません。今後はそこを詰める必要があります。田中さんは以前から佐木さんをご存知なんでしょう。どう思われますか」

「いや、私も銀行局にいたときですからね。もう二〇年も前ですよ。ただね、当時も佐木さんは大臣のところに出入りしていたようです。だから大山武夫蔵相の秘書、青井五郎さんと親しいというのは信じてもいいような気がします」

「会長は大蔵省関係で佐木さんの最近の動静を探っていただけませんか。私も独自のルートで調べてみます。それと、埼山興業の山田社長との関係も調べないといけませんね。彼が山田社長に影響力がなきゃ話になりませんからね。佐木さん本人はどう言ってるんだっけ？」

　亀山を見て、井浦が聞いた。

「二〇年来の付き合いだと言っています」

　伏せていた眼を上げて、亀山が答えた。

「そうだったな。それと山田社長は私腹は肥やさないが、他人のためならカネで動く、そう言っていたんだっけ」

「そうです。それと絵画ビジネスが関係あるような気がしますね」

「彼の言いたいことは、たぶん、絵画取引を使ってカネを誰かに流せ、そういうことだろう。でも、その辺はもう少し彼の考えを聞かないとね。これはおいおい、本人がしゃべるだろうけどな」

「先生、もう一度、佐木さんに会いましょうか」

「その必要はあるがね。だが、まだ早いよ。昨日の今日だろう。こっちでもう少し調査してからだな。とにかく、これから一週間は調査に全力投球しようや」

「先生、取材に来るマスコミの連中にも聞きますか」

うつむきがちに、じっとやりとりに耳を傾けていた滝尾が口を開いた。

「滝尾君、それはまずい。相手から話が出たら少し聞いてみるのもいいが、こちらから不用意にしゃべったら、いつどんなかたちで記事にされるかわからんよ。仮に向こうが聞いてきても、何も知らないような顔をして相手の知っていることを聞き出すのがいいだろう。今のところどうなんだ」

「いや、佐木さんのことを持ち出した記者はいません。社長はどうですか」

「僕のところに来た記者も、その話をしたやつはいないな」

「これからは気をつけてくれよ。あ、それから、マスコミ対応をしている滝尾君と稲村君は加山銀行の磯部さんがどんなことを言っているか、記者からうまく聞き出すようにしてほしい。それも重要だからな。じゃあ、今日はこんなところでいいか。何も突発事態がなければ一週間後に集まろう」

6

新橋シティホテルのレストランバー「シティラウンジ31」は最上階三一階にある。銀座から汐留《しおどめ》方面の夜景が自慢で、「東京のマンハッタン」をうたい文句にしている。室内はアールデコ調のインテリアで統一され、恋人同士が愛を語らう場、そんな雰囲気の店だ。窓際にテーブルが並んでいる。

井浦重男が「シティラウンジ31」に入ったのは五月九日午後七時半少し前。入り口で予約している旨を伝えると、ボーイの先導で一番奥の席に案内された。途中の席はすべて埋まり、ほとんどが若い男女のカップルだった。

「場違いだったかな」

席に着いて、井浦はボーイに向かって言うでもなくもらした。ボーイは笑みを浮かべた。

「お連れ様がいらっしゃるまで、お待ちになりますか」

「君ね、お連れ様と言ったって、むさくるしい中年男だぞ。それも三〇分くらいあとだ。たぶん食事はすませてくるから、私はその前に食べておきたい」

ボーイはメニューを開いて差し出した。

「軽い食事がいいんだがね」

井浦はメニューを見ながら聞いた。

「そうですね。肉より魚がよろしいでしょうか」

「そうね。ステーキは重いな」

「今日は『舌平目のソテー』がお勧めです。それにスープとサラダでどうでしょう」

「あぁそれでいい。スープはコンソメ。ライスじゃなくてパンでいい」

「お飲み物はどうされますか」

「じゃあ、ビールを頼む。連れが来たらまた頼むよ」

ボーイは「かしこまりました」と言って、テーブルを離れた。

井浦が食事を終え、ぼんやり汐留方面の夜景を眺めていると、後ろから声が掛かった。

「お連れ様がお見えです」

振り向くと、田所波人がボーイの背後から近づいてきた。

「やあ、お待たせしました」

田所はそう言いながら反対側の席に着いた。

「お飲み物はどうされます」

「田所さん、食事はすんでいるんですよね」

「はい、すんでいます」

「それじゃ飲むだけですね。ここカクテルもいいんですよ。どうされます」

「私は苦手なんですよ。水割りでいいです。オールドパーの水割りをお願いします」

「それじゃ僕はカンパリソーダ。それにチーズの盛り合わせ、あとナッツの盛り合わせももらいますか」

「そうですね」

「じゃ、それでお願いします」

ボーイがテーブルを離れると、田所が身を乗り出して小声で言った。

「地下の『いろり』とは大違いですね。男二人で来るところじゃありませんね」

「田所さん、だからいいんですよ」

「そうでしょうけど、ほかのお客さんにとっちゃ迷惑でしょうね」

「いやいや、カップルは私たちなんて眼中にありません。みんな二人だけの世界ですよ」

そんな馬鹿話をしていると、水割り、カンパリソーダ、つまみが運ばれてきた。二人はグラスを重ねた。

「田所さん、で、どうでした？」

「どうでしたって？」

「ほら、この間、電話でお願いした麻布画廊の佐木さんのことです」

「あぁ、調べましたよ」

「田所さんは佐木さんとは面識はないんですか」

「ないといえばないし、あるといえばある。どう言ったらいいんでしょうね。ある勉強会で三回、顔は合わせています。でも口を利いたことは一回しかありません。勉強会でたまたま席が隣り合わせになったんです。合間に世間話を少ししただけですが、そのときの印象はどこにでもいるオヤジという感じでしたね。しかし、勉強会のメンバーで佐木さんをよく知るという人に聞いてみたらビックリですよ」

「フィクサーだと聞いてますが」

「そうなんですよ。井浦さん、福山正也《ふくやままさや》ってご存知ですよね」

「何度か会ってますよ。銀座アート代表ですね」

「その福山さんが表のフィクサーとすれば、佐木さんは裏のフィクサーなんです」

「ほう、大山武夫蔵相との関係ですか」

「そうです。福山さんは大山蔵相との関係が最も深いと言われていますが、それよりも深いのが佐木さんらしいです」

「その割りに今まであまり名前が登場しませんでしたね」

「井浦さん、何をおっしゃいます。フィクサーっていうのは本当は名前が表に出てはまずいんですよ。井浦さんだって東都相銀のフィクサーと言われていますけど、今度の内紛が始まるまでは知る人ぞ知るという感じだったでしょ」

「そう言われればそうですな」

「でしょう。大山蔵相というのは気配りの人です。そして細心で慎重な人です。福山さんのように政界、官界、経済界からマスコミ界まで幅広く人脈を築いた人も大事ですが、本当に秘密の話はそのルートでやりたくないというのがホンネです。そうした秘中の秘の案件を手掛けるのが佐木さんらしいんですよ」

「ほう、そんなすごい人なんですか」

「間違いないと思います。まあ、私も本人と親密なわけではありませんから太鼓判は押せません。しかし、これは確かな筋から得た情報です。もちろん私の取材に疑問を持つなら仕方ありませんが。ところで井浦さん、なぜ佐木さんのことを尋ねてこられたんですか」

「いや、これはオフレコですがね、彼が『東都相銀株はカネだ』と言うんですよ。で、自分に任せれば買い取れるとね」

「そういうことですか。いやぁ、それなら頼まれればいいじゃないですか。きっとうまくいきますよ。大山蔵相の黒子と言われる青井五郎さんとは二卵性双生児、そんなあだ名であるらしいですよ、佐木さんには」

「やはり青井さんとは親密なんですか」

「それは間違いありません。でも、裏のフィクサーですから、佐木さんはともかく大山蔵相サイドは否定するでしょうけどね。蔵相サイドはあまり親密だと思われたくないでしょうから」

「佐木さんに頼んでも問題ないと思いますか？」

「そりゃ、頼んだほうがいいですよ」

「そうですか。ついでに聞きますが、彼と埼山興業の山田社長の関係については何かご存知ですか」

「そっちのほうは知りません。でも、福山さんを上回るフィクサーですよ、佐木さんは。山田社長はどうとでもなるでしょう」

「しかし、佐木さんのことを我々は何も知らないんです。それほどの大物フィクサーなら少しは耳に入ってきてもおかしくないでしょう。こう言っちゃなんですが、うちは闇の世界に半分足を突っ込んだような銀行です。そこの網にかからないなんてことがありますかね。それが私は疑問なんです」

「井浦さん、あなたが知っているのは義介さんの時代の話でしょ。当時は大山蔵相もまだ〝ひよこ〟でした。彼が頭角を現してきたのはここ数年です。知らないのが当然ですよ。とにかく大山蔵相を動かすなら佐木さんですね。福山さんは大山蔵相だけじゃありませんから」

「ふうむ。そんなに力があるんですか」

井浦は感心したように何度もうなずいた。

「そう考えていいと思います。私の取材力が信じられなければ別ですが」

「いや、そんなことはありません。今日は本当にありがとうございました。また、お願いしますよ」

井浦はポケットから一〇〇万円の入った分厚い封筒を出した。テーブルの下から差し出すと、素知らぬ顔で田所は受け取った。

「連絡をいただければいつでも参上しますよ。ときにですね、フィクサーってなぜ画商だと思います？」

「絵画は価格があって無きがごとし、だからですか」

「そのとおりです。美術品は人によって価値が月とスッポンくらい違いますからね。国税にしても追及できないんですよ」

「今度はいろいろ勉強になりましたよ。私も義介時代の東都相銀で数々の修羅場をくぐってきましたが、不覚にも今までそれを知りませんでした。ときに、田所さんはうちの田中をご存知ですか」

　腰を浮かした田所が座りなおして井浦を見つめた。

「田中さん？　お宅の会長でしょう。それは知っていますよ」

「いや、面識があるのか、ということです」

「田中さんね、大蔵省出身でしょ。たぶん、会ったことはないように思いますね」

　田所は難しい顔をして天井を見上げた。

「気にしないでください。うちの田中が佐木さんと知り合いだと話していたので、聞いただけです。今日は、本当にありがとうございました」

　田所が立ち上がって歩き出した。井浦はキャッシャーのところで「私はここで支払いをして帰りますのでお先にどうぞ」と言って、田所を送り出した。

　井浦は田所の話を聞き、九割方は佐木に仲介を頼もうと思った。しかし猜疑《さいぎ》心の強い井浦は九九％まで確信が持ちたかった。

7

翌五月一〇日、金曜日、井浦は午前一〇時半に東都相銀に出勤すると自室の電話を取った。埼山興業社長の山田功に電話するためだった。秘書らしい女性が電話口に出た。

「山田社長をお願いします」

――どちら様でしょうか。

「井浦と申します」

――どちらの井浦様でしょうか？

「先日お目にかかっているので、井浦でわかると思います」

――……。

「あ、井浦でございます。この間お会いしたばかりで恐縮ですが、またお時間をいただけませんか。小一時間ほどでかまいません」

――なにごとじゃな。わしは今日ならええが。

「あ、左様でございますか。どこにうかがえばよろしいでしょう」

――埼山興業に来よればいいが。

「いや、それはちょっと……。帝都ホテルでどうでしょう」

――それでもかまわんが、時間はどうするんじゃ。

「それでは昼でどうでしょう？」

——昼は無理じゃな。

「それなら、午後二時半からでいかがでしょう」

——ふうむ。

「それでは一〇分後にまたお電話します」

井浦は電話を一度切ってまた受話器を取った。帝都ホテルのセミスウィートを予約し、改めて山田社長にルームナンバーを伝えた。

午前一一時過ぎ、井浦は東都相銀を出た。銀行では泰然自若とした風を装っているが、短気でじっとしていられない性質だった。そんなときはあてどもなく日比谷公園を歩き回るのが癖だった。

外は花曇りだったが、ぽかぽかした陽気だった。日比谷公園にはチューリップが咲き乱れていた。井浦はダンヒルを吸いながら、難しい顔をして歩き回った。休み時間になったからか、昼前になると日比谷公園にはワイシャツ姿のサラリーマンの数が増えた。

日比谷公園を出た井浦は帝都ホテルにチェックインし、七一二号室でルームサービスの食事を取った。まだ、約束の時間まで二時間近くあった。ベッドに横になりテレビをつけた。しかし見るつもりはなく、ぼんやり眺めるだけだった。頭のなかは佐木のことで一杯だった。しばらくして井浦はルームサービスで二人分のコーヒーを取った。ボーイがコーヒーを運んでくると、リビングルームのテーブルにセットしてもらった。

午後二時四〇分、インターホンが鳴った。

部屋の入り口で、山田は笑顔で出迎えた井浦の手を握った。

「で、なにごとじゃね」

井浦は山田の背に軽く手を回し、リビングに案内した。山田が席に着くと、コーヒーをいれた。

「いや、お忙しいなか申し訳ありません。私どもとしては山田社長のご協力を得て自主再建したい、それは前回お話ししてご理解いただけたと思っています。私どもの再建案はいずれきちっとまとめてご説明に上がるつもりです。今日は、当局の判断について山田社長がどうお考えなのか、その点を確認したいと思いまして……」

「当局とはどこのことじゃ。大蔵省か？　日銀か？」

「大蔵省です。今回の行動は日銀さんの意向を受けてやったものですから、そちらの理解は得ていると思っています。もちろん、うちの銀行は大蔵省から会長の田中を受け入れていまして、その線からは何も伝わってきていません。そこから類推する限り大蔵省からも暗黙の了解を得ていると思っています。そこで、当局のお墨付きをもらった再建案を作れば、山田社長に我々を支持していただけると考えてよいのかをうかがおうと思いまして」

「それは当然じゃよ。わしはな、東都相銀の行員のために監視するつもりじゃからな」

「大山蔵相に私どもを支持していただければ、それはどうですか」

「大山先生とは長い付き合いじゃよ。しかし今は蔵相じゃからのう。埼山財閥は金融財閥で金融機関ばかりじゃけん、わしも遠慮しちょるのよ。とはいえ秘書の青井さんとは連絡を取り合っちょるがな。大臣の秘書は行政に関係しよるが、青井さんは政務の秘書じゃけん安心なんじゃ」

「蔵相が私どもを支持すれば、よろしいということですか」

「それはそうじゃな。じゃが大山先生はのう、自分の考えをあまりはっきりさせよらん人じゃよ。官僚の神輿《みこし》に乗るのがうまい人じゃけんな」

「それは存じています。しかし大山蔵相が私どもを支持してくだされば、山田社長も協力いただける、そう思っていいですね」

「それは当然じゃよ。わしと大山蔵相の関係を考えよったらのう」

「ありがとうございます。それから、つかぬことをうかがいますが、社長は佐木という画商をご存知ですか」

「佐木？　ああ麻布画廊の社長じゃな。わしも絵が好きでな。ずいぶん昔から付き合いがあるわな。立派な男じゃよ」

「フィクサーという噂もありますが……」

「フィクサー、そんな男じゃないぜよ。昔から大蔵省には強い男じゃがな」

「大山蔵相とはどうですか」

「それは知りよらんが、大山先生の蔵相は二度目じゃろ。通算在任期間も五年になりよるから、そりゃよう知っちょるんじゃないかのう。何か東都相銀の問題に佐木さんが関係しよるのか」

「いや、そんなことはありませんが、ちょっと、佐木さんに頼めば問題が解決するという噂がありましてね」

「ほう、そんな噂がありよるのか。わしは知らんが、佐木さんは信用できる男じゃよ。今回の件で佐木さんに何ができよるのかはわからんがのう」

「参考になりました。今日はどうもありがとうございました」

井浦は山田を見送るため、ドアを開けた。

「井浦さんよ、わしはな、立派な再建案ができよることを期待しちょるでな。頑張りなされや」

山田は手を差し出した。井浦は握り返した。

「ええ、頑張ります。ご支援のほどよろしくお願いします」

井浦は部屋のドアを手で押さえ、最敬礼して左肩を傾がせて歩く山田の後ろ姿を見送った。山田がエレベーターに消え、井浦はドアを閉めた。一人になって、リビングのソファーに倒れ込むように座った。

――これは、いける。これは、いける。

そう思いながら井浦はダンヒルに火をつけ、うまそうに吸った。煙を吐き出すと、眼をつむった。

8

五月一三日月曜日、〝御前会議〟が午前一〇時半から開かれたが、一〇分ほどで終了した。

井浦重男が会議を開く社長室に入ると、メンバー四人の眼が席に着く井浦を追った。

「何かついているか。俺の顔に？」

井浦が苦笑して言うと、四人は首を振った。

「俺からは今日は何も報告はないよ」

田所波人に会ったことは亀山卓彦以外には秘密になっていたうえ、埼山興業社長の山田功が大山蔵相の支持を得れば株式の売却に乗る可能性があることもまだ伏せておいたほうがいい、そう井浦は判断したのだ。

「それより田中会長、大蔵省のほうはどうですか。佐木氏に関する情報は何かありましたか」

「私が直接聞くのも変なんで、知り合いのOBに頼んで銀行局幹部に聞いてもらいましたよ。佐木氏は今も大蔵省銀行局の幹部のところに出入りしているのは間違いない、とのことでした」

「マスコミの動向は？」

稲村保雄も滝尾史郎も首を横に振って答えなかった。

「新たな報道もなかったしな。まぁいい。大事なのは加山銀行の狙いを探ることだ。これに全力投球してくれ。加山銀行も我々同様に埼山興業の山田社長や大蔵省にアプローチしている、そう考えるのが自然だからな。先手、先手で動くしかない。そうだ亀山君、もう一度佐木さんに会ってくれ」

井浦はこう指示すると、立ち上がった。

社長室を出ると井浦は亀山を呼び止めた。食事に誘うためだった。井浦は亀山にだけは田所に会った話をしておいたほうがいいと判断したのだ。一瞬、山田との話も一緒にしようかと思ったが、「先入観を与えてもまずい」と思い直して田所の話だけにした。

井浦と日比谷公園の山本楼で食事を終えると、亀山は五階の役員室に戻り、麻布画廊に何度か電話をした。しかし佐木は出張中で、明日（一四日）まで不在とのことだった。

佐木と連絡が取れたのが一五日水曜日の昼前で、一七日午前一一時からまた麻布画廊で会うことになった。

9

五月一七日、金曜日午前一一時一〇分前、亀山が麻布画廊に着くと、佐木恒雄は店に出ていた。

「亀山さん、隣に行きましょうか」

佐木は隣のティールームに入った。午前中ということもあって、客はあまりいなかった。スポーツ新聞を読んでいるサラリーマン風の男が三人いただけだった。二人は歩道際の席に着いた。

「どうして青山にあるのに麻布画廊というんですか」

「いやね、以前は麻布十番にあったんですよ。一〇年ほど前にこっちに引っ越したんです」

「ああ、そういうことですか」

「この前、だいたいお話ししたはずですけど、今日はなんですか」

「いえ、少し補足してうかがいたいと思いましてね。まだよくわからないことがあったので」

「ほう。まだ、わからない？」

佐木は白髪に手をやりながら怪訝《けげん》な顔をした。

「ええ、とにかくカネを使えば株は何とかなる、それはわかりました。でも、カネは誰にどうやって渡すのですか」

「それはまだ、今やっている最中だから言えません。でも、あと半月くらいでおぼろげながら絵が見えてくると思います。ただ、それはあなたと話しても仕方ないでしょう。やはりお宅の〝天皇〟じゃなきゃね」

「それはわかっております。私どもとして仲介をお願いすることになれば、社長の稲村か監査役の井浦がお目にかかることになると思います」

「株を取り戻せるのは僕しかいませんよ。山田社長を説得できるのも僕だし、大山蔵相だってこっちの味方にできますから」

「それはもう、わかっています。佐木さんの人脈は十分承知しています。最後に一つだけお願いします。カネと言いましてもどのくらいの金額と考えたらいいでしょうか」

「それはまだ絵が描けていませんからねぇ……。でも、四桁《けた》というわけにはいきませんよ。やはり五桁か六桁ですね」

「四桁というのは一〇〇〇万円単位のことですか」

「まあ、そんなところです」

亀山は佐木と別れると、飯田ビルの井浦の事務所に向かった。井浦に報告することになっていたのだ。亀山は一五分ほどで報告を終え、東都相銀本店に戻った。

一人になった井浦は電話を取った。井浦の頭の片隅には、四月一七日昼、東都相銀本店一階でちらっと見かけた、エレベーターに乗り込む、田所に似た男の後ろ姿が依然として残っていた。それが気になって、田所に電話するためだった。会長の田中圭一と佐木の関係について今度は婉曲《えんきょく》でなくそのものズバリ突っ込んで聞いてみようと思ったのだ。それに、絵画を使った取引でカネを渡す場合、どのくらいの金額になるのか、聞いてみたかった。

井浦は三〇秒ほど、受話器を耳に当てていたが、ベルが鳴るだけで、田所は出なかった。

第5章　仕掛けられた罠

1

井浦重男は亀山卓彦の話を聞いてシナリオが見えてきたような気がした。大山武夫蔵相に美術品の取引を使って資金を提供すれば、埼山興業の山田功社長も東都相銀株を我々に売り渡してくれる――。麻布画廊の佐木恒雄は我々にそういうサインを送っている――井浦は自信を深めていた。

しかし、このことを〝御前会議〟に持ち出してよいものかどうか迷った。自分が持ち出せば、田中会長はもちろん稲村社長らも異論を差し挟むはずはなかった。だが井浦は、自分でなく田中会長らが自主的に判断して動くというかたちにしたかった。それにはどうすればいいか。やはり、まだ自分が描いているシナリオを持ち出すのは得策でない、井浦はそう考えて、亀山に二度目の佐木との会談結果を報告させるにとどめることとした。

五月二〇日月曜日、井浦はいつもより三〇分早く出勤した。一〇時過ぎに〝御前会議〟を開く社長室に入った。ノックもせずに入ったので、執務机で新聞に目を通していた稲村保雄はハッとして顔を上げた。

「先生、今日は早いですね。どうされたんです」

稲村はそう言いながら、執務机を離れて応接用のソファーに移った。

「どうもせんさ。天気がいいんでな、少し散歩して車に乗ろうと思ったんだが、マンションの玄関を出たらもう車が待っていた。それで三〇分近く早く着いてしまっただけだよ」

「そうですか。天気はいいんですが、うちの銀行の先行きは霧が晴れませんね。毎日、新聞を見るのが怖いですよ。幸い、このところうちの記事が載っていないので助かりますが……」

そんな会話をしていると、秘書の窪田洋子が五人分のコーヒーを運んできた。それに続くように、会長の田中圭一ら三人が入ってきた。井浦と稲村も立ち上がり、会議用テーブルに着いた。

秘書の窪田洋子が部屋を出ると、井浦が切り出した。

「先週一週間も動きはあまりなかったようだ。ただ、亀山君が佐木さんにまた会ってくれた。その報告をしてくれるか」

亀山は、佐木が東都相銀株を買い戻すには億単位以上のカネが必要になると示唆したことをやりとりを交えて説明した。それを井浦が引き取った。

「まあ、これだけじゃまだわからん。誰にカネを流せばいいのか、それがハッキリしないと対応のしようがない」

「先生、それは山田社長にカネを渡せ、そういうことではないですか」

「いや稲村君、違うな。俺は、山田さんと直接会っているんだよ。そのとき彼は『カネでは動かん』と明言していた。そんな人にカネを出すから株を譲ってくれとは言えない。建前かもしれないが、山田さんは『行員の将来のためを考えて監視する』と言っている。彼に対しては我々の再建策を粘り強く説明して理解を求める以外にない。カネを使うとしてもそれからだよ」

「じゃ、どこでしょうかね」

「君、それがわかれば苦労はないぞ」

「まさか東条家にカネを出せ、ということはありえませんよね。もう、株は山田さんに移っているんですから」

「だろうな。もし加山銀行が裏にいるにしてもカネでは動かんぞ」

ここで、田中がさえぎった。

「それ以外なら当局ですかね。でも、当局がカネで動くことはありえませんよ」

「それはそうでしょう。だから、もう少し詰めないとわからないんです。諸君も情報収集に努めてくれよ。私が思うにな、今まで大山蔵相がどう考えているのかあまり探ってこなかったが、これをやる必要があるんじゃないか。大山蔵相が我々を支持してくれれば、事態は変わるかもしれない」

「たしかに、当局でも大臣は別ですな。そこを忘れていましたな。やりましょう。私も探ってみますよ」

田中が腕組みしながら考え込んだ。

「じゃ、今日はこの辺で……」と、井浦が腰を浮かすと、滝尾が「ちょっとお待ちください」と言って身を乗り出した。

「私はマスコミとの対応を任されているんですが、そのことで報告しておきたい件があります」

「何だね？」

「ええ、新聞に何か記事が出たということではないんですが、取材する記者たちが変わってきたので、報告しておきたいと思います」

「どう変わってきたんだ？」

「ええ、先週あたりから、社会部じゃなくて経済部の記者が来るんです。みんな日銀記者クラブですよ。質問することは皆同じです。加山銀行と合併するんじゃないかと聞くんですよ。もちろん、そんな話はないと答えてますけどね」

「どうしてなのかな」

「どうやら、五月の連休中に加山銀行の首脳が大蔵省に東都相銀を吸収合併したいって申し入れたという情報が駆けめぐっているらしいんです。それで動いているようです」

「ふうむ」

井浦が腕組みして、難しい顔をした。

「滝尾君、その話は重要だぞ。今週もっと詳細に調べてくれ」

井浦はひやっとした。もしや、加山銀行に大山蔵相へのアプローチで先を越されたのかもしれない、そう思ったのである。しかし井浦は表情も変えずに続けた。

「まぁいい。今週も相手が来るのを待つだけじゃなく、こちらからもアプローチして情報収集してくれ。滝尾君、頼んだぞ。じゃ、今日はこの辺でいいか。また来週な。大山蔵相に関する情報も頼んだぞ」

井浦が自室に入ると亀山がついてきた。

「何だ？　昼飯でも食いに出るか。だが先週も一緒に出たから、いつもつるんでいるように思われても困る。三〇分後に日比谷公園の噴水のところで会おう」

「わかりました」

井浦は、亀山に埼山興業の山田社長と二度目に会ったときの話をしておこうと思ったのである。

日比谷公園の広場は真夏を思わせるような日差しがまぶしかった。噴水前のベンチに腰を下ろした井浦は、ズボンのポケットからハンカチを取り出して額をぬぐった。まだ昼には三〇分ほど時間があり、ときおりワイシャツ姿の若いサラリーマンたちが談笑しながら行き交ったが、公園に人はまばらだった。

井浦は不安だった。すでに加山銀行の磯部会長が大山蔵相と話をつけているのではないか――。そんな考えが何度も頭をもたげた。そのうち亀山がやってきた。二人は公園内にあるレストランのテラスに席を取った。

「実はな、君にもまだ話していなかったが、一〇日前の五月一〇日にまた山田社長と会ったんだよ。そのとき山田さんはな、大山蔵相が我々を支持すれば株を譲る可能性があるようなことを言うんだな。もちろん断定はしないがね」

「え、そうなんですか。だとすれば、佐木さんが言う五桁《けた》とか六桁という話もわかりますね。要するに政治資金を出せ、そういうことですね」

「うむ。大山蔵相は曽根崎康史首相の後継者候補ナンバーワンだ。総理・総裁を目指すにはカネはいくらあってもいい」

曽根崎康史が民自党（民主自由党）総裁になったのは昭和五七年（一九八二年）一一月である。総裁の任期は二年で、五九年に再選されたが、三選は民自党の規則で禁止されている。来年秋の総裁選挙には曽根崎首相が立候補できないので、次の総裁候補として、ニューリーダーと言われる宮嶋洋三《みやじまようぞう》総務会長、安藤平司郎《あんどうへいしろう》外相、大山武夫蔵相の三人が浮上していた。

三人のうち、宮嶋総務会長と安藤外相はそれぞれ宮嶋派、安藤派を率いていたが、大山蔵相はこの一月まで〝キングメーカー〟田村角次元首相が率いる民自党最大派閥・田村派の大番頭格のままだった。「このままでは、総裁候補になれない」という側近たちの声に後押しされて、大山は今年二月、田村派のなかに〝瑞星会《ずいせい》〟という勉強会を発足させた。参集した国会議員は七〇人。事実上の〝大山派〟旗揚げだった。一躍、彼は後継総裁候補ナンバーワンに躍り出たのである。

「大山蔵相が〝瑞星会〟を旗揚げしたのは、ちょうど私たちが東条家排除に動き出した頃でしたね。瑞星というのは『めでたい兆しを示す星』という意味らしいです。いずれにしろ、絵画取引を使って大山蔵相にカネを流せば株が取り戻せる、そういうことでしょう。派閥を維持するには相当なカネがいるらしいですから」

「たぶんそうだと思う。だが気になるのはさっきの滝尾君の話だ。加山銀行も大山蔵相にアプローチしているのかもしれない」

「ああ、それなら今日午後二時に旭光新聞の大石記者が来ますから聞いてみたらどうです。先生のところに連れて行きましょうか」

「そうか。じゃあ、そうしてくれ。俺は事務所のほうにいるから」

2

亀山卓彦が旭光新聞記者の大石眞吾を連れて飯田ビル三〇階の井浦事務所にやってきたのは、その日、五月二〇日午後二時一五分過ぎだった。

「大石さん、このところすっかりお見限りでしたね」

井浦重男は笑顔で出迎えた。

「いや、そんなことありませんよ。これからが本番ですよ」

「どういうことです？」

ダンヒルに火をつけようとしていた井浦が手を止めた。

「これから記事がたくさん出ますよ」

「どんな記事がですか」

「どんな記事って、そんなの言わずもがなでしょう」

「わかりませんね」

井浦がダンヒルの煙をふかしながら、隣の亀山を見た。

「そうでしょうね。四人組にはわからないと思います。情報が入らないから」

「そんなことはありません。我々だってちゃんと情報収集はしていますよ」

亀山がむきになった。

「まぁまぁ、亀山君。大石さんの話をゆっくり聞こうや」

「もう私のような社会部記者が取材することはなくなりますよ。だってその段階は勝負がつきましたからね」

「え、どういうことです？」

「どうもこうもないでしょう。やはり埼山興業の山田社長の資金源は加山銀行なんです。五両商事の子会社ゴリョーローンが貸していますが、その資金は加山銀行が融資しているんですよ。東都相銀株だけなら約六〇億円で加山銀行がいなくてもなんとかなりますが、墨田産業と東都都市開発の借入金五五〇億円の返済資金は加山銀行が出さなきゃ無理です。もう東条家は返済に来たんでしょ」

「一度来ましたよ。でも会社整理を申し立て中だからとお引き取り願ったら、その後は来ませんね。たしか四月上旬だったから、もう一か月以上経ちます。本当に資金手当てができているんですか」

「できていますよ。あまり侮らないほうがいい。そのうち来ますよ。そうなれば会社整理は取り下げるしかないでしょう。東都物産の会社更生法はできるかもしれませんが、これは東都相銀が相当な返り血を浴びるでしょう。勝負はついたようなものですよ」

「我々が負けたということですか」

「そうなりますね。だから社会部の出番は終わったと言ったんです」

「経済部の出番というわけですか」

「そう。加山銀行との合併問題が取材のテーマになってきましたから。最近は日銀記者クラブの連中でしょう」

「たしかに先週あたりから経済部の記者がよく来るようですね」

「そうでしょう。実は、五月の連休中に大蔵省の山岡光男《やまおかみつお》事務次官と加山銀行の磯部三郎会長がゴルフ会談をしたという話があるんです。そのとき山岡次官が磯部会長に加山銀行による東都相銀の合併にOKを出した、と。まだ真偽のほどはわかりませんがね」

「それは無理でしょう。埼山興業の山田社長は東都相銀株を誰にも売らないと言っていますよ」

「井浦さん、そんな話を真に受けているんですか。嘘に決まってるじゃないですか」

「じゃ、大山蔵相はどうなんです？」

「大山蔵相はそういう話にくちばしは挟みません。官僚に乗っかるのが彼の真骨頂ですから。次官以下がゴーサインを出せば反対しませんよ」

「そうですかね。私の聞いている話では、大山蔵相は総理・総裁候補として大きな仕事をやりたいという話ですよ」

「井浦さん、大山蔵相はそう思っているでしょう。その辺を忖度《そんたく》して動くのが官僚です。加山銀行が東都相銀を合併する、それが大きな仕事になるじゃないですか」

「ふうむ、それはそうかもしれないが……」

井浦は考え込んだ。

「井浦さん、もう東条家との喧嘩《けんか》はやめなさいよ。勝ち目はないんですから」

「何を言うんですか、大石さん。私たちは東都相銀のためにやっているんです。行員の将来を考えて、東条家から東都相銀を食い物にして得た財産を取り戻し、それで不良債権を減らして再建する、それが私たちの行動の原点です。それがおかしい、そう大石さんはおっしゃるんですか」

難しい顔つきであごを撫《な》で回していた井浦が「勝ち目はない」という言葉に反応した。テーブルに手をついて大石をにらみつけた。

「そんなことは言っていません。しかし東条家との紛争は勝負がほとんどつきかけています。このまま続ければ井浦さんたちが負けるだけじゃなく、東都相銀も預金が減ったりして大打撃を受けますよ」

「でも大石さん、預金は減っていません」

「僕は『喧嘩を続ければ』と言っているんです」

「じゃ、どうしろと言うんです」

「井浦さんたちの選択肢は一つしかありません。加山銀行との合併です。座して待っては、いずれそういう局面に追い込まれます。それなら先手を打って加山銀行に合併を持ち掛ければいいんです」

「そんなことできませんよ。私たちは株を二割しか押さえていません。三四%は埼山興業の山田社長が押さえているんです。山田社長の資金源が加山銀行なら交渉上不利です。もしそういうことになるにしても、やはり私たちが山田社長から株を譲り受けてからですよ」

「そうかな。そんな悠長なことは言っていられないような気がしますけどね。時間が経てば経つほど不利になりますよ。行員の将来を考えるなら、決断するのは今ですよ。加山銀行は首都圏戦略上、東都相銀を欲しくて仕方がない。合併すれば東都相銀の行員だって給料が上がって喜びますよ」

「大石さん、『加山銀行の行員が歩いたあとはぺんぺん草も生えない』と言われているんです。シビアですよ。うちの行員なんか数年で放り出されてしまいます」

「以前、加山銀行は系列の相銀を合併するのに失敗しています。行員の反対が原因です。その経験があるから、今度、東都相銀と合併するときは相当慎重に対応すると思いますよ」

「まぁ大石さんの意見は十分わかりました。参考にさせてもらいます。ところで話は変わりますが、東条家はここ一か月ほど音無しですが何もしてないんでしょうか」

「そんなことないんじゃないんですか。いろいろ準備していると思いますよ」

「え、何をですか」

亀山がびっくりして口を挟んだ。

「それは言うわけにはいきません。でも、一つだけ言っておきましょう。東条家は六月の総会が終わるのを待っているんです。その前後から攻勢に出てくるかもしれませんよ。そうなってからじゃ遅いと思いますね。だから加山銀行との交渉は急いだほうがいいと言っているんです」

「亀山君、何から何まで教えてもらうわけにはいかないよ」

大石の言葉にうつむいてしまった亀山を見て、井浦が引き取った。そして立ち上がる大石に向かって話しかけた。

「大石さん、よくわかりました。検討はしてみますよ」

3

井浦重男と亀山卓彦はエレベーターまで大石眞吾記者を見送った。そして、また事務所に戻ったが二人とも沈鬱《ちんうつ》な気持ちだった。井浦は窓から日比谷公園を見下ろして考え込んでいた。亀山は今まで大石が座っていたソファーにいた。秘書の葉山栄子がお茶を運んできた。

「先生、お茶が入りましたよ」

一〇分ほど沈黙が続いたろうか。亀山が耐え切れなくなって口を開いた。それでも井浦は窓際からすぐには動かなかった。もう一度、亀山が言った。

「先生、お茶が入りましたよ」

ようやく井浦は窓際から離れ、あごに手をやりながら亀山の前に座った。そして、お茶をひと口すすった。

「最初から考えてみようや。亀山君」

「はい」

「いいか。日銀が東条ファミリーとの絶縁を求めてきた。それが最初だ。それで、日銀の暗黙の了解を取って我々は動いた。そのとき、当然大蔵省も日銀と同じスタンスだと信じて疑わなかった。しかし大石記者の話が本当なら、大蔵省は日銀とはスタンスが違うことになる」

「でも先生。田中会長は大蔵ＯＢです。その田中さんが何も知らないのに加山銀行との合併にゴーサインを出すようなことがありますか。私はないと思います」

「君の言うとおりだな。だが、この点は少し調べる必要がある。どっちにしろ山田社長の保有している株の取得が最優先課題であることに変わりはない。大蔵省が仮に加山銀行による合併を望んでいるとしても、我々が株を押さえれば変わる可能性が大きくなる。だから最優先課題は同じだ。大石記者の言うことが正しくても今までの路線で進める、それしかない。だがそれとは別に大蔵省が何を考えているのか探るのも大事だ。その点は田中会長に頼むとしよう」

井浦は亀山とともに東都相銀に戻ると、一人で会長室に入った。執務机で老眼鏡をかけ書類を読んでいた田中圭一は、びっくりしてあごを引き締めるようにしてドアのほうを見た。

「すみませんね。突然で」

「いやいや。何かありましたか」

井浦は執務机の脇に立ったまま、話した。

「ちょっと気になることがありましてね」

「ほう」

「実は会長もご存知でしょうが、今、旭光新聞の大石記者が来ましてな。五月の連休中に山岡大蔵次官と加山銀行の磯部会長がゴルフ会談をして加山銀行の東都相銀合併にゴーサインを出したと言うんですな」

「ほう。そんな話があるんですか」

「私たちは日銀の強い指示で動き出したんです。当然、大蔵省も日銀と同じスタンスだと思っていました。大石記者の言うことが正しいなら、それが違うということになります。

そこで会長に来週の会議までに大蔵省の意向を探ってほしいんですよ」

「いいですよ、やってみましょう。でも今の段階で大蔵省が方向を決めるってことはないと思いますがね。私の経験では最後の最後なんですよ、大蔵が方針を決めるのは。それまではいろいろな可能性を探りますけどね。まぁ、その程度の動きじゃないかと思いますが、当たってみましょう」

「じゃあ、お願いします」

田中の部屋から監査役室に戻った井浦は電話を取った。田所波人にも当たってみようと思ったのだ。しかし、今度も田所は電話に出なかった。

4

旭光新聞の大石眞吾記者の予測はある意味で当たっていた。これまで東都相銀の内紛に関する記事は主に社会面を賑《にぎ》わせていたが、二つの全国紙の経済面に記事が載ったのだ。

一つは五月二二日の東京経済新聞朝刊で「加山銀行が東都相銀に食指？／合併構想が浮上」。もう一つは二日後の二四日の旭光新聞朝刊で「東都相銀内紛、加山銀行が黒幕？／磯部会長が大蔵次官とゴルフ会談／合併打診か」という囲み記事だった。

一か月ほど前の四月一七日、毎朝新聞朝刊経済面に「東都相銀内紛、背後に加山銀行存在説が浮上」という見出しの憶測記事が載ったが、それ以降は経済面に記事が載ることはなかった。しかも、四月一七日の毎朝新聞の記事は噂の域を出ていなかったが、今回の東経新聞と旭光新聞の記事はかなり取材をしたうえで書いていることがうかがえた。

いずれも加山銀行が東都相銀を合併しようと狙っているという内容で、その根拠は東都相銀株三四％を取得した埼山興業の山田功社長に対して、五両商事の子会社ゴリョーローンが資金を提供していることだ。五両商事の河相彦治社長が加山銀行の磯部三郎会長の腹心であることから、河相氏が磯部氏の意を受けて動いているのではという憶測が根強くあるのがその背景だ。

特に、旭光新聞はさすがに磯部会長＝山岡次官のゴルフ会談のこと、墨田産業と東都都市開発の二社の返済資金五五〇億円も東条家がゴリョーローンから提供されていることも書いていた。

二つの記事には加山銀行首脳のコメントも載っていた。「山田社長への資金提供はゴリョーローンが独自の判断でビジネスとして実行したものと聞いている。加山銀行の意を受けて提供しているということはない」「東都相銀については資産内容が相当悪いと聞いており、これまで合併を考えたこともないし、今後もないだろう」「山岡大蔵次官とのゴルフはあったが、これまで年一、二回、懇親ゴルフをしており、たまたまそれが連休中にあっただけで、東都相銀のことなど話題にもならなかった」などというもので、合併が検討されているという噂を強く否定していた。

記事を読んで井浦重男は考えた。生煮えの合併構想の噂について、当事者が否定するのは当たり前だ。だから加山銀行首脳のコメントを真に受けることはできない。しかし、その方向が固まったわけでもないだろう。固まりつつあるなら囲み記事にはならないし、コメントも「何も話せない」とか「ノーコメント」とかになるのが普通だ。そうでない以上、まだ我々にも脈がある。とにかく三四％の株を押さえることだ。それができるかどうかだ。できればこちらが有利になる。

もし、山田社長と磯部会長がつながっていれば、いくらなんでも山田社長も我々のアプローチを拒絶するだろう。山田社長はもう自分と二回も会っている。ということは、山田社長は売却先を加山銀行に決めているなんてことはない、そう考えていいんだ。

井浦は以上のようなことを考え、受話器を取った。常務の滝尾史郎に電話するためだった。

「滝尾君、今夜空いていないか？　え、大丈夫？　それじゃちょっと一杯やろう。君のよく行く例の寿司《すし》屋がいいな。二階の小部屋を取っといてくれよ」

井浦の言った「例の寿司屋」は、新橋駅前の烏森《からすもり》口の狭い路地にあった。滝尾が密談に使っていると聞いていたのだ。井浦も一、二度カウンターで寿司を食べた経験があるが、上等な寿司を出す店として知る人ぞ知る存在だった。

午後六時過ぎ、ガラス戸を開けると八人ほど座れるカウンターは満席だった。一番奥まで入ると、垂直に近いはしごのような階段があり、そこを上ると四畳半の小部屋があった。井浦が部屋に入ると、すでに滝尾は座ってお茶を飲んでいた。

「待たせたか」

「いえ、先生、私も五分ほど前に来たところです。刺身の盛り合わせを頼みましたが、いいですね」

階段を背にして座った滝尾が、階段の下に向かって「ビール三本と熱燗《あつかん》を三本」と大声で言った。すぐに突き出しと酒が運ばれた。滝尾がビールの栓を開け、井浦のグラスに注いだ。そして自分のグラスにも注ぎ、杯を上げた。

「今日は暑かったから、ビールがうまいです」

「君はここをよく使うらしいじゃないか」

「ええ、ときどき使います。ネタがいいですし、この小部屋が便利でして」

「ふむ」

このとき、若い寿司職人が刺身の盛り合わせを運んできた。

「あとは寿司にするが、声を掛けるよ。そうだビールをあと二本持ってきてくれ」

寿司職人が下に降りると、滝尾は「これからは手酌でやりましょう」と言いながら井浦にビールを注ぎ、自分は熱燗をお猪口《ちょこ》に酌んで飲み干した。井浦はビール党だが、滝尾は日本酒党だった。

「マスコミの動きはどうだい。今週は二紙が記事を書いているね」

「ええ、書いていますが、内容は一応我々の知っていることですね。ゴルフ会談のこともう皆に知れ渡りましたね。昨日までは私が取材に応じたなかでは旭光新聞だけでしたが、今日の朝刊を見て毎朝新聞、時事新聞、ケイサン新聞(経済産業新聞)の一般紙三紙、都通信と世界通信が聞いてきましたよ。テレビはまだですが、そろい踏みですね。あ、そうそう、東経新聞もゴルフ会談は知らなかったようで『なぜ、旭光にだけ教えた』なんて文句を言ってきました。うちに言ったって仕方ないのに何を考えているんだか。東経の記者は自分の取材力がないのを棚に上げて文句ばかり言う傾向があるらしいんです。困ったもんですよ」

「どうだ。記者たちは加山銀行のことをどう見ているんだ」

「加山銀行はうちを合併してダントツのトップバンクになることを狙っていると言いますね。経済部の連中は皆そう見ています」

「それじゃ困るじゃないか」

「そうですが……」

「何を君、言うんだ。加山銀行に株が渡るんじゃ、もう我々は敗北だぞ」

井浦が滝尾をにらみつけた。

「株が渡るなんて言っていませんよ、先生。加山銀行がうちを合併したい、それは事実でしょう。でも、それができるかどうかは別です。記者を問い詰めると、その辺ははっきりしないんです」

「どういうことだ？」

「埼山興業の山田社長に会った記者もたくさんいますが、山田社長は『株は売らない』と言っているようです。やはり『行員のためになるように見極める』と言っているみたいなんですね」

「ほう、私が山田社長と会って聞いた話と同じだね」

「そうです。しかも記者連中は加山銀行の磯部会長はもちろん、小池泰頭《こいけやすし》取にも会っています。すると二人とも『東都相銀は内容が悪すぎて合併なんかできない』、そう言うらしいですよ。それは判を押したように、だそうですね」

「それをありがたいと言っていいのかね。うちの銀行のマイナスイメージを助長するだけだな。うちを倒産の危機に追い込んで、最も有利な条件で合併したいんじゃないか」

「そうかもしれませんね。でも先生、ということは、まだ何も決まっていない、そして、まだ我々には時間がある、そういうことでしょう」

「まだ動ける？　そう言いたいのか」

「そうです。加山銀行が狙っているのは間違いありません。ですが、当局が加山銀行で了解したわけじゃありません。記者たちは大蔵省や日銀がしきりに他の都銀上位行のことを気にしていると言います。当局としては加山銀行に肩入れしていると受け取られては困るらしいんです」

「君はどう思う。加山銀行と合併するのはうちの行員にとっていいと思うか」

「東条家が経営の実権を握り続けるよりはいいですね」

滝尾はそう言って「しまった」という顔をしたが、少し間をおいて続けた。

「でも、やはり我々が自主再建するのが行員のためには最善ですよ。それに全力投球する

「そりゃそうだ。だが、加山銀行が埼山興業の山田社長とつながっていてはどうにもならんぞ」

「少なくとも、私のところに来る記者たちには、そこまでの確証を持っている者はいません。山田社長から株を買い取るという先生が進めている戦略を続けるのがいいんじゃないでしょうか」

「そうか。君がマスコミと対応している限り、方向が固まっているわけじゃないんだな」

「そうです。大丈夫ですよ。まだ、時間はあります」

滝尾は自分に言い聞かせるように言うと、うつむいてお銚子からお猪口に酒を汲《く》んで飲み干した。滝尾はそのまま眼を上げなかった。

「そうか。それなら今までどおりの路線で進めればいいんだな」

井浦が問い詰めるように畳み掛けた。滝尾は眼を上げずにちびりちびりやるだけだった。

「先生。我々には大義があります。過去はともかく、今は大義があります。進む以外ないじゃないですか。それが先生のお考えでしょ。私は何度も聞きました」

しばらくして滝尾はようやく顔を上げ、井浦を見据えて言った。だが、金縁のメガネの奥の眼には力がなかった。

「そうか」

井浦も自分を納得させるように首を何度も縦に振った。

「そうですよ。もう、寿司を食いましょう」

滝尾は手をたたき、下に向かって大きな声を出した。

「お銚子二本、それから、握り二人前」

5

週が明けて五月二七日月曜日、梅雨にはまだ早いが朝から雨だった。蒸し暑く、〝御前会議〟を開く社長室は冷房が入り、寒いくらいだった。最後に部屋に入ったのは会長の田中圭一だった。身長は一七〇センチ足らず、瘦《や》せ型の体型で、少し猫背気味だった。午前一〇時半を少し回ったところだった。会釈して田中が席に着いた。

「田中会長、大蔵省のほうはどうでした？」

井浦重男が田中を見てそう言うと、稲村と滝尾の二人が怪訝《けげん》な顔をした。

「すまなかった。いや、二四日の旭光新聞に、山岡大蔵次官と加山銀行の磯部会長が会談して、うちとの合併にゴーサインを出したという記事が載っただろう。俺はあの情報を先週の〝御前会議〟のあとで入手した。それで田中さんに大蔵省の情報収集をお願いしておいたんだ」

田中がとがったあごから口のあたりに手をやりながら、答えた。

「井浦さん、二三日に銀行局に行って〝廊下とんび〟をしましたよ。課長補佐時代以来ですかな」

〝廊下とんび〟というのは、会いたい政治家や官僚を国会や官庁の廊下で待ちかまえていて、部屋から出てきたところを捕まえて話を聞く、そんな手法を言う。新聞記者や役人が一刻一秒を争うときに使う手だ。田中のような大蔵官僚OBが後輩の局長や課長に会うのにそんな手法を使う必要はないが、アポなしで会いに行ったことを田中は冗談っぽくそう言ったのだ。

「銀行課長、中小金融課長、銀行局長には会えました」

銀行局で、都市銀行などの大手銀行と地方銀行を担当するのが銀行課。相互銀行、信用金庫などを担当するのが中小金融課である。加山銀行と東都相銀の合併というなら、銀行課と中小金融課が所管ということになる。

「銀行課長、中小金融課長は忙しくてろくに話せませんでしたが、吉岡正雄《よしおかまさお》銀行局長とは局長室で少し話ができました。彼が言うには『銀行局としては東都相銀が正常化して再建されることが大事だ。現在は推移を見守っている。東都相銀の再建には東条家の排除が前提になるので、それを現経営陣がやったことは評価している』ということです」

「山岡次官と磯部会長のゴルフ会談についてはどう言っていました?」

「それについては、吉岡局長は知らないそうです。『もし次官が磯部会長に東都相銀問題で何か話したら僕に言ってくるはずだが、何もないところを見ると、ゴルフをしたとしても話題になっていないんじゃないですか』と、そういう回答でした」

「ほう」

「それから旭光新聞に記事が出た二四日に、私の同期のOBを通じて次官本人にも聞いてもらいました。私が聞くわけにはいかんですからね。まぁ電話だったんですが、山岡次官は『磯部会長とは過去にも何度かゴルフをしており、別段、何も話していません。東都相銀の件は気にはなっているが、銀行局に任せているので、磯部さんが何か言っても答えようがない』と言ったそうです」

「ほう、会長はどう思われますか」

「まあ、大蔵省はまだ方針を決めていませんね。仮に加山銀行がうちを吸収合併したいとしても、まだゴーサインを出す段階じゃないですよ。問題はうちの銀行がこれからもちゃんとしているかどうかです。もし破綻《はたん》する恐れが出れば、預金者保護の観点から大蔵省は動きます。でも、うちの銀行は預金も減っていないし、東条家を排除して再建に努力している最中でしょ。それを無視して動くようなところではないんですよ、大蔵省は。だから我々が頑張ればいいんです。山田社長が持っている株を引き取ることができれば展望は開けますよ」

「そうですか。稲村君たちはどう思う？」

「私たちには情報がないのでなんとも言えませんが、田中会長がそう判断してくれているのは心強い限りです」

「そうだね。田中会長、本当にありがとうございました。ときに滝尾君、マスコミはどうだね」

「ええ、先週は経済面に二つ記事が載りました。まあ、加山銀行がうちの合併に動いている、そういう記事ですが、その関連で取材はひっきりなしです。ほとんどの記者は『加山銀行が合併したくて画策している』と言います。でも『加山銀行トップはどう考えている？』と聞くと、磯部会長も小池頭取も判で押したように『東都相銀は内容が悪すぎて合併はできない』と言うらしいんです。何やら口裏合わせしている感じですよ」

「要するに、どういうことだい」

「加山銀行がうちの銀行を合併したいのは間違いありません。でも、その方向が固まっているわけではないでしょう。もし固まっているなら、磯部会長も小池頭取も違った対応をするはずです。絶対に『合併はできない』なんて言いません。たぶん『今は何も話せない』とか『ノーコメント』とか言います。特に小池頭取は正直な人で、嘘のつけないタイプらしいですから」

「そうか。じゃあ、我々にはまだチャンスがあるんだな」

「そうです。私はそう思います」

「どうだろう、これまでの情報を総合すると、東都相銀株を買い取れれば展望は開ける、そういう感じだと思うが――」

井浦が見回すと、皆がうなずいた。

「それじゃあ、東都相銀株を買い戻すために全力投球する。そのためには、私の得た情報によれば大山蔵相にアプローチするのがいいように思う。まだ断定はできないが、それに向けて動いてみようと思うが、どうだろう」

「大山蔵相というのはどういうことですか」

田中が口を挟んだ。

「蔵相が我々を支持してくれれば、大蔵省の事務方も逆らえないでしょう」

「しかし大山蔵相は官僚に乗っかる人ですよ。どうでしょうかね」

「大山蔵相は次の総理・総裁候補です。これまでとは違います。それに佐木さんはどうも政治家を動かせ、それにはカネが必要だ、そう言っているような気がします。これまで亀山君が二度にわたって佐木さんに会いましたが、今度は私が会ってみようと思います。あるいは会長は佐木さんと面識がありますから、私ではなく会長が会われるという手もあると思いますが……」

「そうですね。可能性のあることは何でもやったほうがいいでしょう。いずれにせよ山田社長の保有している株が焦点になるのですから。でも私は、佐木氏に先入観がありますから、やはり先生がお会いになってはどうです？　真っ白な眼で佐木氏を見極めるのがいいでしょう」

「そうですか。稲村君たちはどう思う」

「会長のおっしゃるとおりです。先生がお会いになるのがいいでしょう。山田社長の保有している株が加山銀行の支配下に置かれれば我々は敗北です。しかし、我々が取得できれば展望が開けます。そのためにはどうすればいいか。そう考えると、やはり佐木さんに会うのがいいでしょうね」

　稲村が田中を見ながら答えた。

「間接的にせよ大山蔵相に働きかけ、我々の味方になってもらえれば、それに越したことはありません。となると、佐木氏が何を考えているのか確認するのは大事です。先生、是非お願いします」

　滝尾も同調した。

「わかった。じゃあ、亀山君、佐木氏と連絡してセットしてくれ」

　亀山は〝御前会議〟が終わるとすぐに麻布画廊に電話をした。ちょうどいい塩梅《あんばい》に佐木社長がいて話はすぐについた。翌日の五月二八日午後二時から井浦の法律事務所で会うことになった。

6

　五月二八日火曜日は、前日とはうって変わって天気がよかった。井浦重男の事務所に麻布画廊社長の佐木恒雄がやってきたのは午後二時を少し回った頃だった。井浦と一緒に待っていた亀山卓彦が真っ先に立ち上がり、井浦に佐木を紹介した。

「先生、こちらが佐木社長です」

「井浦です。本来なら私たちがうかがうべきところ、ご足労いただきまして申し訳ありません」

「いやいや、私の画廊は狭いものでお気にかけないでください。東都相銀の〝天皇〟と言われる先生にお目にかかれて光栄です」

佐木はソファーには腰掛けず、窓に寄った。

「いいですな、この部屋は。日比谷公園から大手町方面が一望ですね。三〇階なんて高いところはうらやましい限りです。うちなんか、地べたに接した道路沿いで、店から見えるのは人ばかりです。私もこんな事務所を持ちたいですね。こういう場所でいろいろ考えればいいアイディアも浮かぶでしょう」

佐木の後ろに立っていた井浦が「いえ、そんなことはありませんよ。まぁ佐木さん、こちらへどうぞ」と言ってソファーに案内した。佐木が窓の見える側、井浦と亀山が窓を背にして座った。

「佐木さんのお話はうちの田中と亀山から聞いています。それで、今日は佐木さんにご支援をお願いしよう、そう思いまして、私がお目にかかることにしたのです」

ここで井浦はお茶を飲んだ。そして続けた。

「私としては、美術品の取引を使って政治家に資金を提供し、その協力を得れば、埼山興業の山田社長の保有している株式を買い戻せる、そのように理解したのですが、それでよろしいでしょうか」

「一応、そんなところです」

「で、政治家は誰を想定すればいいのでしょう」

「それはですね。ここであまり具体的に話さないほうがいいでしょうね。大物政治家でなければ意味はありませんが、政治家と直接やりとりするのはどうでしょうかね。秘書というバッファーがないといけませんね」

「しかし、誰にアプローチするのかわからなければ、我々としても動きようがないですね」

「それはわかります。でも、以心伝心、そういう方法がありますね」

「我々は大山蔵相のご支援を受けられれば、一番いいと考えています」

「そうですね。それはいい考えかもしれません。私も大山蔵相の政務の秘書、青井五郎君とは長年懇意にさせていただいています。頼りになるんじゃないでしょうか」

「貴重なご示唆ありがとうございます。ところで、埼山興業の山田社長は大丈夫なんでしょうね」

「それは心配無用です。私は山田さんともツーカーの仲です。先生たち東都相銀の経営陣が支持を得られれば、株は売ると思います。そりゃ、タダというわけにはいかんでしょうがね」

「提供する金額はどのくらいと考えたらいいんでしょう。亀山君には五桁《けた》とか六桁と言われたそうですが」

「そうですね。やはり六桁でしょう。一〇億から四〇億円の間、そんなところですかな。もちろん一人にではありませんよ。ご支援いただいた方々にはそれなりのことをしなければなりませんから。その人数で金額は決まってくる、そう考えてください。その辺を踏まえて、どういう美術品をいくらで取引するか、これから私のほうで詰めます。一か月ほど時間をお貸しください」

「わかりました。大山蔵相の秘書の青井さんに会ってみようかと思いますが、それはかまいませんね」

「かまいませんよ。別の話ですからね。大いにやってください。とにかく政治家の支援を取り付けることが大事ですからね」

「今後はどんな段取りで進めることにしましょうか。うちのほうは一応、亀山を窓口にしますが……」

「それで結構です。進捗《しんちょく》状況は私のほうから連絡しますよ。先生へのご連絡は銀行のほうがいいですか」

「いや、ここの事務所にしてもらおうかな。銀行は午後から秘書が席を外していることがありますので。ここは午前一〇時から午後五時まで秘書がいます。連絡は取りやすいと思います」

「わかりました。じゃ、そういうことで準備を進めます。今日は、この辺で失礼しましょう」

「佐木さん、一度、夜、食事でもどうでしょう」

「かまいませんよ。でも、もう少し準備ができたらにしましょう」

7

井浦重男は佐木恒雄に会ってよかったと思った。亀山卓彦が佐木を伴って事務所を出て行ったあと、井浦は窓から日比谷公園を見下ろした。考えごとをするとき、井浦にはいつも日比谷公園があった。

「佐木に頼む、それでいいな」

井浦は自問自答した。腹はほとんど固まっていた。だが、一つだけ気になって仕方ないことがあった。田所波人のことである。

最後に会ったのは五月九日、場所は新橋シティホテル最上階のレストランバー「シティラウンジ31」だった。そのとき田所は「銀座アート代表、福山正也が表のフィクサーなら佐木は裏のフィクサー」と言った。そして、佐木は大山蔵相と関係が深いとも仄《ほの》めかした。井浦が佐木に依頼して東都相銀株を取り戻そうと動き出したのは、田所の話を聞き、それを根拠にしたところが大きかった。

何としても、田所にもう一度会って確かめたかった。それで、井浦はすでに二度、虎ノ門の事務所に電話した。しかし、ベルが鳴り続けるだけで誰も出なかった。

井浦は思い出したように、執務机の電話を取った。田所に電話するためだった。だが、今回もベルが鳴り続けるだけだった。何とは言えぬ不安の塊が大きくなった。

三日後の五月三一日午後である。亀山が足早に井浦の事務所のある飯田ビルに入った。

「亀山さんがお見えです」

葉山栄子がノックをして部屋に入ってきた。後ろに亀山がいた。

「ああ、亀山君、わざわざすまんな。葉山君、お茶を頼むよ」

二人はソファーに座り相対した。井浦はダンヒルに火をつけ、一服した。

「どうですか。青井さんに会う段取りは決まりましたか」

佐木と会ったとき、井浦は大山蔵相の秘書、青井五郎に会うべきかどうか確認して「大いにやってください」と言われていた。亀山は井浦のことだからすぐに行動したと想像していたのである。

「まだだよ。どうしたものかと思ってね。私は会ったことないからね」

「でも、先生。早く会われたほうがいいんじゃないですか」

「うむ。それはわかっている」

葉山栄子がお茶を持って入ってきた。出て行く葉山に井浦は電話を取り次がないように指示した。

「あのな、銀座アート代表の福山さんに仲介を頼もうかと思っている。福山さんとは数回会っただけだが、一応面識はある。新橋シティホテルで明日会う約束をした。土曜日だがかまわないと言うんでな」

「何時からですか」

「午後五時だ。二階のカフェで会う。そのとき頼むつもりだ。一、二週間でアポは取れるだろう。東条家が次の行動を起こすとしても、総会後だろう――大石記者はそう言っていたよな」

「言っていました」

「それを信じれば、六月二八日の総会前に会えればいいだろう。そう思っているんだ。ところで、今日はそれとは別の件で君に来てもらった。実は、田所が捕まらないんだ」

「田所って、例のフリージャーナリストですか」

「そう。最後に会ったのは五月九日だ。その後、五月一七日に電話をした。君が麻布画廊の佐木さんに会った日だ。君が事務所から帰ったあとに掛けたんだが、出なかった。その後、五月二〇日にも電話したし、今週は毎日電話しているが出ない。今日は五月三一日。行方不明になって二週間経つ」

「はあ、そうですか……。何か不審なことでもあるんですか」

「いや、具体的に何かあるわけではない。ただ、私が佐木さんに依頼しようと思ったのは、田所君の情報によるところが大きい。それは君も知っているだろう。少し話していたからね。だが、少し不安でな。もう一度、確認するために会おうと考えたんだ。それが会えないとなると、気になって仕方がない。君に事務所を見てきてほしいんだよ」

「虎ノ門とか言っていましたね」

「そう、虎ノ門だ」

井浦は名刺を取り出し、続けた。

「大東銀行の虎ノ門支店の裏にある。ビルは東ビル。たぶん四階だな」

「じゃあ、見に行ってきましょう。ここから一〇分くらいです。待っていてください」

亀山は名刺から住所を写すと、出て行った。


二〇分ほどして亀山が戻ってきた。

「いや、二週間以上、田所は不在ですね。どうしたんですかね」

「どんな様子なんだ?」

「東ビルは五階建ての小さな古い雑居ビルですよ。一応、エレベーターはありますが、一台だけです。一階はレストランで、その脇が入り口です。エレベーターの手前に郵便受けがあって、田所事務所の郵便受けには新聞があふれかえっていました。ちょっと取り出してみたんですが、一番古いのは五月一一日付でした。最近の分がなかったのは、もう郵便受けに入らないので、入れていかないんでしょう。それから、郵便は消印が五月一〇日からありました。郵便はあまり来ていないようで、たぶん配達する人が郵便が入らなければ、上から新聞を取り出して入れているという感じですね」

「ほう。それで、部屋はどうだった?」

「部屋は四階の四〇四号室で、上部の曇りガラスに『田所波人事務所』と書かれていました。ドアには鍵《かぎ》が掛かっていて開きません。曇りガラスで中はよく見えませんが、誰もいないのは間違いありませんでしたね。隣は弁理士事務所で、ちょっと聞いてみたんですよ。それによると、田所さんの事務所は田所さん一人。朝と夕に一時間ほどいるだけで、昼間は不在のことが多かったそうです。やはり、二週間くらい前から姿を見せていないそうです。でも、いつからかははっきりしないと言っていました」

「やはり行方不明なんだな。君は一度か二度、会っただけだよな」

「ええ、そうです」

「彼の素性は知らないよな」

「申し訳ありません。知りません」

「俺もよく知らないんだ。歳だって知らない。もちろん出身地も。四〇歳くらいには見えたが、そういう話はしたことがなかった」

「でも、先生。田所さんは兜町中心にゴシップや噂を拾って、記事にしていたんですよね」

「そう。うちが仕手戦をやっていたとき取材に来ていた。それで俺も知り合いになった。カネで動くブラックに近い筋だよね。だが裏情報には通じていたし、情報も比較的正確だった。だから、俺も佐木さんの情報もある程度信じていいと思ったんだがね。でも、もう一度確認してみたくて捜しているわけだが、伝手《つて》はないかな」

「先生、ちょっと私が探ってみましょう。彼が昔、記事を書いていた株式情報雑誌の編集長を知っていますので、その人に聞いてみますよ」

「そうか。頼むぞ」

8

新橋シティホテルの二階にあるカフェ「アゼリア」は、その入り口が吹き抜けになっている一階ロビーから見上げられる場所にある。

六月一日、土曜日午後五時前、井浦重男はらせん状の階段を上り「アゼリア」に入った。一階ロビーから見える席は避け、入り口の見通せる一番奥の席に着いてコーヒーを頼んだ。

ダンヒルに火をつけてふかしていると、入り口に白髪をオールバックに撫《な》で付けた男が入ってきた。上背は井浦と同じくらい、小柄な痩《や》せ型で、濃紺のシックな背広に身を包んでいた。それが銀座アート代表、福山正也だった。井浦は立ち上がり、手を振った。

「どうも、お忙しいところ恐縮です」

井浦は福山を出迎えると、今まで自分の座っていた奥の席を勧めた。ちょうどそのとき、ボーイがコーヒーを運んできた。

「福山さん、何になさいます? コーヒーですか? ではこれをどうぞ。もう一つコーヒーを頼む。ほんとうにご足労いただいてすみません」

「いや、いいですよ。六時からここで勉強会があるんです。それで、ここにしてもらったわけです。三〇分くらいですむんでしょう?」

「いや、それはもちろん大丈夫です。実はですね、大山蔵相秘書の青井さんにご紹介いただきたいんですよ」

「ああ、そんなことですか。いいですよ」

「できれば夜の席にしたいんです。それも、一、二週間のうちにお時間を割いていただけると助かるんですが」

「たぶん大丈夫でしょう」

「それに、できれば福山さんにもご同席いただきたいと」

「それもかまいませんよ。ですが、ご用件は何ですか」

「ご想像がおつきでしょうが、私ども、今、新聞紙上を賑《にぎ》わせていますように、創業家を排除して銀行を再建しようと動いているわけです。その辺の事情を青井さんにもご説明して、ご理解をいただきたい、そういう趣旨なわけでして……」

「そうですか。わかりました。ひと肌脱ぎましょう」

「恩に着ます。ときに、福山さんと同じ画商仲間に佐木さんという方がおられますが、ご存知でしょうか」

「佐木君ね。知っていますよ。西洋絵画でなく、日本の古美術品を主に扱っていますね。信用できる男ですよ」

「私、青井さんとの面会の仲介をお願いしようと思って、ある人に相談したんです。すると福山さんか佐木さんに頼んではどうかと言われました。そこで以前から面識があった福山さんにお願いしたというわけですが、佐木さんも青井さんと昵懇《じっこん》なんですか」

「親しいと思いますよ。どの程度親しいか私も知りませんが、青井さんが佐木さんの名前をときどき出しますし、青井さんと一緒の席で会ったこともあります」

「ああ、そういうことですか。よくわかりました。では青井さんとの約束、よろしくお願いします。あまりお引き止めしてはなんですから、私はそろそろ失礼します。時間までこちらでゆっくりなさってください」

福山がうなずくと、井浦は立ち上がり、一礼した。そして、テーブルに置かれた伝票を持って入り口に向かって歩き出した。腕時計を見ると、五時半を少し回ったところだった。

9

週が明けて、六月三日月曜日、〝御前会議〟が予定どおり開かれた。

〝御前会議〟のメンバーは、井浦重男が口を開くのを今か今かという感じで待ちかまえていた。

「皆、どうしたんだ。そんな顔をして?」

井浦が冗談っぽく言うと、滝尾史郎が「先生、そんなにもったいぶらずに話してくださいよ」とせかした。

「ふむ。亀山君から聞いてないのか」

「先生、それはないでしょう。聞くわけにはいきませんよ」

「そうか、五月二八日午後二時から私の事務所で、亀山君同席のもとで佐木氏に会ったよ。

先方は一〇億円から四〇億円の範囲でカネを使えば、株が取得できると示唆した。カネを出す相手は明言しなかったが、一人ではなく支援してくれた人複数に出すことのようだった。有力政治家を動かすようにも言っていた。それで、私が『大山蔵相の秘書、青井五郎氏に接触してみようかと思うが、どうか』と聞くと、『大いにやってください』という返事だった。まだ日程は決まっていないが、六月中頃には青井さんに会えると思う。佐木さんに依頼するかどうかはそれから決めようと考えている。そんなところでいいな。亀山君」

「ええ、そうですね」

亀山がずり落ちたメガネを押し上げながら言った。

「どっちにしろ、佐木さんは自信満々だった。青井さんとの関係がはっきりすれば正式に頼むことになるだろうな。そんな感じで考えている。どうでしょう。田中さん」

「そこまで佐木さんが言っているなら、頼んでもいいように思いますよ。私も」

「そうですか。それじゃ、佐木さんが次にどんなことを言ってくるか、待つことにするが、それでいいな」

四人がうなずくのを見て、井浦は今度は滝尾に眼を向けて言った。

「三一日の決算発表はどうだった？」

「六〇年三月期は経常利益が一割ほど減りましたが、五〇億円ありましたし、他の銀行も預貸金利ザヤの縮小で減益のところが大半でしたから、決算はあまり問題になりませんでした。一番、記者たちに聞かれたのは『預金の流出はないか』ということでしたね。預金については数字を出して増えているのを説明したので、あまり突っ込まれませんでしたね」

「来週の〝御前会議〟は何もなければ、中止してもいいかな」

「そうですね。金曜日までに新たな動きがなければ中止しましょう」

〝御前会議〟は三〇分ほどで終わり、井浦が監査役室に戻ると、銀座アート代表の福山正也から連絡が入っていた。秘書の伊藤幸子が書いたメモには「青井秘書との会食は六月一三日午後六時」とあった。井浦はすぐに赤坂の料亭「富田林《とんだばやし》」を予約した。そして、福山に電話した。

「福山先生をお願いします。井浦と申します。……あ、先生ですか。どうも、早速お約束を取っていただきありがとうございます。一三日の午後六時からでよろしいわけですね。それで、場所でございますが、赤坂の『富田林』を取りました。もちろん先生もご一緒していただけますよね。ええ、そうですか。ありがとうございました」

第6章　会社更生法の衝撃

1

六月一三日木曜日は、一日中雨が降る少し肌寒い日だった。午後五時半、井浦重男は赤坂の料亭「富田林」の門を潜った。

二階の小部屋に案内され、一人でお茶を飲んで待った。一五分ほどして、大山武夫蔵相秘書の青井五郎が、銀座アート社長の福山正也と連れ立って部屋に案内されてきた。青井は上背がちょっと井浦より高い程度、恰幅《かっぷく》のいい男だった。年齢は五〇代半ばくらいであろうか。

「今日は本当にご多忙中、お時間を割いていただきありがとうございます。さあ、どうぞそちらに」

井浦は座布団を外して、正座してひれ伏した。そして、二人に上座を勧め、席に着いたところで青井と名刺を交換した。

「井浦さん、ご高名は承知しております。いや最近、老眼の気が出てきましてね」

赤ら顔の青井が、上部のフレームだけが鼈甲《べっこう》でできたメガネを上げて、井浦の名刺を見ながら挨拶《あいさつ》した。

「まだお若いのに、何をおっしゃいます。私なんぞ、一〇年近くこれを手放せません」

井浦は胸ポケットから老眼鏡を出して見せた。

「私は、この福山さんと同い年なんですよ。昭和三年生まれの五七歳です」

青井は福山のほうを向きながら微笑んだ。そして、ひと呼吸して続けた。

「それはそうと、私もあなた方の活動はよく知っています。銀行再建のためにやっておられるんですよね」

「ありがとうございます。今日は少しその辺のところをご説明させていただきたいと思いまして……」

このとき「富田林」の女将《おかみ》が部屋に入ってきて、入り口のところで手をついた。当然のことながら、青井、福山の二人とは昵懇で、冗談を言ったあと「ごゆっくりどうぞ」と言って引き下がった。

それから井浦は東都相銀の現状について説明した。不良債権がいくらあり、その大半が東条家ファミリー企業向けであること、東条家には優良資産が残っているのでそれを取り戻そうとしていること、そのためには埼山興業の山田社長が保有する東都相銀株を買い取ることが大前提で、実現に全力投球していること。そんな話を理路整然とした。

青井は井浦の説明をメモに取りながら、うなずいた。

「埼山興業の山田社長はどんなお考えですか」

「青井さんも山田社長とはご懇意と思いますが、山田さんは『東都相銀の行員の将来のためになる再建が実現するよう監視役を務めるつもりなので、株を売る気はない』、そうおっしゃっています」

「ほう。そうですか」

「私どもとしては、現在進めている再建計画をご理解いただき、できれば株式を譲っていただけないか、そうお願いしたいわけです」

「私が大山の政務のほうを担当しているのはご存知だと思います。ですから、蔵相としてどんな仕事をしているのかは承知していません。しかし、ここ一、二か月の間、国会審議でも御行のことが取り上げられ、大山が蔵相として答弁していますから、多少は知っています」

「蔵相としてはどのようなスタンスなのでしょうか」

「それは国会答弁でも大山は言っていますが、『預金者保護の観点から注意深く帰趨《きすう》を見守っている』、建前としてはそういうことだと思います。しかし大山は、東都相銀さんのことを非常に心配していますよ。なんとか再建できるようにと思っています。私と大山は初当選以来の仲です。縁の下の力持ちをやってきたわけでして、大山の本心は雰囲気でわかります」

「私たちは大山蔵相のご期待に沿える、そう確信しています。やはり、当行の癌は東条家ファミリー企業です。ファミリー企業に損を押し付け、東条家に財産を残す、この構図を確立したのが創業者、義介氏でした。私たちは東条家の財産を奪い返せば、ファミリー企業の損を穴埋めできると考えています」

「よくわかります。とにかくその線で頑張ってください。ときに東都海洋クラブというのはファミリー企業なのですか」

「そうです。よくご存知ですね」

「いやね、政界にもメンバーの人が結構いますからね」

「ファミリー企業で最大のところです。融資額で一〇〇〇億円あります。しかし、私たちはこの海洋クラブは再建できると思っています。たしかにこの一〇〇〇億円も不良債権です。うちの不良債権の半分です。ですが、海洋クラブは構想自体は間違っていません。たまたま今は、二度のオイルショックの影響で苦戦しています。しかし、日本は今や経済大国です。となれば、これからはレジャーの時代です。日本が成長軌道に乗れば、必ず立派な会社になります。それまでの辛抱だ、私たちはそう信じています。ですから、東条家の隠し資産で海洋クラブ以外のファミリー企業の損を穴埋めできれば、十分、自主再建できるのです」

メモを取りながら聞いていた青井が眼を上げた。

「ほう。そういうことですか。それならば、海洋クラブの再建の道筋を示すことも大事ですね」

「それはわかっております。東条家の排除を実現できましたら、次は海洋クラブの再建案を打ち出すつもりです。ただ、今それを出しても、東条家が排除できていない以上、絵に描いた餅《もち》です。その点はご理解いただきたいのです」

「わかりますよ。よくわかります。ちゃんと大山にも話しておきます」

「そうですか。大変ありがたいお言葉です。私たちには私利私欲はありません。何といっても、行員にとって一番いい再建は自主再建です。それを私たちは確信していますし、実現できると思っています。大山蔵相だけでなく、埼山興業の山田社長にもお口添えしていただければ……。そう願っています」

「わかりますよ。わかりますよ」

メモを取りながら、青井は繰り返した。井浦は腕時計を見た。七時を回っていた。

「もう一つ、よろしいでしょうか」

「何でしょう」

「麻布画廊の佐木さんとはご懇意だと聞いていますが……」

「ええ、それは懇意にしていますよ。この方と同様にね」

青井は脇の福山を見て、笑った。そして続けた。

「佐木さんは私たちより一〇年近く先輩ですが、うちの大山が好きな日本画を得意にされています。この方は西洋画が専門ですがね」

「わかりました。今日は本当にありがとうございました。そろそろ芸者を入れて飲みましょうか」

「いや、井浦さん。お気持ちはありがたい。ですが、今日はこの辺で結構です。私は所用がありますので、そろそろ失礼します。どうぞ、お二人でおやりになってください。福山さんはよろしいんでしょ」

「いえ、私ももうそろそろと思っていたところです」

黙って二人のやりとりを聞いていた福山が、初めて口を開いた。

「いや、気がつきませんで、申し訳ありません」

井浦は手を二度たたいて仲居を呼んだ。

2

料亭「富田林」は、外堀通りの赤坂見附《みつけ》から一ッ木通りに向かった路地を少し上がったところにあった。井浦重男は、青井五郎と福山正也の二人と別れたあと、本降りの雨のなか、路地を下って赤坂見附に出た。外堀通りを渡って赤坂ホテルに入った。最上階のバーで亀山卓彦が待っていたのである。

「ああ、先生。どうでした?」

「ふうむ。うまくいったような気がする。カネ絡みの話はできんから隔靴《かっか》掻痒《そうよう》の感は否めないがな。我々の再建への熱意を話すと、青井さんは何度も『わかります』と言っていたし、『大山にも伝えます』とも言った。それから、佐木さんとの関係も『懇意だ』とはっきり認めたよ」

「それはよかったです」

「一つ気になったのは、東都海洋クラブの再建はどうか、それを聞かれたことくらいだ。だが、これも東条家を排除できたら着手するし、事業そのものには将来性があるので再建できる、そう話したら『わかります』と言ってくれた」

「それでは、次はどうします？」

「明日、麻布画廊の佐木さんに報告しておく必要があるな。それは俺がやるが、君も一緒に来るか」

「そうですね。私がアポを取りましょう。明日の朝、連絡します」

「わかった。そうしてくれ。ところで田所波人のことは何かわかったか？」

「あまり、はかばかしくありません。この前申し上げた株式情報雑誌の編集長には連絡を取ってみました。ですが、田所氏はその雑誌の契約社員ではなく、ときおり原稿を持ち込むフリーの記者だったそうです。ですから履歴書があるわけではなく、何度か酒を飲んだときに聞いた話があるだけのようでした。それによると、たぶん年齢は四〇歳くらい。大学を出て『週刊日本経済』の記者になったらしいです。でも一〇年くらいで辞めて、あとはずっとフリーのようですね。証券会社と縁のある政治家には深く食い込んでいて、政治家のダミーで仕手戦に参入したりもしていたようです。どちらかというと、それで食っていたようです」

「ほう。それで、うちの仕手戦でも詳しかったんだな」

「そうですね。でも、最近は株もやめていたようで、何で食っているのかわからないが、カネに困っている様子はなかったそうです」

「その編集長、最近はいつ田所に会ったんだ」

「半年くらい前で、それ以後は会っていないそうです。でも、田所氏と親しいフリー記者を知っているそうなので、今度その人に聞いてくれると言っていました」

「そうか。引き続き調べてくれ。とにかく行方不明なのは気になるからね」

「わかりました。で、来週の〝御前会議〟はどうします？」

「六月一七日だな。それはやろう。俺が説明するよ」

翌日の六月一四日金曜日も雨降りだった。亀山が麻布画廊社長の佐木恒雄に電話でアポイントを取ると、午後二時から井浦の事務所で会うことになった。

佐木は一〇分ほど遅れてやってきた。挨拶《あいさつ》もそこそこに、井浦は銀座アートの福山代表に依頼して大山蔵相の秘書、青井に会い、青井がどんな反応だったかを大雑把に説明した。

「それはよかった。青井さんが『わかります』と言ったのなら、九割方大丈夫です。それに青井さんがメモを取っていたというのも重要なヒントです。これは、大山蔵相の了解を取って先生に会ったということです。だから、大山蔵相に報告されるはずです」

「一つ、気になることがあります。東都海洋クラブはどうするのか、そう聞かれました」

「それで、どうしました？」

「いや、きちっと説明しました。東条家の排除ができたら、海洋クラブは将来性があるので再建案を出します、そう答えました」

「それで、青井さんはどんな反応でした？」

「やはり、わかります、そう応《こた》えてくれました」

「それなら、問題ありません」

「そういう理解でよろしいわけですか」

「そうです。福山さんも同席されたんでしょ。ならばなおさらです」

「え、それはどういう意味です」

「福山さんは大山蔵相の刎頸《ふんけい》の友、と言われる人物ですよ。大山蔵相が困るような場面には登場しません。大山蔵相が井浦さんたちの要請に応える気があるということですよ」

「そう思ってよろしいんですね」

「それで問題ないと思います。ですから、今日の話を前提に私のほうでシナリオを描きましょう」

「お願いします。佐木さんは青井さんや福山さんとも親しいようですから、鬼に金棒ですな。残るは埼山興業の山田社長だけですね」

「井浦さん、以前にも申し上げましたが、山田さんはカネで動きます。安心してください。一か月以内にきちっとしたシナリオを作ります。それでご報告しましょう」

「そうですか。わかりました。ありがとうございます」

「じゃあ、七月の初めに連絡してください。それまでにどれくらいのカネが必要か詰めておきます」

佐木が帰ったあと、井浦は亀山に言った。

「おい、佐木さんに頼むことを決めたよ。いいな」

「ええ、いいと思います」

「じゃ、来週の〝御前会議〟でゴーサインを出そう」

3

六月一七日の〝御前会議〟は予定どおり始まった。井浦重男が大山蔵相の秘書、青井五郎と会った話、それを受けた麻布画廊の佐木恒雄の反応も説明した。

「どうだろう。もう佐木さんに頼んでもいいと思うが……」

井浦が見回して、最後に会長の田中圭一のところで眼を留めた。

「ふうむ。いいんじゃないですか。私はいいと思う。稲村さんたちはどうです」

他のメンバー三人がうなずいて会議が終わりかけたとき、秘書室長の小谷勝が部屋に入ってきた。

小谷は手紙を持っていた。稲村保雄のところにしゃがみ、耳打ちした。稲村は手紙を受け取った。内容証明郵便で、宛名は「東都相互銀行社長　稲村保雄殿」とあった。裏返すと、差出人は「弁護士　森山恭二」だった。墨田産業と東都都市開発の借入金五五〇億円を一括返済するので、二週間以内に手続きすることを求める内容だった。

「ついに来ました。どうしましょう」

稲村は文書を井浦に差し出して、首を傾げた。井浦はそれを見ると田中ら三人に回した。

「これは受けるしかないな。同時に、会社整理の申し立ても取り下げるしかない」

井浦が苦虫を嚙《か》み潰《つぶ》したような顔をした。

「先生、もう少し先延ばしできないでしょうか」

滝尾史郎がテーブルに置いた腕に身をかぶせるようにして聞いた。

「無理だな。内容証明でこう言ってきたわけだし、相手は森山恭二弁護士だ。手続きを進めるしかない。亀山君、七月一日にはすべてを終えるように準備してくれ」

「わかりました。宮田慎一弁護士と連絡を取りながら進めます」

また、滝尾が身を乗り出した。

「先生、では株はもうあきらめるほかないんでしょうか」

「そんなことはない。今、佐木さんと進めると決めたじゃないか」

「いえ、その方法だけしかないのか、ということです」

「何が言いたいんだ？」

滝尾が「しめた」という顔になって眼を見開いた。そして、テーブルをポンとたたいた。

「先生、例の〝念書〟のことはお忘れですか」

「それは忘れちゃいないさ。あまり使いたくなかっただけだ」

念書というのは、東条義介が昭和五四年（一九七九年）二月に書いて井浦に預けたものだ。宛先は洋誠総業代表の鶴丸洋右である。鶴丸は義介の側近である〝東条家三奉行〟の一人だ。念書には、義介が日本ヂーゼル部品株の仕手戦で被った損失一二〇億円を穴埋めするため個人資産を拠出する、と書かれていた。

東都相銀が、義介の指示で仕手戦に手を染めるようになったのは昭和五〇年頃からである。預金者保護を前提にした経営を求められる金融機関が、投機的な取引で利益を出そうなどということは厳に慎まなければならない。義介がそんな禁じ手を使ってまで利益を出そうとしたのはなぜか。その頃から東条家ファミリー企業向けの融資に焦げ付きが増え、放置すれば決算が赤字になりかねない状況に追い込まれたからだった。

日本の金融機関は、大蔵省の護送船団行政と規制金利のもとで、一定の利ざやが確保できるようになっていた。このため、よほどの放漫経営をしない限り、赤字になるようなことは考えられなかった。しかし東都相銀の場合は、義介による銀行の私物化で、考えられないはずの赤字決算が現実味を帯びる事態になってしまったのだ。

仕手戦は最初はうまくいった。浮動株の少ない中・小型株を狙って証券会社と組み、買い占め始める。そして、株価がある程度上昇した段階で、組んでいる証券会社グループが設定した投資信託に買い取らせる。東都相銀の手掛けた仕手戦の手口はこんなものだった。最初に手掛けたのが海運大手のワールドライン株、次が山本ゴム工業株。ワールドライン株で七〇億円、山本ゴム工業株では一〇〇億円の利益をあげた。これに気をよくした義介が次に眼をつけたのが、日本ヂーゼル部品株だった。

同社株の買い占めは、昭和五二年頃から始められた。買い占め資金を東都相銀から直接出すのはまずいので、いったんファミリー企業の東都物産に事業資金の名目で貸し、それを鶴丸洋右の洋誠総業に貸し付けた。表面上、買い占めの本尊は洋誠総業ということになる。買い占めが始まってしばらくは、兜町でも洋誠総業の名前が取り沙汰《ざた》された。しかし、鶴丸が〝東条家三奉行〟の一人であることが兜町で広まるのは時間の問題で、半年もすると「本当の買い本尊は東都相銀」との噂が広まるようになった。当然、大蔵省などの監督当局も関心を持ち出した。

しかも悪いことに、ワールドライン株、山本ゴム工業株の仕手戦では多額の利益を稼ぎ出したが、日本ヂーゼル部品株は株価が期待どおりに上昇しなかった。義介はこれでもかこれでもかとカネを注ぎ込んだ。しかし株価は上がらなかった。手仕舞いすれば損失が一〇〇億円を超すのは間違いなかった。

禁じ手を使って利益が出るならまだしも、多額の損失を出しては当局に申し開きができない。東都相銀自体が厳しい行政処分を受けるのも確実だった。そのとき義介は、頼りにしていた顧問弁護士でもある井浦に泣きついたのである。

井浦は考えた。この際、最も大事なのは「東都相銀が日本ヂーゼル部品株の買い占めとは関係ない」と主張することだ。それが認められれば当局から東都相銀が行政処分などを受ける心配はなくなる。

そのためには、日本ヂーゼル部品株の買い占めは義介が個人としてやったと証明する必要があった。証明には義介が念書を作成し、「買い占めの責任はすべて自分にあり、その損失は自分の個人資産を提供して穴埋めする」と明記すればいい。井浦がこう助言すると、義介は素直に従ったのだ。提供する個人資産には向島《むこうじま》にある自宅の土地建物、墨田産業、東都都市開発、東都相銀の株式などが列挙されていた。

いずれにせよ、義介は日本ヂーゼル部品株の買い占め失敗の心労からか、念書を書いた四か月後の六月、急性心不全で急逝してしまった。義介の死後、この問題の解決を取り仕切ったのが井浦だった。

日本ヂーゼル部品株は、義介による買い占めで極端に浮動株が少なくなってしまった。浮動株が少ないと、東京証券取引所の上場基準に抵触、上場廃止の懸念が出てくる。このため、日本ヂーゼル部品サイドも洋誠総業の保有株を買い戻し、安定株主に嵌《は》め込みたい、それがホンネだった。

東都相銀サイドは井浦が窓口となって交渉を進めた結果、昭和五五年の暮れに交渉がまとまり、決着した。株式は日本ヂーゼル部品サイドが買い戻したが、その価格は、東都相銀の期待したものとはかけ離れており、洋誠総業に一二〇億円の損失が残った。東都相銀が東都物産経由で洋誠総業に貸し付けた資金一二〇億円が焦げ付いたわけだが、その処理はなされず、一二〇億円は今も不良債権として残っている。

ちなみに、義介が宛先を鶴丸にした念書を書いたとき、東都相銀はある工作をした。買い占め自体は東都物産経由で洋誠総業に貸し付けた資金で実施したが、その資金の流れを逆にしたのだ。つまり、東都相銀が新たに洋誠総業に一二〇億円を貸し付け、それをそのまま東都物産に貸し付け、最初の東都物産向け融資を回収したのである。念書の宛先が鶴丸である以上、東都相銀が念書を使って債権を保全するには洋誠総業向け融資が焦げ付くことにならないと都合が悪い、と判断したわけだ。

念書は義介が亡くなったものの、相続人の秀一に対しては有効であり、鶴丸が秀一に提示すれば、義介の個人財産を洋誠総業に一二〇億円分提供する義務が生じる。洋誠総業に一二〇億円が提供されれば、洋誠総業が事実上、東都物産向けの貸し付けを回収したことになり、結果として東都相銀も洋誠総業向けの債権を保全できるわけだ。

滝尾はそこに眼をつけたのである。

「念書ね。使うしかないか――」

井浦はあごをさすりながら独り言のように言った。

「念書は先生がお持ちでしたよね」

「うむ、そうだ。東都物産の法的整理の方向が見えてきた段階で使うか。どんな使い方があるか滝尾君と亀山君で考えてくれないか。来週の〝御前会議〟までに頼むよ」

一週間後の六月二四日の〝御前会議〟では、井浦の指示を受けて亀山が報告した。

一つは墨田産業など二社の借入金返済問題についてだ。森山弁護士と交渉の結果、七月一日に返済の手続きを終了、二社に対する会社整理の申し立てを取り下げることになった。週末の六月二八日には定時株主総会が予定されていて、その前に返済を受けると、東都相銀として株主総会でもその経緯を説明しなければならなくなるので、それを避けたいという思惑があった。

亀山の説明に、誰も異論はなかった。

もう一つは念書をどう扱うかという問題だ。宮田慎一弁護士から亀山が得た情報によると、四月一〇日に会社更生法の適用を申請した東都物産は、その適用が難しい情勢で、棄却になる公算が大きい、とのことだった。その場合、東条家サイドが自己破産を申し立てるのは確実で、東都相銀としては棄却を不当として高裁に即時抗告するとともに、念書をもとに東条義介の個人資産の提供を求める訴訟を起こすことを検討してはどうか、亀山はそう提案した。

「どうして会社更生法の適用が難しい情勢なんですかね、亀山さん」

滝尾が不満そうな顔で聞いた。

「東都物産が債務超過なうえ、事実上は休眠状態にあるからですよ」

「担保はありましたよね」

田中会長が口を挟んだ。

「一応、東都海洋クラブが第三者担保を提供していますので、仮に破産になっても保全はできています。日本ヂーゼル部品株の買い占め失敗による損失一二〇億円についても、念書を使って洋誠総業に返還させれば問題は生じません」

井浦らは亀山の説明を聞いて、念書をもとに東条義介の個人資産の提供を求める訴訟を起こす準備に入ることになった。

六月二八日の定時株主総会は無事終了、七月一日の会社整理の取り下げも予定どおり終わった。

それから四日後の七月五日金曜日、亀山の予想どおり、東京地裁が東都物産について会社更生法の適用を棄却した。これを受け、東条家サイドが同日、自己破産の申し立てを行った。

東都相銀サイドは、滝尾常務が日銀記者クラブで記者会見し、「東都物産は再建の可能性があり、棄却の決定は納得いかない」と表明、即時抗告したことを明らかにした。そのうえで、滝尾常務が「念書」を持ち出し、再建できると強調した。

東都物産の負債総額三五〇〇億円のうち、東都相銀の融資額は表面上一五〇〇億円だったが、日本ヂーゼル部品株の仕手戦失敗に関連した洋誠総業の融資一二〇〇億円も、事実上は東都相銀の融資だとマスコミが知るのは時間の問題だった。

滝尾常務が記者会見で強調したのは、この一二〇〇億円も含めた二七〇〇億円分の担保が存在するということだった。そのために二つの事実を明らかにした。一つは一五〇〇億円分の担保に関してで、担保を提供したのは東都海洋クラブであり、①千葉市若葉区富田町の山林三〇〇万平方メートル、②山梨県北巨摩郡双葉町の山林約五〇〇万平方メートルの土地。簿価は合計一五〇〇億円程度で、融資額一五〇〇億円は完全に担保されていると主張した。もう一つは、義介氏が井浦氏に預けた「念書」が根拠で、そのコピーを示して東条家の個人資産を没収すれば、洋誠総業をダミーにした融資一二〇億円も回収できる、そう説明したのだ。

4

七月八日の〝御前会議〟は重苦しい雰囲気だった。担保は取ってあるとはいえ、東都物産が破産となれば、東都相銀の信用には少なからずマイナスに働くのは間違いなかったからだ。メンバーは押し黙ったままで井浦重男の顔色をうかがった。

「そんな顔するなよ。たしかに東都物産の件はマイナスだ。だが担保はあるし、佐木さんとの件がうまくいけば情勢は一変するさ」

「でも先生、いろいろと新聞に出ること自体がよくないんじゃないんですか。預金にも影響があるはずです」

滝尾史郎は心配げに、金縁メガネの奥の小さい目をしょぼしょぼさせた。

「稲村君、預金はどうだ？」

「ええ、ボーナスキャンペーン中ですので減るようなことはありません。しかし、計画を下回っているのは事実です」

「稲村君、来週の〝御前会議〟では預金の動向を簡単に説明してくれないか。それが一番心配なわけだから」

稲村保雄がうなずくのを見て、会長の田中圭一がテーブルの上で手を祈るように組んだ。

「どっちにしろ、佐木さんとの件を急ぐしかないですな。それ以外に手立てはないでしょう」

「田中会長の言うとおりだ。亀山君、早急に佐木さんに会って、今回の事態を報告して段取りを詰めてくれ」

「わかりました」

亀山卓彦は翌七月九日、麻布画廊に佐木恒雄を訪ねた。

「今日はちょっと新しい事態が起きましたので、説明に上がりました。そのあと、そちらの準備状況がどんな感じか確認させていただこうと思いまして……」

「新聞報道等でおおよそは知っています」

「では、簡単に説明します。一つは墨田産業と東都都市開発のことです。両社については東条家がゴリョーローンから資金を借りて五五〇億円を返済してきました。このため、私どもは両社の会社整理の申し立てを取り下げました。まあ、この問題の影響はゼロです」

「わかりました」

「もう一つは東都物産です。私どもが会社更生法の適用を申請していたんですが、これが棄却になりました。即時抗告しましたが、東条家サイドは自己破産の申し立てをしました。これがどうなるかです。私どもは東都物産について担保を押さえています。ですから再建が可能だと主張しているのですが、理解を得られるかどうかは不透明です。まあ、でもですね、仮に破産宣告を受けても担保を押さえていますから、私どもの融資は全額保全されっています。決算に影響が出るとは考えていません。むしろ、義介氏が残した〝念書〟を使ってこれから墨田産業や東都都市開発の株式取得に動きますので、それを見ていてください」

「ほう、それはどういうことです？」

「〝念書〟は、かつての日本チーゼル部品株の仕手戦の失敗で出た損失を補塡《ほてん》するために、義介氏が個人財産を提供するという約束を書いたものです。これを使えば、義介氏の遺産を相続した秀一氏から優良財産の提供を求めることができます」

「それはいいですね。とにかく予定どおり事を進めてよろしいんですね」

「結構です」

「準備は進んでいますよ。カネは二〇億円から三〇億円の間で決められると思います。それから、株式の取得資金は七〇億円で固まりました。今、詰めているのはどんな美術品を使って二〇億から三〇億円を提供するか、です。これも間もなく決まると思います。井浦さんにその旨、お伝えください」

「わかりました。いつ頃には固まりますか」

「そうですね。たぶん二週間以内には大丈夫だと思います。その頃に井浦さんと会って最終的に固めたい、そう考えています」

「わかりました。井浦にそのように話しておきます。そのうえで、お目にかかる日程を詰めたいと思います」

「そうしてください」

亀山はホッとして麻布画廊を出ると、そのまま飯田ビルの井浦事務所に向かった。

5

七月一五日の〝御前会議〟では、稲村保雄が一枚の資料をもとに預金の動向を説明した。

「うちの預金残高は三月末は一兆二三四三億円でした。四月末は法人預金が剝《は》げ落ちて一兆二一二四億円、五月末一兆二一三四億円、六月末一兆二一四一億円です。七月からのボーナス獲得キャンペーンで五〇〇億円の上積みを目標にしていますが、七月一〇日現在で増加額は一〇億円です。非常に厳しいと言わざるをえません」

会長の田中圭一は、腕を組んだまま眼をつむった。滝尾史郎は禿《は》げた頭を搔《か》きながら資料に落とした眼を上げなかった。亀山卓彦はメガネを外してハンカチでレンズを拭《ふ》き続けた。

井浦重男は、無表情のまま普段と変わらぬ様子で稲村の説明を聞いていた。これまでと変わった点といえば、テーブルが揺れるほどの貧乏揺すりを続けていたことだった。

「まだ一〇日だろう。これから頑張ればいいさ。だが、何か預金増強策を考えたほうがいいな。稲村君、早急に考えてくれよ」

「はぁ、でも先生、佐木さんとの話はどうなりますか」

滝尾が恐る恐る、聞いた。

「ああ、それは心配ない。亀山君が会って、今回の東都物産の件などは説明して理解してもらえた。たぶん七月中に細目が決まるだろう。カネは株の購入代金も含めて一〇〇億円くらいのようだ。これは、固まり次第報告する。滝尾君もあまり心配しないで、マスコミ対策をきちっとやってくれ。それから東都物産はどうなる？」

「宮田慎一弁護士の見方は厳しいです。たぶん破産宣告になる公算が大きいです」

「そうか。破産宣告を受けたら、すぐに対応できるようにしておかないとな」

東都物産に対する東京地裁の破産宣告は予想外に早く、翌七月一六日、火曜日午後に行われた。宣告を受け、午後四時から日銀記者クラブで記者会見した滝尾が東都相銀本店に戻ったのは午後五時過ぎだった。

滝尾が小太りの体を揺すって稲村の部屋に入ると〝御前会議〟のメンバーが顔をそろえていた。席に着くなりコップのお茶を飲み干した滝尾は、ハンカチで汗をぬぐいながら説明を始めた。

「記者会見では『担保は十分にあるので回収に問題はない』と強調しました。あの会社更生法棄却のときの会見で、担保のことは詳しく説明していましたが、もう一度、丹念に話しておきました」

「そうか、それはよかった。質問はどうだった？」

「あまり出ませんでしたね。前回の記者会見に出ていた記者が多かったですから」

「まあ、そうは言っても記事には出るだろうから、それが影響するな。稲村君、預金増強対策はどうなった？　俺は、一度臨時の支店長会議を開いてはどうかと思うんだがね」

「今検討中ですが、もう夏休みですからね」

「そんなこと言ってられんぞ。とにかく預金の減少が大きくなると、進めている戦略にもマイナスになる。何としても歯止めをかけないとな。ブロック単位でやってはどうかね。それと我々が進めている再建の道筋についても、ある程度、支店長には説明したほうがいいだろう」

「わかりました。週内にやる方向で準備しましょう」

「そうしてくれ」

「先生、東都物産の債権回収はどうされますか」

「急いで担保に取っている山林の売買をする必要があると思っている。その方法は俺に腹案があるので、佐木さんとの件がすみ次第動くよ」

「〝念書〟はどうしますか」

「〝念書〟をもとに東条義介の財産を相続した秀一君の個人資産の提供を求める訴訟を起こす前に、内容証明を出してはどうだね。まあ、先方は何もしないだろうが、期限付きで財産の提供を求めるのがいいんじゃないか。ある程度、準備はしてあるんだろ、亀山君」

「ええ、すぐに対応できます」

翌日の七月一七日には、東条秀一宛の内容証明が発送された。支店長会議も七月一八日、一九日、二二日の三回に分けて開くことが決まり、二二日が月曜日のため〝御前会議〟は中止となった。支店長会議では、①東条家排除に至る経緯、②再建への道筋、③東都物産の破産の影響、④預金増強の必要性、について書いた資料を配付し、稲村が預金増強の檄《げき》を飛ばした。

大蔵省の支援があることをうかがわせるため、三回の支店長会議には田中会長が同席したが、稲村は心優しい真面目な性格で、はったりをきかせるような芸当はできなかった。表情に暗い影がつきまとい、支店長たちの不安を払拭《ふっしょく》して預金増強に一丸となって取り組む体制ができたかどうかは疑問だった。

三回目の支店長会議が開かれた二二日の午後、亀山に佐木から電話があった。シナリオが決まったので七月二五日に最後の打ち合わせをしたい、井浦に来てほしいとのことだった。井浦と調整した結果、二五日午後二時に麻布画廊で会うことになった。

6

七月二五日木曜日は梅雨も明け、ぎらぎらした夏の太陽が照りつける日だった。井浦重男は約束より一五分ほど早く麻布画廊に着いた。佐木恒雄が入り口まで出迎えて応接室に案内した。

「井浦さん、いらっしゃい」

「いや、どうも、少し早く着きまして。だいたい固まったということですが……」

「はい、固まりましたよ」

「じゃ、その話をうかがう前に説明しておきたいことがあります」

井浦は東都物産の破産の経緯と影響について説明した。

「わかっています。この間、亀山さんから聞きました」

「ええ、そのことは亀山から報告を受けています。それはそれとして、確認の意味でもう一度説明しました」

「そういうことですか。さて、例の件ですが、こういうことでどうでしょう」

佐木が説明を始めた。

東都相銀株二〇四〇万株の引き取り価格は七〇億円で、取引の時期は九月一七日。そのために提供するカネは三〇億円で、江戸時代の金屏風《びょうぶ》の取引をするかたちを取る。三〇億円は二回に分けて一五億円ずつ、八月一五日、八月二五日に佐木の口座に振り込む。口座は新橋信用金庫本店にあり、口座名義は「麻布画廊社長・佐木恒雄」だった。

「要するに、三〇億円出して金屏風を買い、七〇億円で株を買い戻す、そういうことですな」

「そうです。埼山興業の山田さんが東条家から株を買い取ったときの値段は六〇億円でした。一〇億円上乗せする分は山田さんに自由に利用してもらうことになります。五両商事の河相社長だってタダじゃ引き下がれないでしょうからね」

「問題は三〇億円ですね」

「そうです、そちらはこういうことでどうでしょう」

佐木は胸ポケットから手帳を出し、中から四つに折りたたんだ一枚の紙を取り出して井浦に渡した。

「これはなんです？」

紙には「大八、山五、井五」と書かれていた。

「漢字は苗字《みょうじ》の頭文字ですか、あとの数字は億円ですか」

「そう理解していただいて結構ですよ」

「『井五』というのは私のことですか」

「そういうことですね」

「私が入るのはまずいでしょう。除外して価格を下げるというのはどうです？」

「そういうわけにはいきません。井浦さんではなく東都相銀さんに返すと考えていただけないでしょうか」

「……わかりました」

井浦は渋々受け入れた。佐木の狙いが井浦を運命共同体に取り込むことにあり、あまり嫌がると取引自体が成り立たなくなると思ったのだ。そして、続けた。

「足すと一八億円ですね。残りは一二億円ありますね」

「そうです。金屏風は時価七億円です。残り五億円の行き先は内緒ですよ。でもわかるでしょ」

「いや、わかります。気がつきませんで失礼しました。佐木さんだってタダでやる仕事じゃありませんよね」

「理解していただければ結構です」

「それで、段取りはどうします」

「ええ、金屏風の現物が手に入るのは八月一〇日です。その後に契約を結びたいのですが」

「では、八月一三日でいかがでしょう?」

「それでかまいません。現物も見ていただく必要がありますから、その日の午後二時にこちらにお越しいただけますか。倉庫は近所にありますから、そこでご確認いただいてそのあと契約ということにしましょう」

「それで結構です。もう一つ、株の受け渡しはどういう段取りになりますか」

「山田さんとは話がついています。大山蔵相が井浦さんを支援するという条件付きですが……」

「それなら、どうなるんですか?」

「そうですね。金屏風の取引が完了して九月に入ったら、蔵相秘書の青井君が山田社長に話す。それから、私が間に立って山田社長と井浦さんが会って決めるということになると思いますよ」

「それはまだ決まっていないんですか」

「九月一七日に取引する方向は固まっています。一五日ということだったんですが、一五日も一六日も休日ですので、一七日にしました。その前の段階の日程は決まっていませんが、すぐに決まりますよ」

「わかりました」

井浦は、事前に青井と山田に話す必要がないのか聞こうと思い、言葉が出かかったが呑《の》み込んだ。聞くのは野暮だと思ったのだ。話すなら自分で勝手にやればいい、そう考えたのである。

七月二六日、井浦は午前一〇時半に出勤すると〝御前会議〟のメンバーを社長室に集めた。そこで、井浦が佐木との話し合いで決まった株買い取りの段取りを説明した。

「用意する資金は一〇〇億円でいいんですね」

稲村保雄が確認した。

「そうだ。八月中に金屏風代として三〇億円が必要で、残りの株の代金七〇億円は九月一七日だ」

「先生、東都相銀が取引相手になって大丈夫でしょうかね」

今度は会長の田中圭一が疑問をぶつけた。

「会長、おっしゃるとおりです。それはまずい。ですから、私の会社が取引相手になるのがいいと思っています」

「どこですか」

「私の個人会社に、弁護士業とは別によろず相談屋をやろうと思って作ったＩＵコンサルティングというのがあるんです。今は休眠会社のようなものですがね。これを使おうかと思っています。そこに資金を貸してもらい、佐木と取引して金屏風を担保に東都相銀に差し出す。あとで株も同じようにする。それなら問題はないだろうと考えています。どうでしょう」

「そうですね。それならいいでしょう」

田中が見回すと、皆うなずいた。

会議が終わると、井浦は監査役室には戻らず、事務所に向かった。

執務室に入るなり受話器を取った。まず、大山蔵相の秘書、青井五郎に電話するためだった。

「青井先生ですか。先日お目にかかった井浦です」

――ああ、井浦さん。その後どうでしょう。うまくいっていますか。

「ええ、なんとか株式を買い戻せそうです」

――ほう、それはよかった。親父もずいぶん心配していました。五月頃から国会でも取り上げられるようになり、親父も答弁していましたからね。

「青井さんの口利きで、大山蔵相のご支援がいただけたからだと思います。大変ありがとうございます」

――いや、私は何もしていませんよ。井浦さん、あなた方の努力の賜物《たまもの》ですよ。そう考えてください。

「大変ありがたいお言葉、本当にありがとうございました」

井浦は受話器を置くと、すぐに取り上げ、またダイヤルを回した。今度の相手は埼山興業社長の山田功だった。

「井浦です。このたびはありがとうございました」

——井浦はん、なにごとぜよ。

「一応、大山蔵相の支援が取り付けられそうになってきたんです」

——ほう、そりゃよかったのう。再建に一歩踏み出しよるわけじゃな。

「そうです。九月に入りましたら再建案を作ってご説明に上がりたい、そう考えています」

——わしは、東都相銀の再建を見守るのが使命じゃと思うちょる。行員のためにじゃな。再建の目処《めど》がつきよればわしの使命は終わりよる。

「株式は譲っていただけるんでしょうね」

——株式は、再建を実現させよるための担保のようなもんじゃ。それは何度も説明しちょるとおりじゃろうが。

「よくわかっています。本当にありがとうございます」

——とにかく、頑張ってくだされや。

井浦には二人との禅問答のようなやりとりで十分だった。執務机に座って椅子を回転させ、日比谷公園を見下ろした。そしてダンヒルに火をつけ、うまそうに吸うとつぶやいた。

「これで、六合目くらいまできたかな」

7

そんなホッとひと息ついた井浦重男ら〝四人組〟にとって、愕然《がくぜん》とする事態が発生した。

五日後の七月三一日、水曜日午後のことである。

午後三時半、日銀記者クラブに突然、東条家の顧問弁護士、森山恭二が現れた。そして、受付の女性に名刺を渡し、申し入れた。

「東都海洋クラブについて、会社更生法の適用を申請したので記者会見したい」

日銀記者クラブでは、発表や記者会見は前日までに幹事社に申し入れることになっているが、緊急性のあるものはその限りではない、となっていた。ちょうどいい塩梅《あんばい》に午後三時から日銀の統計の発表があり、記者は全社一人ずつはクラブに在籍していた。受付の女性が幹事社に相談すると、即座にOKが出た。

記者会見するテーブルは中央にある。

「幹事からの連絡です。これから東都海洋クラブについて緊急の発表があります」

記者たちが中央テーブルに集まった。テーブルの真ん中に座った森山が立ち上がり、一礼して座り直した。

「私は東都海洋クラブの大株主である東条秀一氏の顧問弁護士をしている森山です。本日は緊急にお集まりいただき申し訳ございません」

森山はここでひと呼吸置いて、暑さと興奮からか火照った四角い大きな顔の汗をぬぐった。

「本日、東条秀一氏の代理人として、東京地裁に対して東都海洋クラブに会社更生法を適用するように申請しました」

「東都海洋クラブって東都相銀系のですよね」

「そうです」

「負債総額はいくらになりますか」

「二〇〇〇億円と見ています。東都相銀からの借り入れが一〇〇〇億円、会員からの預り金が一〇〇〇億円です」

「会社更生法は、経営に行き詰まって経営者が申請するのが普通ですよね。今回はなぜ株主が申請するのですか」

「会社更生法の申請は債権者や株主もできることになっています。ちなみに、東都海洋クラブの株式は東条秀一氏が事実上一〇〇%保有しています」

会社更生法には第三〇条に「会社に破産の原因たる事実の生ずるおそれがあるときは、発行済み株式の十分の一以上の株式所有者も申請できる」との規定がある。それに基づき、株主として東条秀一が申請したのである。

「急に更生法を申請することになったのはなぜですか」

「東都相銀は、東都海洋クラブの役員をすべて自分の息の掛かった連中で固め、海洋クラブ向けの融資の担保として取った資産を勝手に処分しようとしているんです。東都相銀が取るものだけ取ったあと、融資を打ち切ることになる恐れがあるので、会員の利益を守るため裁判所の管理下に置くことが望ましいと考えました」

「もう少し具体的に説明してください」

「一つは海洋クラブが債務超過の状態にあることです。私たちがゴルフ場など海洋クラブの資産を再評価したところ、負債の半分以下にしかなりません。このままでは預託金債権者である同クラブの会員の利益を損なう、そう判断したのです。しかもですね、この二月には、最近、破産宣告を受けた東都物産の担保として海洋クラブが千葉市と山梨県のゴルフ場開発予定の山林一五〇億円相当を東都相銀に提供してしまったんです。いわゆる『第三者担保提供』です。東都物産が破産したので、大口債権者として東都相銀が競売申し立てなどを行い、クラブの資産が流出するのは確実なんです。このほかですね、クラブの優良資産をすでに売却して、融資を回収しているとの情報も寄せられています」

「東都相銀とオーナーの東条家は内紛状態にありますよね。今度も内紛のなかの駆け引きで起きたことじゃないんですか」

「それは違います。このままだとクラブの資産はすべて東都相銀に吸い取られて破産し、同クラブ会員の預託金返還請求権やプレー権がゼロになってしまう。そうした事態になるのを避けるのが狙いです。もし、内紛のなかの駆け引きと言うなら、東条家は一〇〇%株式を持っているのですから、株主総会の開催を求めて東条家の息の掛かった人たちを役員に送り込む方法もあります。でも、それでは東条家対四人組経営陣という対立の構図内の出来事になります。ですが、会社更生法を申請すれば、裁判所という第三者の判断に委《ゆだ》ねられます」

「ほかに質問はありますか。ないようでしたら終わります。それではどうもありがとうございました」

8

森山恭二弁護士の記者会見の情報は、一〇分後には東都相銀常務の滝尾史郎に伝わった。都通信が第一報を配信するため、東都相銀の総務部に問い合わせてきたからだ。滝尾は即座に井浦重男に連絡を入れ〝御前会議〟のメンバーが集まって鳩首《きゆうしゆ》協議した。すぐに対応策は決まり、稲村保雄が日銀、亀山卓彦が大蔵省に報告し、滝尾が日銀記者クラブで記者会見をして反論することになった。日銀記者クラブには滝尾がすぐに連絡、午後五時三〇分から記者会見を開くことになった。

午後五時二〇分、稲村と滝尾は日銀本店の北門に着いた。稲村は営業局のある本館に向かい、滝尾は本店の入り口反対側にある記者クラブに入った。

少し時間は早かったが、すぐに記者会見は始まった。

「本日、東条家の代理人である森山弁護士が東都海洋クラブについて会社更生法を適用するよう東京地裁に申請した、との情報に接し、大変驚いております。海洋クラブはなんら問題なく、ゴルフ場の経営も順調で資産と負債のバランスは取れています。会社更生法の適用を受けるような状況にはありません。森山弁護士の行動は海洋クラブの会員を動揺させ、東都相銀に打撃を与える狙いと言わざるをえません」

滝尾は配布した資料を読み上げた。

「森山弁護士は海洋クラブが債務超過状態にあるうえ、資産を再評価すると負債の半分にもならない、そう言っていますが……」

滝尾の正面に座った記者が口火を切った。

「それは違います。海洋クラブはたしかに今年三月末に一億円の債務超過になりました。それは事実です。しかし今年四月、我々の紹介先にクラブが保有している有価証券を売却してもらいました。その結果、一〇億円の売却益が出て、今は資産超過の状態にあります。それから今年度中に一〇億円の増資をして資本金を二〇億円にする計画です」

「東都相銀のクラブへの融資額は一〇〇〇億円でいいのですね」

「それは間違いありません」

「かなりの部分が焦げ付いているんではないですか」

「そんなことはありません。今、担保を取って保全に努力しているところです」

「でも、裁判所が会社更生法を適用すると決定したら、東都相銀にも大きな打撃が出るのではないですか」

滝尾の斜め後ろに立った記者から質問が飛んだ。滝尾はちょっと声のほうを見たが、すぐに正面に向き直った。

「裁判所がそのような不当な決定をするとは思えません」

「仮に会社更生法が適用されたらどうなります。融資額の半分は九月中間決算で引き当てしなければならなくなりますよね。一〇〇〇億だと五〇〇億円ですが」

同じ記者から次の矢が飛んだ。滝尾は一瞬言葉に詰まったが、座り直すようにしたあと毅然《きぜん》として答えた。

「たしかに法律上はそういうことになりますが、更生法が適用になるなどということはありません。ご心配は無用です。担保は十分にありますし、東都相銀としても全面支援しますので、会員の皆様にご迷惑をおかけすることはありません」

「これからどうされるのですか」

「東条家が暴挙に出た以上、戦うしかありません。勝算はあります。心配なさらないでください」

「口約束だけじゃ、会員や預金者は納得しませんよ」

「それはわかっていますが、おいおい我々の主張を裏付ける証拠は出していきます。そうなれば、間違っても裁判所が更生法を適用することなどありえません」

滝尾は自信満々の様子で強調した。そして「それではご支援よろしくお願いします」と言って席を立った。

9

八月一日の朝刊各紙には、いっせいに東都海洋クラブに対する会社更生法申請のニュースが載った。さすがに一面トップというところはなかったが、いくつかの新聞では一面の段物で掲載になった。「東都相銀系列の海洋クラブが倒産／負債額は約二〇〇〇億円、今年最大」「東条家が海洋クラブに更生法適用を申請／負債総額二〇〇〇億円、東都相銀が猛反発」「『海洋クラブ、更生法申請必要なし』／東都相銀、争う構え」……。

いくつか記事を紹介しよう。旭光新聞は朝刊一面に「東条家、海洋クラブに更生法適用を申請／東都相銀内紛、最高潮に」という記事を載せ、経済面にも「海洋クラブの更生法申請、東都相銀内紛に拍車――銀行本体の経営に影響？」との見出しで、東都相銀サイドの反応を含め、その再建の行方を占う記事を掲載した。

一面の記事の内容は次のようなものだった。

東都相互銀行の現経営陣と創業者の東条家の対立が激化するなかで、同行の系列会社でゴルフ場などを経営する「東都海洋クラブ」に対して、東条秀一氏が三一日、会社更生法の適用を東京地裁に申請した。更生法適用の可否は今後、裁判所の判断にゆだねられるが、申請によると、負債額は二〇〇〇億円に達する、という。（関連記事経済面に）／会社更生法第三〇条の「会社に破産の原因たる事実の生ずるおそれがあるときは、発行済み株式の十分の一以上の株式所有者も申請できる」との規定に基づき、秀一氏は株主の資格で起こした。／申し立ては、①東条家のファミリー企業である東都物産が、七月一六日東京地裁から破産宣告を受けた結果、海洋クラブが担保提供していた不動産について、東都物産の大口債権者である東都相銀が競売申し立てなどを行い、同クラブ資産が流出するのは確実、②東都相銀は海洋クラブ所有の優良資産を取り込むなど、他の債権者を無視して債権の回収を行っている、③同クラブは債務超過の状態が続き、預託金債権者である同クラブ会員の利益を損なっている――などの理由を指摘。「このままだと同クラブの資産はすべて東都相互銀行に吸い取られて破産し、同クラブ会員の預託金返還請求権やプレー権がゼロになってしまう」として更生法適用を求めている。／申請によると、海洋クラブの負債は東都相銀からの借入金約一〇〇〇億円、会員権の預かり金一〇〇〇億円など合計約二〇〇〇億円。一方、海洋クラブの資産は、不動産の評価をし直しても負債総額の半分以下だという。

経済面の関連記事のリードは「東都相互銀行をめぐる内紛が一段とエスカレートしてきた。三一日、同行の中心的系列会社である東都海洋クラブに対し、会社更生法適用の申請が出されたことにより、東都相銀本体の経営への影響を憂慮する声も出ている。（一面参照）」となっていた。そして、次のように続く。

今回の更生法の申請について同行は「裁判所が正式に更生開始の決定を下すことはないと思う」（滝尾史郎常務）とし、債務問題が生じること自体に否定的な立場をとっている。また、仮に決定が出たとしても「融資分については担保をとっており、回収に問題はない」（同）と説明している。／銀行行政の立場から注目している大蔵省、日銀とも「事態の推移を見守りたい」と、静観の姿勢を崩していない。大蔵省内には「海洋クラブの経営問題というよりも、東都相銀を巡る創業者一族の東条家と現経営陣との間の駆け引き合戦の一つに過ぎない」との見方もある。／だが、相次ぐトラブルの表面化が同行の業務環境を悪化させているのも事実。今年度上期の預金増加目標額は約五〇〇億円といわれているが、「現在のところ、その半分を達成することすら危うい」との見方も広まっている。／特に、六月の株主総会を無事乗り切って、改善ムードが広がりつつあったなかで、七月中旬の東都物産の破産宣告、そして今回の更生法申請だけに、預金者の不安を再びかき立てる可能性もある。東条家のスポンサーである同行の筆頭株主、山田功氏（埼山興業社長）は「現在の経営陣には銀行を立て直す力がない。外部から人材を送り込んで人心を一新する必要がある。海洋クラブの問題は大株主として見過ごすわけにはいかない」と周囲に漏らしているという。／同行の内紛問題は、対立する両者の言い分のどちらに理があるのかは、第三者には理解しにくい。不透明なままでの内紛の長期化は、当事者がいくら冷静さを装っても、不安感を消すことは難しい。金融機関の信用維持という点からも、大蔵省、日銀が動き出すタイミングが迫ってきたともいえそうだ。

東経新聞も本記は一面、関連記事は経済面にあった。本記は旭光新聞と変わらなかった。『海洋クラブ、更生法申請必要なし』／東都相銀、争う構え」という見出しの関連記事では、東都相銀サイドの反応を中心に取り上げていた。

東都海洋クラブに対し、同社株式を事実上全株押さえている東条秀一氏が会社更生法の適用申請を出したことを受けて、東都相互銀行の滝尾史郎常務が三一日、記者会見し「更生法の申請は必要ない」と、東京地裁の審理を通じて争っていく方針を明らかにした。／最近の同クラブの経営状態について、滝尾常務は「今年三月末に約一億円の債務超過だったが、この春に資産売却で利益を計上、現在は債務超過を解消した」と危機説を打ち消した。さらに「更生法申請は海洋クラブの会員を動揺させ、東都相銀に打撃を与える狙いだと思う」と申請に反発し、海洋クラブを支援していく方針を強調した。／一方、海洋クラブ本社には同日夕から会員からの問い合わせが相次いだ。同社の杉田秀幸社長は「更生法申請は寝耳に水で驚いた。訴状を検討したが、海洋クラブを救う目的というより、東条家と東都相銀の現経営陣の一連の紛争のなかで、銀行にダメージを与える戦術の一つだと思う。これで会員からの会員権の払い戻し請求が増えなければいいが……。倒産という事態にはならないと思う」と、突然の更生法申請にとまどっていた。／今後、東京地裁は、申請した東条秀一氏、海洋クラブ、東都相銀の関係者を呼んで事情を聴き、審理を進める。再建が難しいと判断すれば、同クラブの資産を凍結する財産保全命令が出て倒産状態になるが、申し立て棄却もありうるとの指摘も出ている。いずれにせよ、双方の主張対立が激しいだけに、裁定にはやや時間がかかるとの見方が多い。

八月一日木曜日、〝御前会議〟はいつもの午前一〇時半ではなく、午前九時から始まった。テーブルにはその日の朝刊各紙のコピーが置かれていた。張り詰めた空気のなか、井浦は普段と変わらぬ態度で部屋に入ってきた。井浦が席に着くのを待ちきれないという感じで、滝尾がすがるような声を出した。

「先生、どうなりますか」

「皆、心配するな。大丈夫だ。まぁ抜かりがあったとすれば、海洋クラブの三月期決算だな。債務超過にしたのはまずかった。債務超過でなければ会社更生法の申請はできなかったろうからな」

井浦はひと呼吸置いて、ゆっくりした口調で答えたが、貧乏揺すりで椅子が音を立てていた。

「申し訳ありません。三月に株式相場が低迷していて、海洋クラブの経理が様子を見ているうちに売却の時期を逃したそうです。それに非上場だし、金額も一億円足らずですぐ解消できるので安易に考えていたようです。私が海洋クラブの杉田社長に厳しく言えばよかったんですが、例の担保の件なんかがあったんで、少し遠慮してしまいました」

稲村が神妙な顔つきで、頭を下げた。

「まぁいいよ。すんだことは仕方がないし、今は債務超過じゃないんだからな。そう心配するなよ」

「でも先生、旭光新聞だったと思いますが、埼山興業の山田社長が『現在の経営陣には銀行を立て直す力がない。外部から人材を送り込んで人心を一新する必要がある』と言っているようですね。今までの話と一八〇度違います」

滝尾が額の汗をぬぐいながら、コピーをめくった。

「俺も読んだが、少なくとも本人はそんなことは言っていなかった。二六日に電話で話したばかりだよ。心配するな。念のため、もう一度聞いてみるがな」

「大蔵省、日銀が動き出す、そういうコメントもありました。当局は我々の味方と思っていていいんですね」

「そのあたりはどうだった？　稲村君が日銀で、亀山君が大蔵省だったな」

「日銀は夏休みということもあって、営業局長は不在でしたが、営業課長には会えました。考査局でも局長は不在でしたが、うちを担当した考査役がちょうど在席していました。二人には詳しく説明して、うちのスタンスを理解してもらえたと思います」

「大蔵省のほうは中小金融課長が不在で、担当の課長補佐に会いました。五月以来、国会で質問がときどき出ていたこともあって、これまでの事情は丹念に説明していましたので、『資金繰りはどうですか』と聞かれただけでした。『預金はマイナスになっていないので、心配ない』、そう申し上げました」

「とにかくあまり心配するな。我々が浮き足立っては行員の士気にも影響する。佐木さんとの件はこの前話したように事実上決まった。八月一三日に契約を結ぶ。そうなれば期待どおりに運ぶはずだ。それにな、今日の記事はどれも海洋クラブに対する会社更生法の適用に疑問を呈している。これは当局に対してもプラスだぞ」

　そこで会長の田中圭一が口を挟んだ。

「私も今朝、自宅から中小金融課長と審議官に電話しておきました。預金のことを心配していましたが、今のところ影響は軽微で海洋クラブも会社更生法が適用になる可能性は薄いと説明したら、『それはよかった』と言っていました。それから、大蔵省のスタンスはこれまでと変わっていないと考えていていいか、と聞いたら『それでいいです』と言っていましたよ」

「しかし、海洋クラブへの影響は心配です」

　うつむいた亀山が顔を上げ、井浦をのぞき込むようにした。

「それはそのとおりだ。だから杉田社長と相談して、会員の動揺を抑える必要がある。稲村君、対策を早急に打ち出してくれ。何度も言うが、いずれにしてもあまり心配するな。佐木さんとの話がうまくいけば、一気に不安は解消するはずだ」

〝御前会議〟が終わると、井浦はすぐに事務所に戻った。滝尾に指摘されるまでもなく、埼山興業の山田社長のコメントが気になっていたのだ。電話をすると会議中だった。折り返し電話をもらうことになった。

井浦はダンヒルに火をつけ、部屋の中を歩き回った。「現在の経営陣には銀行を立て直す力がない。外部から人材を送り込んで人心を一新する必要がある。海洋クラブの問題は大株主として見過ごすわけにはいかない」――山田社長は本当にそんなことを言ったのだろうか。少なくとも自分には言っていない。「行員のために再建の行方を見守る」、それが彼の言い分だ。それは嘘なのか。彼は任侠《にんきよう》の人じゃないか。そんな小賢《こざか》しい嘘をつくだろうか。そんなはずはない――。

三〇分ほどして山田社長から電話があった。

「どうもすみません。お手数をおかけしまして」

――何じゃったかな。

「今日の旭光新聞に山田社長のコメントが載っていましたので、少し確認したいと思いまして」

――コメントなんぞ、しておらんぜよ。

「実は、『現在の経営陣には銀行を立て直す力がない。外部から人材を送り込んで人心を一新する必要がある』という山田社長のコメントがですね、旭光新聞に載っているんです」

――なんじゃ、それは？　わしはそんなこと言っちょらんぞ。

「やはり、そうでしたか。それならいいんですが……」

――たぶん、加山銀行が流しちょるんじゃろう。

「そうですか。しつこいようで恐縮ですが、我々がきちっとした再建計画を示せば、我々を支持していただけると考えていていいんですね」

――井浦はん、なんべん聞きよるんじゃ。

「あぁ、そうでした。申し訳ございません」

――そんなつまらぬことはどうでもええ。海洋クラブはどうなっとるんじゃ。

「海洋クラブについても九月には再建の道筋を示せると思っています。ご心配なさらないでください。どうもありがとうございます。とにかく気になったものですから、お忙しいところ恐縮でした」

受話器を置いて、井浦はホッと息をついた。力が抜けていくような感じで、外をぼんやり見つめた。

10

その日、八月一日は気温が三〇度を超したうえ、風のない日だった。夜になっても気温があまり下がらず、蒸し暑さはその夏一番だった。

午後七時少し前、東条秀一は上着を抱え、額の汗をぬぐいながら、小料理屋「喜代乃《きよの》」

のガラス戸を開けた。「喜代乃」は築地《つきじ》の狭い路地裏にあり、秀一は表通りで車を降りた。「喜代乃」までは歩いて四、五分だったが、それだけで汗が噴き出してくる蒸し暑さだった。

「いらっしゃい。いやぁ、暑かったでしょう」

主人がお絞りを差し出した。秀一は顔をぬぐい、上を指差しながら言った。

「どうもありがとう。二階でいいですね」

「もちろん、そのつもりで用意していますよ」

「今日はちょっと話があるので、とりあえず簡単なつまみと刺身、それからビールと焼酎《しょうちゅう》を持ってきちゃってよ。こっちで勝手にやるから。話がすんだら声を掛けるので、それから食事にするよ」

秀一はそう言って狭い階段を上がった。二階には六畳間が一間あるだけで、密談には都合のいい部屋だった。

部屋はクーラーがよく効いていて、秀一は人心地ついた。すぐに主人がビールと焼酎、それに枝豆を持って上がってきた。

「先にやっていますか」

「そうね。もう来るだろうから、ビールをやっているか」

主人がビールの栓を抜きグラスに注いだ。秀一はひと息に飲み干した。

「こういう日はビールがいいね。あと二、三本持ってきてよ」

主人が引き下がると、秀一はもう一杯ビールを飲んだ。すぐに下から「お着きです」と声がかかった。

「よう、待たせたか」

日本長期開発銀行の泊広夫が襖《ふすま》を開けて入ってきた。

「ほんの一〇分ほどです。先にやらせていただいてました」

秀一はグラスを軽く上げてみせた。そして、小さな床の間を背にして座った泊にビールを注ぎ、グラスを重ねた。

「泊先輩、いや、その節はありがとうございました。うまく事が運びまして、先輩のおかげですよ」

秀一がここまで話したとき、襖が開いて主人がビールと刺身の盛り合わせの大皿を持って入ってきた。

「秀一君、いい店を知っているね。ちょっと場所がわかりにくかったけど、それもいいよね」

「申し訳ありません。路地裏にあるもんで……」

主人がそう言いながら泊と秀一にビールを注いだ。そして「では食事のときには声をお掛けください」と言い置いて出て行った。

「いや、開発銀行が使う店にしようかとも思ったんですが、先輩と僕が飲んでいたというのが知れてもまずいだろうと考えましてね。こんなむさくるしいところにさせてもらいました」

「いや、いいじゃないか。こういう場所も必要だよ。俺も君の名前でときどき使わせてもらうかもしれないぞ」

そして泊は刺身をつまみながら言った。

「うん、いいじゃないか。いいネタ使っているよ」

「夫婦二人でやっている店ですが、主人は昔、有名な料亭の板前だったという話です。おっしゃっていただければ、いつでもこの部屋を確保しますよ。普段は下のカウンター席しか使っていないんですよ」

「うん、そのときは頼むよ。それはそうと、今日の朝刊に派手に載っていたね。東都海洋クラブに会社更生法の適用を申請するとはうまいこと考えたね。東都相銀の経営陣は崖《がけ》っぷちに追い込まれたわけだ」

「ええ、先輩に紹介していただいた森山恭二先生のおかげですよ」

「やはり森山弁護士の戦略か。実はね、俺も彼と知り合ったのは一年前なんだよ。リソーミシンの和議申請のとき、うちの池本孝三郎会長に支援を頼みにきたんだ。開発銀行はリソーミシンとはまったく関係なかったんだけど、池《いけ》さんはああいう人だから動こうとした。それで、秘書役の俺が彼と接触をしていたんだ。粉飾があるらしいということで、すぐに駄目になっちゃったけどな。そのとき『悪知恵の働く人だな』と思ってね。君が井浦さんに対抗するには、森山氏みたいな弁護士を味方につけなきゃ勝ち目はないだろうとね」

「本当にそうでした。紹介いただいたのは、僕が先輩を突然お訪ねした日の翌日でしたね。本当にありがとうございます。いずれすべてが片付いたら、ちゃんとお礼はしますが、今日は中間報告ということで、こんなところで勘弁してください」

「いいよ、秀一君、そんなしゃちこ張ったこと考えなくて。君と俺の仲じゃないか。ところでスポンサーの件を教えてくれよ。君と話すのは、常務を解任になって真っ青な顔で飛び込んできたとき以来だからな。電話しようかな、と思ったこともあるが遠慮していたんだよ」

「それこそ遠慮なんてしなくてよかったんですよ」

「そんなことはないさ。君が来たのは二月末だろう。それから一か月もしないうちに東都相銀の内紛が表沙汰《おもてざた》になり、怪文書が流れたりして、金融界はその話題でもちきりになったからね。金融マンの関心事はもっぱら『東都相銀をどこが救済するか』で、大方は関西系の都銀と見ていたけど、うちの銀行の名前も出ていたしね。電話くらいならできたけど、会って話さなきゃ何もわからないから」

「まあ、たしかにそうですね。怪文書も細部はいろいろ違うところもありますが、大枠では間違っていません。今の段階では経緯を詳しく説明できませんが、先輩に言われて株を売る決断をしたら早かったのは確かです。実はあのとき、ゴルフ場関係のルートでスポンサーを探していたんですが、あまりうまくいっていなかった。でも、東都相銀株を全部手放す、その見返りに返済資金を出してほしいということで交渉したら、とんとん拍子でした。うちの銀行が大手銀行にとって魅力ある存在だということがよくわかりましたよ。スポンサーからすれば、東都相銀株を三四％持っていれば、欲しいと言ってくる大手銀行がいくらでもあると思ったんでしょう。今さらながら親父の作った銀行の価値がわかりましたよ。でも、親父がここまで食い物にしなけりゃ、もっとすごい価値だったでしょうね。どっちにしろ、東条家の資産では東都相銀の不良債権をきれいにするのは無理ですから。まぁ、ゴルフ場経営や貸ビル業の墨田産業と東都都市開発の二社を軸に、少しずつ事業を拡大していくようにやっていきますよ」

泊は刺身をつまみながら、ときおりうなずいて話を聞いていた。秀一の話が途切れると笑顔になって身を乗り出した。

「それじゃ、開発銀行で勉強したのは無駄だったな」

「それはないですよ。東都相銀の役員時代よりずっと役に立ちます。泊先輩に紹介してもらった人脈はこれからの事業に有効です」

泊はビールを手酌で注ぎながら、それとなく聞いた。

「そんなこともないがね。ときに、埼山興業の山田功社長っていうのはどんな人だい？」

秀一はちょっと驚いて、聞き返した。

「どんな人って？　まさか東都相銀の株が欲しいなんて言うんじゃないでしょうね？」

「いや、池さんがね、少し関心があるみたいなんだよ。君の親父さんとの関係もあるからね」

「え、池本孝三郎会長が、ですか」

「でも、久《きゅう》さんがウンと言わんだろうがね」

「久さんって金尾久頭取のことですか」

「そうだよ」

「じゃ、聞いても仕方ないでしょう」

「だが、瓢簞《ひょうたん》から駒ということもあるからね。それに、もしだよ、うちの銀行が株を持てば、現経営陣を一掃して君を東都相銀に復帰させることも可能になるかもしれない」

ビールを飲みながら聞いていた秀一が、さえぎるように手を振った。

「待ってください。もう僕は東都相銀には戻りませんよ。だって、東都相銀を捨てろって言ったのは先輩じゃないですか」

「いや、それはそうだ。でもな、君が後ろ髪を引かれる思いで決断したんじゃないかと思ってな」

泊は笑いながらそう言って、ビールを飲み干した。

「もう吹っ切れています。まあ、その話は別にして、さっきの話ですけど、山田さんは国士のような人ですよ。心底、『東都相銀の行員のためになる再建ができることが大事だ』、そう言っています」

「でも、山田さんのスポンサーは五両商事の河相彦治社長、その裏には加山銀行の磯部三郎会長がいるんだろ？」

「それはそうです。でも、山田さんはまっさらな気持ちで判断すると言っているんです。僕も加山銀行に株が渡るのが自然だと思いますが、山田さんはどうするか決めていないんですよ、本当に。極端な話、山田さんが『行員のためにいい』と思えば、井浦らの現経営陣にだってチャンスはあるんです」

「秀一君、そんな見え透いたこと言うなよ。現経営陣は絶対ないだろう」

「もちろん僕もほとんど可能性はないと思います。でも、選択肢から排除してはいないということですよ、山田さんは。だってね、加山銀行の幹部でさえ僕にアプローチしてくるんですから。決まっているならそんな必要はないでしょう。加山銀行の人にも僕は言っているんです。『東都相銀株は僕の手を離れたので、僕にはどうにもできない』って。もし、開発銀行が関心があるなら、山田さんに泊先輩をつないでもいいですよ。それくらいはできます」

「いいよ、いいよ。君の立場と気持ちはよくわかった。俺もな、池さんと久さんの仲がぎくしゃくするのもまずいと思っているんだ。今日の話はなかったことにしてくれ」

「わかりました。そろそろメシにしますか」

「そうだな」

秀一が襖を開けて下に声を掛けた。

「料理を出してください」

第７章　繰り上がった大蔵検査

1

東都海洋クラブ社長の杉田秀幸は、会社更生法が申請されたとき夏休みで北海道にいたが、連絡を受けて現地でマスコミの電話取材に応じた。そして、八月一日木曜日の午後には帰京した。すぐに稲村保雄と相談して会員対策を決めた。

対策は、夏休み返上で人を張り付け、電話での問い合わせに対応する体制を整える一方、一万六〇〇〇人の会員全員に社長の杉田が東都相銀社長の稲村と連名で手紙を出し、動揺を抑えるというものだった。手紙は、クラブの経営に問題がまったくないこと、それに、東都相銀が全面的に支援する体制に変わりはなく、東都相銀も再建に向かって着々と前進していることを強調した内容だった。

手紙が出されたのは八月一二日だった。急いで準備をしたが、印刷などの手間があり、それ以上早くすることはできなかった。

井浦重男は、麻布画廊社長の佐木恒雄と金屏風《びょうぶ》の売買契約を結ぶ前に、海洋クラブ会員にどんな動きが出ているか、詳しく知りたいと思ったが、それは物理的に無理な相談だった。海洋クラブから情報は上げ、八月一日から数日間は問い合わせの電話が一日一〇〇件近く入ったこと、会員権の償還申し込みが四〇件ほどあったことなどが報告されたが、それだけでは海洋クラブがどんな影響を受けるか、何とも言えなかった。

　会員への手紙が発送された日の翌日、八月一三日火曜日は真夏日だった。お盆休みに入り、都心には車が少なく青空が透き通っていた。一抹の不安を抱えながら、井浦は午後二時前、青山の麻布画廊のドアを開けた。佐木が待ち構えていた。

「井浦さん、お待ちしていました。昨日は大変でしたね。お知り合いはいませんでしたか」

　前日の一二日夕に起きた史上空前の航空機事故のことを、佐木は言ったのだ。羽田発大阪行きの東洋航空ボーイング７４７ＳＲが相模《さがみ》湾上空で操縦不能となり、約三〇分迷走飛行をして午後七時前に群馬県御巣鷹《おすたか》山に墜落し、約五二〇人が死亡したのである。その日の朝刊は、事故の記事でほとんど埋まっていた。しかも、一三日午前、御巣鷹山山中で四人の生存者が発見され、昼のテレビニュースが「奇跡の生存者発見」と大々的に報じていた。

「いや、大変な事故でしたが、幸い知り合いはいませんでしたよ」

「それはよかった。では、先に倉庫のほうに行きましょう。金屏風を見てもらわないわけにいきませんからね」

　佐木は表に出ると渋谷方面に向かって歩き出し、数十メートル先を左に入った。しばらく歩くと古いビルがあった。その一室が倉庫だった。

倉庫には金屏風があった。

金屏風は正式には「蒔絵《まきえ》南蛮絵図金屏風」というもので、江戸時代中期の作と言われる。高さ一・八メートル、幅三・六メートルの四つ折りのものが一対になった四曲一双の屏風で、漆を塗った上に金粉などを使って安土《あづち》桃山時代の京都の街の様子が描かれている。

大手デパート「岩越」の前身である江戸時代の呉服屋「岩越」の創業家、岩井総本家が代々保有していた。しかし、戦後の混乱期に人手に渡り、最近まである画商の手元にあったという。それを佐木が入手して、今度の取引に使うことになったのだ。

井浦はもともと美術にはまったく関心がなく、屏風の価値などわからなかったが、佐木に屏風を広げて見せられ、「なるほど立派な屏風だ」と感心した。本来なら真贋《しんがん》を鑑定するところだが、井浦は真贋にも関心がなかった。佐木を信用していたうえ、実際の価値の何倍もの価格で取引するので、真贋は意味がないと思っていたのだ。

井浦は五分ほど実物を見て麻布画廊に戻り、応接室で契約書に署名捺印《なついん》した。金屏風は当面、麻布画廊に預けておくことにし、預かり証を受け取った。

「では予定どおり、八月一五日と二五日に一五億円ずつ新橋信金本店の麻布画廊の口座に振り込みます。二五日は日曜日なので、二三日に振り込みますが、入金されるのは二六日の月曜日になると思います。振り込むのは契約書に書いたとおりＩＵコンサルティングという会社になります」

井浦は名刺入れから一枚の名刺を出した。

「IUコンサルティングは私の個人会社です。東都相銀が表に出るのはまずい、そういう判断です。それはかまいませんね」

「もちろん、かまいません」

「それで、株式のほうはどうなります」

「それは、この間お話ししたとおりこれからです。八月二五日の振り込みが終わったら、すぐにカネを予定どおり配布して日程を決めます」

「わかりました。それではお願いします」

井浦が麻布画廊を出たのは午後三時過ぎだった。まだ日は高かった。澄んだ空を見上げて深呼吸した。

井浦が事務所ではなく、東都相銀本店に帰ったのは午後四時前だった。稲村保雄の部屋に入ると〝御前会議〟のメンバーが集まっていた。

「契約は無事、終了した」

東都相銀株は手中に収めたも同然だ。展望は開ける。そう思った亀山卓彦の黒縁のメガネの奥の眼が笑っていた。久しぶりに見る笑顔である。

「どんな屏風でしたか」

「ふうむ。立派な金屏風だったよ。正式には『蒔絵南蛮絵図金屏風』というらしい。江戸時代中期の作という話だ」

「どこにあるんですか」

興味津々の滝尾史郎も丸顔をほころばせた。

「麻布画廊の倉庫に預けてある。だから、見たいと言えば見せてもらえるんじゃないかな」

「ところで、今日はどうです？」

滝尾がお猪口《ちょこ》を傾ける仕種《しぐさ》をして、井浦たちを見回した。

「まだ早いよ、滝尾君。君たちで飲むのはかまわないが……。まだまだ難題山積だよ。でも、三〇億円の支払いがすむ二三日の夕方には、俺の事務所で簡単にビールでも飲むか。ただし、集まるのは三々五々にしてくれよ。この件を知っているのはこの五人だけだ。行内に変な噂が流れてもまずいからな」

「それはいいアイディアですね。毎年、先生の事務所で暑気払いをやっていますから、我々が注意すれば心配ないでしょう」

稲村が引き取った。

「じゃあ、それまでお預けとしますか」

滝尾が声を上げて笑った。

2

八月二三日金曜日、午後五時過ぎ、飯田ビル三〇階の井浦法律事務所に仕出し業者によってビールと簡単なつまみが運ばれた。亀山卓彦が事務所に入ると、秘書の葉山栄子はすでに帰宅していて、井浦重男は窓から日比谷公園を見下ろしていた。

「ご苦労さん」

井浦が振り向いて、亀山に声を掛けた。

亀山は業者に指示して、椅子を壁に寄せ、会議用テーブルにビールとつまみを並べた。しばらくして滝尾史郎、稲村保雄、田中圭一の順に集まってきた。

〝御前会議〟メンバーが全員そろうと、稲村が井浦を促した。

「先生、テーブルのほうにどうぞ」

壁に寄せられた椅子に腰掛けていた井浦がおもむろに立ち上がり、テーブルを取り巻く四人の輪に入った。稲村がうれしそうにグラスを渡し、ビールを注いだ。滝尾は田中、亀山にビールを注ぎ、「先生、ご挨拶《あいさつ》をお願いしますよ」と井浦のほうに笑顔を向けた。

「いや、今日は稲村君と田中会長にやってもらいましょう。何といっても、最初にこの話を持ち込んだのは田中さんですからね」

いつになく柔和な表情の井浦が四人を見回した。

最初にビールの入ったグラスを右手に持った稲村が挨拶した。

「亀山君が今日、一五億円を振り込みました。これで九月一七日には株が手に入ります。もう九割方決まりました。ちょっと早いかもしれませんが、会長の発声で乾杯しましょう」

「え、私がですか」と言って田中はしり込みしたが、稲村に促され、中央に立った。

「まだ道半ばですが、自主再建に向け、引き続き頑張りましょう。それでは乾杯」

「先生もひと言、お願いしますよ」

ビール瓶を持った滝尾が、井浦のグラスに注ぎながら言った。

「じゃ、ひと言だけ。今、稲村君は九割方と言いましたが、まだ、五合目です。払い込みが終わって株の受け渡しの日程が決まれば六合目。受け渡しがすめば八合目まで登ることになるかな。そんな感じで気を引き締めていきましょう」

談笑はそれから一時間ほど続いた。そこにはつい三週間前までの沈痛な雰囲気はなかった。

3

翌週の火曜日、八月二七日。また井浦重男ら〝四人組〟に衝撃が走った。大蔵省検査が入ったのである。〝四人組〟がホッとしていられたのはわずか四日間だった。

その日、井浦の自宅の電話が鳴ったのは、午前九時少し前だった。亀山卓彦からで、「たった今、大蔵省の金融検査官が本店と四つの支店の検査に着手した」との報告だった。亀山の沈んだ声が耳に残った。

午前九時一〇分には黒塗りのベンツが井浦の自宅マンション前に横付けになった。いつもは一〇時に来るが、亀山が手配したのだ。井浦は車に乗り込み、考えた。

「いったい、どういうことだろう?」

通常なら大蔵省検査は一〇月だろう、井浦はそう踏んでいたので、この時期の着手は想定外だった。内心、大蔵省検査が入る前に株の受け渡しをしたかったし、やはりこの時期の大蔵検査はショックだった。

午前九時半少し前に東都相銀本店に到着した井浦は、そのまま稲村保雄の部屋に入った。すでに〝御前会議〟のメンバーは意気消沈した面持ちで待ち構えていた。

井浦は席に着くなり、じろっと面々をにらみつけ、大きな声で言った。

「何だ、そんな顔するなよ」

四人は押し黙ったままだった。

「大蔵検査は秋には入る予定だった。だから、その前に決着させようと春から頑張ってきたんじゃないのか。二か月ほど早かっただけのことだ。そう心配するな」

「先生、そうおっしゃいますが、何か思惑があるんじゃないでしょうか。大蔵検査は事前通告なしが原則ですが、これまではだいたい一週間くらい前には以心伝心で入ることがわかったものです。でも、今度は寝耳に水でした」

メガネの奥で眼をしょぼつかせた滝尾が、井浦の顔色をうかがった。一〇秒ほど、井浦は滝尾をにらみつけていたが、脇の田中圭一に向かっていつもよりきつい調子で聞いた。

「田中会長、どうです? 何か、大蔵省で雰囲気がありましたか」

「いや、何もない、うん、何もなかったですな。銀行局の連中と最後に接触したのは八月一日でした。これはお話ししましたよね。何らかの方針転換があったような感じはありませんでしたね」

テーブルがガタガタした。井浦の貧乏揺すりのせいだった。

「埼山興業の山田社長から株を譲り受けるのに……でしょうか」

不機嫌な井浦を気にしてか、ぼそぼそ話す稲村の声はいつになく小さく、よく聞き取れなかった。

「え、稲村君、何だ？」

「いや、株の譲り受けにマイナスじゃないでしょうか」

「そんなこと、わからんよ」

井浦の厳しい口調に、沈黙が支配した。カッとした気持ちを抑えるように天井を見上げていた井浦が、ようやく冷静さを取り戻したのか、「まぁいいさ。心配するな」と自分を納得させるようにつぶやいた。そして、稲村らを見回しながら続けた。

「たぶん、今日の夕刊か明日の朝刊には記事が出るだろう。そうしたら佐木さんに聞いてみるよ。それまでは何とも言えないだろう。とにかくそれからだ。あまりうろたえるなよ」

4

井浦重男の予想どおり、その日の夕刊には東都相銀に大蔵検査が入ったことを伝える記事が載った。
旭光新聞夕刊は「東都相銀の金融検査着手　大蔵省」という見出しの短い記事だった。内容は以下のとおりである。

創業者の東条一族と現経営陣の対立が続いている東都相互銀行に対し、大蔵省は二七日午前、本支店など数か所で金融検査に着手した。／東都相銀に対する前回の金融検査は一昨年一〇月で、通常ペースの検査だが、創業者一族の関連企業に対する巨額融資など経営姿勢に問題が指摘されており、同一企業への融資額を一定額に制限した「大口融資規制」（東都相銀の場合約八〇億円）が守られているかどうかの検査をはじめ、不良債権の洗い直しなどが行われる。

東経新聞はさすがに経済紙だけあって、一面に三段見出しの記事だった。中身も詳しかった。そこにはこうあった。

大蔵省は二七日午前、現経営陣と創業者である東条家との内紛に揺れる東都相互銀行に金融検査官を派遣、検査を開始した。関連会社への集中融資や多額の不良債権を洗い出し、経営体質を改善するよう指導、監督するのが狙い。検査期間は三〇〜四〇日程度になる見通し。同行への銀行検査は昭和五八年一〇月以来一年一〇か月ぶり。

／大蔵省の銀行検査は銀行法、相互銀行法などに基づいて銀行の業務や資産内容を調べるもの。通常、都市銀行などには三年に一度、相互銀行など中小金融機関については二年に一度の割合で定期的に検査を実施している。／今回の銀行検査について大蔵省は「定期検査」としているが、内紛による経営混乱の拡大を防ぎ、早めに実態を把握するため、予定より二か月程度繰り上げた。／同省が重視しているのは同行の融資が東条一族系のファミリー企業や同行の関連会社に集中している点。こうした融資は同行の融資総額（九〇〇〇億円）の二割を超す約二〇〇〇億円とされているが、その倍の四〇〇〇億円あるとの指摘もある。／このため、同省は今回の銀行検査で同行の融資実態を洗い出したうえ、検査結果を踏まえて融資体質の改善、強化や経営姿勢の厳正化を指導していく考え。

八月二八日水曜日。井浦は午前一〇時半に出勤すると、すぐに麻布画廊の佐木恒雄に電話した。佐木はすぐに電話に出た。

――新聞見ましたよ。ちょっと困ったことになりましたね。

「新聞って、何のことです？」

――そんな、とぼけないでくださいよ。

井浦は、最初から大蔵検査のことだとわかっていたが、通常の検査と強調する狙いもあって、すぐには気付かないふりをしたのだ。

「ああ、大蔵検査のことですか」

――そうですよ。

「しかし大蔵検査は通常のものです。二年に一回ですから遅くとも一〇月には入っていた。最初からわかっていたことです。大山蔵相もご存知だったと思いますけどね」

――それはそうです。そっちの問題じゃないんです。山田さんがどういう反応をするかと思いましてね。

「山田社長ですか」

――彼は検査が終わるのを見たい、そう言うんじゃないかと思うんです。

「どういうことですか」

――いえね、受け渡しをいつにしたらいいかと思いましてね。

「えっ、変更でもするんですか。大蔵検査はわかっていたことですよ」

――まぁそれでも、山田さんが気にするようなら、時期をね。

「すると、九月一七日は無理ということですか」

――新聞によれば検査に一か月はかかるようですね。それが終わらないと山田さんは譲るのを渋るかもしれません。

「それじゃあ約束が違います。山田さんともおおよそ話がついていたんでしょう」

――それはもちろんです。ですから、これから九月一七日に受け渡しするよう話すつもりです。もう少し待ってください。

「とにかく早く段取りを決めてください。お願いしますよ」

——わかっています。来週早々に連絡しますよ。

5

九月二日の〝御前会議〟は、稲村保雄らが期待に満ちた眼差《まなざ》しで井浦重男を待っていた。さすがの井浦も、九月一七日の株受け渡しに変更はないと強調するほかなかった。麻布画廊社長の佐木恒雄との電話のやりとりを考えれば、株の受け渡しが延期になる可能性を示唆したと言えなくもなかったが、とてもそのまま伝える気にはなれなかった。

佐木が「九月一七日に受け渡しできるように話すのでもう少し待ってほしい」とも言ったことに、井浦自身が淡い期待を抱いていた。しかし、佐木からは連絡がなかった。業を煮やした井浦は、九月六日の金曜日、アポなしで朝一番で麻布画廊に出向いた。着いたのは午前一〇時少し前で、店員の女性が店を開ける準備をしているところだった。来意を伝えると応接室に通された。


「社長は一〇時半までには出社すると思います」

「わかりました。少し待たせていただきます」

井浦がしばらく待っていると、応接室のドアが勢いよく開いた。佐木だった。

「いや、井浦さん、申し訳ありません。ご連絡が遅れていまして……」

「佐木さん、もう段取りを決めていただかないと困るんですよ。半端な金額じゃありませんからね」

「井浦さんのおっしゃることはわかります。しかし案の定というか、山田さんが検査の結果を見たい、そう言うんですよ。受け渡しは延期願えないでしょうか」

「それは困ります。もしそういうことなら、金屏風《びょうぶ》の売買も白紙に戻してもらわないとね」

「もうカネは動いています。もとに戻すわけにはいきません。受け渡しが延期と言っても一か月ほどですよ。一〇月中旬ということでご了解いただけないでしょうか」

「一か月延期？　そんなことはできません。私たちはね、株の取得を前提に金融検査官に再建計画を説明する予定なんです。株の受け渡しができなければ、金屏風の売買の説明だってできませんよ。だって金屏風は時価七億円なんでしょ。それを三〇億円で買ったんですよ。不正融資になってしまいます」

「わかりました。やってみます。もう少しお待ちください。一〇日までにご連絡します」

九月九日の〝御前会議〟も、二日と同様だった。井浦を見つめる皆の期待の眼差しがあった。違っていたのは会長の田中が欠席していたことだ。「急な私用があって午後から出勤」とのことだった。

井浦はある程度話すほかないと覚悟を決めていた。一七日の受け渡しが一週間後に迫っていたからだ。

「佐木さんによると、埼山興業の山田社長は大蔵検査が終わらないうちは、株の受け渡しをしたくないような感じらしいんだ。九月一七日の受け渡しで、何とか実現できるように交渉をお願いしているが、最悪のときは一〇月中旬以降にずれ込む可能性がある」

稲村保雄らはうつむいたままだった。井浦が立ち上がろうとすると、稲村が身を乗り出すようにして手を挙げた。

「ちょっと待ってください。私たちから少し説明があります。滝尾君、東都海洋クラブの状況を話してくれ」

「海洋クラブの状況は芳しくありません」

井浦が浮かせた腰を戻すと、禿《は》げた頭を掻《か》きながら滝尾史郎が暗い顔で説明を始めた。その内容は次のようなものだった。

東都海洋クラブは、昭和四六年（一九七一年）から昭和五〇年までにゴルフ会員を、縁故募集（四三〇万円）、一次募集（四八〇万円）、二次募集（六五〇万円）で約一万六〇〇〇人集めた。契約では一〇年経過後はいつでも償還に応じるとなっている。会員権の償還は、月末が退会届の締め切りで翌月一五日払いとなっている。

東条家が会社更生法の適用を申請したのが七月三一日だったので、これを受けた最初の退会届の締め切りは八月末。海洋クラブの杉田社長、東都相銀の稲村社長の連名で、会員に経営に不安のないことを伝える手紙を出したが、あまり効果はなかった。八月末の退会届は約一〇〇〇人。更生法騒ぎに巻き込まれるまでは退会者は月一〇人程度だったので、申請を契機に償還希望者が急増したことは否定できない。

海洋クラブでは、九月一七日に償還金を支払う予定だが、その額は約四〇億円になる見込みで、全額、東都相銀で融資する予定だ。また、海洋クラブの杉田社長、東都相銀の稲村社長の連名の手紙を、再度出すことになっていて、一両日中に発送する。それには、会社更生法の適用が認められない方向だと明記するので、九月末と一〇月末の退会届は大幅に減ると見ている。それでも一万六〇〇〇人の一割くらいが退会するのではないか、そう予想している。

更生法適用について審理に入っている東京地裁に対しては、来週中に海洋クラブが「債務超過に陥る恐れはない」との会社見解を反論書のかたちで提出する。杉田社長によれば、「これによって申請が認められることはまずない」としており、早ければ一〇月には決着がつき、会員の間の不安も払拭《ふっしょく》されると見ている。

滝尾の説明が終わると、今度は稲村が預金の動向を説明した。

「預金動向もあまりよくありません。八月末の残高が一兆二〇〇一億円、九月一〇日現在は一兆一九七八億円です。六月末一兆二一四一億円、七月末一兆二一五一億円でしたから、一か月ちょっとで一七〇億円あまり減りました。二〇〇〇億円程度の国債を保有していますので、今のところ資金繰りには心配ありません。しかしこの調子で減り続けると、半年後にはちょっと厳しくなるかもしれません。下期は何としても増勢を取り戻すべく、今月中に増強策を策定して一〇月の支店長会議で檄《げき》を飛ばそうと考えています。先生、どうでしょう」

井浦はあごをさすりながら眼をつむったままだった。沈鬱《ちんうつ》な空気が支配した。井浦の貧乏揺すりできしむ椅子の音だけが、ときおり耳に入った。

「先生、どうでしょう」

再び促されて、井浦はようやく眼を開けた。

「増強策は必要だ。いい案を考えて取り組んでくれよ」

脇の稲村を見ずにそう言うと、井浦は立ち上がった。

稲村の部屋を出ると、井浦は監査役室には戻らず日比谷公園に向かった。歩き回ったが、名案が浮かぶはずもなかった。すでに賽《さい》は投げられ、井浦ら〝四人組〟は受動的な立場だった。主体的に動きようもなかった。

飯田ビルの事務所に戻り、井浦は電話を取った。大山蔵相秘書の青井五郎と埼山興業社長の山田功に電話するためだった。運よく青井が直接電話に出た。

——ああ、井浦さんですか。何用ですかな。

「いや、ちょっと事態が動きましたのでご報告しておこうかと思いまして……」

——今度、大蔵省検査が入ったようですな。一応、検査が終わって、どんな結論が出るか。それからですな。

「そう言っていただけると心強いです」

——まあ、そんな厳しい内容にはならんでしょうから、きっとうまくいきますよ。

「引き続き、ご支援お願いします」

井浦は、よほど佐木からカネが動いたか聞こうと思ったが、思いとどまった。手が後ろに回るかもしれないカネである。口が裂けても言えないだろう、とわかっていたからだ。

青井は佐木と口裏合わせしている——受話器を置いてからそんな疑念も湧いたが、すぐに受話器を取り直し、今度は山田に電話をした。

「佐木さんから聞いておられるでしょうけれど」

井浦が切り出すと、山田は怪訝《けげん》そうな声を出した。

「——なんのことじゃ。佐木さんから聞いちょるって？　わしはここのところ佐木さんには会っちょらんぜよ。

「東都相銀の株を買い取る件です」

——井浦さんには何度も言うちょるじゃろうが。わしは東都相銀の行員の将来のために最もいい再建を、そう考えちょるんじゃ。それを監視するために株は誰にも売らん。

「それは聞いています。でも、佐木さんから話は聞いておられるんでしょう？」

——佐木さんはよう知っちょるが、ここ三か月ほどは会っちょらんぞ。

井浦は受話器を落としそうになり、一〇秒ほどの沈黙があった。

「わ、わかりました。引き続きご支援ください。よろしくお願いします。今日は変な話をして申し訳ございませんでした」

井浦は怒りが込み上げてきた。「佐木は嘘をついている」。井浦は執務机から立ち上がり、机をドンとたたいた。そして、また受話器を取った。佐木に電話をするためだ。

「佐木さん、ひどいじゃないですか」

——なんですか。

「山田さんとは話していないんじゃないですか」

——いえ、話していますよ。本人とはこういう案件ですから直接は話していません。ですが誰とは言えませんが、山田さんの腹心とは頻繁に接触しています。大蔵検査が終わって問題がなければ、必ず譲ってくれると思っています。

「何を言うんですか。うちの銀行は問題があるんです。だから再建のために株を譲り受けて……」

井浦は詰まった。

「とにかく、九月中に受け渡しができなければ、金屏風の売買は白紙に戻してもらいますよ。いいですな」

——困りましたな。もうカネは流してしまったんです。

「どこに流したって言うんだ⁉」

——決まってるじゃないですか。

「それじゃ、どうして受け渡しができないんだ！」

——できますよ。一か月ほど遅れるだけです。そう興奮しないでください。

「何を言う。もう、あんたなんか信用できない！」

ガチャーン。激しい音が部屋に響いた。井浦が受話器を叩《たた》き付けたのだ。

6

その日、九月九日の夕方、井浦重男は亀山卓彦を日比谷公園に呼んだ。落ち合うと、すぐにタクシーを拾った。向かったのは高輪にある自宅マンション近くの小さなスナックだった。ときどき井浦が口にした〝俺の店〟である。亀山も日比谷公園で秘密の話をしたときに、何度か「あとで〝俺の店〟に行こう」と言われたが、一度も案内されたことはなく、今度が初めてだった。

店の名前は「錨《いかり》」。都営地下鉄の高輪台の駅から桜田通りに上がって、少し五反田方面に歩いたところにある古いビルの二階にあった。長方形の店の中は一番奥に四人が座れるボックス席があるだけで、あとはカウンターだった。

亀山が井浦について店の中に入ると、客は誰もいなかった。三〇代半ばのボーイッシュな女性がカウンターの中から出てきて笑顔で迎えた。井浦より少し上背のある色白の清楚《せいそ》な感じのする女だった。ちょっと細い手を差し出すようにして井浦をボックス席に案内したが、微笑んだだけで口は利かなかった。

席に座って井浦と相対した亀山は、「ここのママだったんですか」と、とっさに口に出しそうになったが呑《の》み込んだ。滝尾などがときおり「先生には高輪のマンションの近所に若い愛人がいるらしい」と噂していたからだ。

ママがバーテンに作らせた水割りとジンジャエールを持ってきた。亀山が飲めないのを知っていた。

「ここのママの黒田美和《みわ》さん」

これまで亀山が見たことのない、少し照れたような表情で、井浦がぼそっと言った。

美和は少し微笑んで、軽く亀山に会釈してカウンターに戻った。

「おい、亀山君よ、俺も焼きが回った。佐木に騙《だま》されたかもしれない。いや、騙されたぞ」

「え、先生、何を言うんです？　大蔵検査がすめば、山田さんは株を譲ってくれるんじゃないんですか」

「そう言っているが、信じることはできないし、それでは遅いんだ。株を買い取ってから検査に臨まなければ、どうにもならない」

井浦はこれまでの佐木とのやりとりを詳しく説明した。そして、手帳から折りたたんだ紙を取り出して見せた。

「なんですか。何も書いてないじゃないですか」

「あぁ、書いてないさ。現物はないからな。佐木は俺にこんな紙を見せたんだ。そこには『大八、山五、井五』と書かれていたんだ。『大』は大山蔵相、『山』は埼山興業の山田社長、『井』は俺のことだ。金屏風《びょうぶ》の三〇億円はこういう割り振りだったんだ」

「先生は受け取ったんですか」

「受け取ってないさ。もちろん俺は受け取っても銀行に戻すから、実際は二五億円の取引だったんだな。だがね、佐木は俺に五億円を渡すとはいっさい言わなかった。俺も自分から言うつもりはないさ。俺がそんなこと言えば、奴は今度の取引が俺の私欲のためだなんて言い触らしかねないからね」

「残りの一二億円はどうなんです」

「七億円は金屛風の時価、五億円は佐木の取り分だと思う。だが、本当にこう割り振るつもりだったのかも怪しいと思っている」

「そうですね。これが本当なら五億円がもう先生に払われていてもおかしくないのに、佐木はそうしてないわけですからね」

「そうだ。株の取引が延びても、それに関係なくこの話は佐木のほうから言い出すべきことなんだ。それをしないということは、騙されたと考えるほかない。だいたい俺の名前があっただけでおかしかった。そうは思ったが、さすがの俺も『私利私欲でやっていないんだから、二五億円の取引にしてくれ』とは言えなかった。そんなことを言ったら、株の買い取りが駄目になりはしないか、そう考えてしまった。足元を見られたと言えばそれまでだが、俺も本当に焼きが回ったよ。もう残された道は一つしかない。特捜部に持ち込むんだ。それを君にやってほしい」

「どうすればいいんですか」

「特捜部に君の後輩がいるだろう。何と言ったっけ？」

「斉藤《さいとう》ですね。斉藤弘《ひろし》がいます」

「その斉藤君に、佐木の一連の動きを話して捜査してもらってくれ」

「すぐにですか。もう少し様子を見てはどうですか」

「いや、そんな余裕はない。すぐにやってくれ。それから、田所だ」

「田所？」

「彼はやはり、この詐欺に関係しているという気がしてならないんだ。もう一度、よく調べてくれないか」

「申し訳ありません。いろいろ動きがあったので忘れていました。前回調べたときは詳しいことはまったくわかりませんでしたね。でも、今も田所は行方不明なんでしょうか……。すぐに興信所に頼んで調べますよ」

7

九月一七日火曜日、本来なら埼山興業社長の山田功から東都相銀株二〇四〇万株を七〇億円で譲り受ける日であった。

一六日の月曜日が振替休日だったので、この日午前一〇時半からの〝御前会議〟は予定どおり開かれたが、前回同様、会長の田中圭一は姿を見せなかった。「なぜだろう」という思いは皆抱いたが、「『佐木に会ってみたら』と最初に言い出したのが自分なので、来にくいのだろう」くらいに思って、誰も言及しなかった。

亀山卓彦が黒縁のメガネ越しに「詐欺のことはどう説明するのですか」と言わんばかりに井浦重男を見つめていたが、井浦は何も言わなかった。詐欺にあったとほぼ確信していたが、後ろめたさと元検事のプライドがない交ぜになった心境で、まだ話す気になれなかった。

「先生、何かありますか」

稲村保雄が水を向けたが、井浦は「状況に変化はない」と言って、席を立った。会議は一〇分足らずで終わった。

二日後の九月一九日、飯田ビルの事務所にいた井浦のところに、亀山から電話があった。田所についての興信所の報告書が届いたとのことだった。井浦は午後七時に高輪台のスナック「錨」に亀山を呼んだ。

一〇日ほど前と同様にママの美和が迎えた。やはり客はいなかった。今度は窓を背にしたカウンターに並んで座った。亀山が黙って封筒を差し出すと、井浦は中から五ページほどの報告書を取り出して読み始めた。

表題には「田所波人についての調査報告書」とあった。

【生年月日】昭和二三年八月一三日
【本籍】茨城県水戸市姫子一ノ〇×
【現住所】東京都中央区日本橋蠣殻《かきがら》町一ノ△×ノ四ノ五〇三

【出生と家族関係】母一人子一人。戸籍は母・田所多江《たえ》の戸籍と同じ。認知した男の記載はなく非嫡出子だった。母、多江は昭和四八年三月二一日、死去している。現在、水戸市の本籍の住所には田所という家は存在しない。現在まで独身で天涯孤独。

【学歴】私立水戸学院中学、高校を卒業、一浪して昭和四三年早稲田大学経済社会学部二部（夜間）に入学。昭和四七年に卒業したが、卒業時には経済社会学部一部（昼間）に鞍替《くらが》えしていた。世知に長《た》けた男だった。

【職歴】就職したのは「週刊日本経済」を出している日本経済出版社。「週刊日本経済」の証券担当記者を三年やった。この間、兜町に広い人脈を作り、裏情報に精通した記者として知る人ぞ知る存在になった。兜町で話題になる政治家にも食い込み、政治家のダミーとして株式投資に手を染めているという噂がくすぶり、それで「週刊日本経済」の編集から外されたとの指摘もある。

四年目の昭和五〇年春からは書籍の編集に携わったが、それが不満だったのか、一年後に突然、日本経済出版社を辞めた。昭和五一年春のことである。その後、証券ジャーナリストとして独立。兜町に隣接した水天宮（住所は蠣殻町）に自宅マンションを購入し、そこを拠点に取材活動に入った。主に株式投資関連の雑誌や新聞に「兜屋一郎」のペンネームで記事を書いていた。しかし「兜屋一郎」の名前は、昭和五八年になると雑誌や新聞から消えた。証券ジャーナリストとしての仕事は順調だったが、政界や経済界などにも土俵を広げたジャーナリストになるのが田所の夢で、その実現に踏み出すためだったようだ。これははっきりしないが、どうやらスポンサーが付いたらしく、その支援を受けていたようだ。

事務所を虎ノ門にかまえて活動を始めた。しかし証券と縁を切ると人脈なども一から作る必要があり、なかなか仕事がこなかったようだ。昭和六〇年で三年目を迎えたが、昨年あたりからはジャーナリストというより〝情報屋〟のような仕事をしていると言われていた。〝情報屋〟とは、スキャンダル絡みの情報を記事にしない代わりにそれを売る商売。確たる証拠はないが、ジャーナリスト仲間の内部ではそんな評判が立っていた。

【最近の動静】田所の所在がはっきりしているのは五月一〇日（金）が最後で、その後は目撃証言もない。目撃したのは事務所があるビル一階（所在地＝虎ノ門）に店を構えるレストランの主人である。夜七時頃に食事をしたという。田所は週二、三回、昼か夜にその店で食事をしたというが、五月一〇日を境にまったく姿を見せなくなった。

事務所の借主は山崎興産という会社で、六月末に事務所を撤去した。山崎興産は日本橋三丁目の古いビルにあり、同社の車正之《くるままさゆき》社長によれば、田所とは兜町時代に知り合って意気投合し、それで彼の夢の実現に協力したのだという。

山崎興産は埼山興業とは目と鼻の先のビルにある。不動産業ということになっているが、最近、ゴルフ場開発を手掛けている。ゴルフ場開発のダミーとして地上げをやっているフシがあり、埼山興業、五両商事とも接点がある可能性がある。この点は今後、調査する。

　山崎興産の車正之社長が事務所の撤去と同時に日本橋警察署に捜索願いを出した。自宅マンションには住宅ローンの残高が六〇〇万円ほどあり、今もそのままになっている。車社長によると、警察の了解を取って、現在は山崎興産が管理している。田所に付いたスポンサーは車社長の可能性が高いが、確認できていない。

以上

　読み終わって、井浦は報告書を左脇に座っている亀山に返した。

「田所が今回の詐欺事件に一枚嚙《か》んでいるのは間違いないな」

　井浦はそうもらして、ため息をついた。そして、水割りを一気に飲み干し、カウンターの中を見つめた。亀山もジンジャエールを飲みながら、やはりカウンターの中を凝視して、何も言わなかった。ようやく、亀山が口を開いた。

「でも、どうして田所は行方不明になったのでしょう？」

「わからないな。しかし、巨大な陰謀が渦巻いているような気がする。もしかすると、田所は消されたのかもしれない。身寄りがないというのが気になるな」

「そんなことはないでしょう」

「しかしな、田所のスポンサーは埼山興業と五両商事に関係があるかもしれないんだろう」

「ええ、その可能性はあります。この点は、あとでもう一度報告があります。言い忘れましたが、今お見せした報告書は中間報告です。その辺のところは今調べているはずです」

「そういうことか。それなら興信所に言っておいてくれよ。例の怪文書のことを、な」

「怪文書って？」

「君はもう忘れたのか。田所からもらった怪文書だよ」

「えー。そんなものありましたっけ？」

「君もぼけたのか。見せたろうが」

「いつですか」

「俺が田所に二度目に会った直後だよ」

「先生は田所には二回ですよね、会ったのは」

「いや三回だ」

「最後は五月九日でしたね。それで、最初は三月二〇日でしたよね」

「〝御前会議〟のあと、君が俺の部屋に来たろう」

「ああ、思い出しました。毎朝新聞が記事を載せた日ですね。たしか四月一七日、先生が二度目に会ったときの直後でした。私が会議のあと先生についていったときですね」

「そうだ。そのとき君に見せたろう、怪文書を」

「ああ、思い出した。見ましたね。でも、私は加山銀行と五両商事のことにばかり気を取られて、細部はよく覚えていないんです。何か関係することが書いてありましたっけ？」

「仕方がないな。書いてあったよ。不動産ブローカーの品田卓男という男が出てきたろう。その品田が東条秀一、山田功、河相彦治の三人をつないだと。そこと、今の報告書に出てくる山崎興産の車社長がどういうつながりなのか……。関係があるような気がする」

「そうでした。いましたね、不動産ブローカーが。名前は忘れましたが……」

「そうだよ。その不動産ブローカーの品田が山崎興産の車とつながっていたとしたら、どうなる？」

「……やはり、巨大な陰謀ですね」

「そうだろう。でもそれだけじゃない。俺はな、田中会長も一枚嚙んでいたんじゃないかと疑っている」

「先生、それはないでしょう？」

「俺もそう思いたい。だが、佐木を紹介したのは田中さんだからな」

「でも、あの人は、そんな〝悪《ワル》〟じゃないでしょう。愚鈍なだけの人でしょう。そんな芸当ができるわけありませんよ」

「それはそうだ。だから、彼は将棋の駒みたいなものだろう。最近、彼は〝御前会議〟に出てこないだろう。ちょっと気がついたんじゃないか、俺はそう思っている」

「で、先生、何を調べさせるんです？」

「何だ、まだわからんのか。品田と車の関係だよ」

「わかりました。それはきちっとやっておきます。ところで、特捜部の斉藤弘とのことですが、一度、電話で話しました。どうも、特捜はうちの銀行をすでに内偵しているようなんですよ。じっくり担当検事が聞くので、来てくれと言っていました。たぶん、来週説明に行くことになります」

「特捜部っていうのは一筋縄じゃいかんぞ。返り血を浴びるかもしれない。いや、浴びるに違いない。だがな、最後の一線で正義を守るのが特捜部だ。だから、我々だけが返り血を浴びてお仕舞い、そういうことはないはずだ。一緒に引きずり下ろせるはずだ」

「引きずり下ろすというのは、誰をですか」

「それは本当の悪人だ」

「斉藤にそれがわかりますか」

「わかるはずだ。何人か引きずり下ろせない悪人もいるだろうが、それは少数だと信じている」

井浦の眼は遠くを見つめた。

「先生、今の検事総長の加藤晴樹さん、加藤さんは先生の一期上の方ですね。私が特捜部にいた頃、加藤さんは先生と並び称せられた人ですよね」

「そうだよ」

「加藤さんは『巨悪は眠らせない』、そう言ったそうですよね。今の検察は正義を守る、その立場を貫くんじゃないでしょうか」

井浦はすぐには答えず、しばらくしてぽっつり言った。

「そうあってほしい」

「先生、悪人は暴かれますよ。検察はやってくれます」

「悪人が誰かを決めるのは検察だ。俺たちも悪人だ」

「先生は悪人じゃないでしょう」

「亀山、何を言う？　俺はな、この銀行の顧問になったときから、いや、検事を辞めたときから、悪の世界に足を踏み入れている。今度の戦い、ある意味じゃ悪人同士の戦いなんだよ」

「……」

「どちらかと言えば、俺たちが悪人にされる可能性が高い。預金者保護という大義名分もあるからな。いずれにせよ検察は悪人をどちらかに決める。真実がどうかは関係ない。悪人にしやすい奴を悪人にする。それが検察のやり方だよ」

「でも、『巨悪』は私たちじゃないでしょ」

「そんなことは関係ないよ。検察が俺たちを巨悪と決めれば、そうなる。だから君が特捜部に行って先手を打って説明するんだよ」

亀山は怪訝《けげん》な顔をした。かつて特捜部の事務官ではあったが、検事がどういう視点で事件を立件するのか、うかがい知るほどの地位にはなかったからだ。

「つまりな、俺たちが黙っていれば、金屏風《きんびょうぶ》の取引は特別背任の罪になる。だが、詐欺であると佐木らを告発してその主張が通れば、特別背任にはならない」

「そういうことですか」

「それとな、その報告書はここに預けておけよ」

「なぜですか」

「何が起きるかわからんからな」

井浦は亀山から封筒を受け取ると、ママの美和に渡した。

8

亀山卓彦が斉藤弘から紹介された東京地検特捜部検事の檜山達夫《ひやまたつお》を訪ねたのは、九月二四日、火曜日午後四時だった。

部屋の中は亀山が特捜部で事務官をしていたときと変わらなかった。八畳ほどの部屋の真ん中に鉤型《かぎ》の大きな机があり、窓を背にして検事が座り、その左脇に事務官がいてメモを取る。亀山が部屋に入ると、三〇代半ばくらいの檜山が立ち上がり、自分の前に座るよう促した。

「今日はお忙しいところ、お時間を割いていただき、ありがとうございます」

亀山は名刺を出した。檜山は黙って受け取った。しかし、檜山は名刺を出さなかった。

「斉藤さんからちょっと聞いていますが、今日は詳しく話していただけるのですね」

「ええ、ご説明します。私もかつてやっかいになった特捜部です。今日は懐かしい気持ちでもありますが、私も覚悟を決めています。実は、これから話すことは、自分で自分の首を絞めかねないことです。状況によっては私たちが特別背任の罪に問われるかもしれない、そう思っています」

こう前置きしたうえで、亀山は金屏風の購入に至る経緯を説明した。大蔵ＯＢの田中圭一会長に、麻布画廊の佐木恒雄社長から「埼山興業の山田功社長が保有する東都相銀株を買い戻したいなら、うちで美術品の取引をすればいい」というアプローチがあったのが発端だったということ。井浦重男監査役が佐木社長と交渉した結果、八月に三〇億円で金屏風を購入したこと。金屏風を購入すれば九月中旬に山田社長から東都相銀株を譲り受けられるはずだったが、この譲り受けが今もって実現していないこと。以上のような点を説明した。

金屏風の時価は七億円程度で、それを相当上回る金額で購入したのは株式の譲り受けが実現することが前提で、それが実現しないのは詐欺になる、というのが亀山の言い分だった。

「時価との差額二三億円はどうなるのですか」

「それは私もよく知りません。しかし、政界などへの工作資金になると佐木さんは仄《ほの》めかしていたようです」

「それは本当ですか」

「本当です。佐木さんと交渉していた井浦の話では、『大八、山五、井五』と書かれた紙を見せられたそうです。『山』は埼山興業の山田社長、『大』は蔵相の大山武夫さん、『井』はうちの井浦監査役です」

「その紙は持っているのですか」

「いいえ、持っていません。ですが井浦が見たのは事実です。だいたいそんなこと、嘘をついても仕方ありません。とにかく、今のところ得をしているのは佐木さんだけですからね」

「わかりました。ところで、井浦さんはお元気ですか」

「元気で奮闘しています。加藤晴樹検事総長の一期下です。もし検事を続けていたら、どこかの高検長をしていたかもしれませんね」

「それでは、井浦さんによろしくお伝えください」

9

亀山卓彦が検察庁の庁舎を出て時計を見ると、午後五時半を回っていた。

「先生はまだいるかもしれないな」

飯田ビルは検察庁から歩いて五分ほどのところにある。井浦重男は事務所の執務室で待っていた。前日の二三日月曜日が秋分の日で休日だったので、この日の朝〝御前会議〟があって、そのとき亀山が井浦に耳打ちしていたからだ。

亀山が執務室に入ると、井浦は暗くなり始めた日比谷公園から皇居のほうをぼんやり眺めていた。

「今、検察庁から戻りました。檜山達夫検事に一時間半ほど説明してきました。政界工作資金のことを話したら、強い関心を示していましたよ。それと檜山さんは、井浦さんによろしくお伝えくださいと言っていました」

亀山はそう前置きして、檜山検事とのやりとりを説明した。

井浦は黙って聞いていた。亀山が説明を終えると、

「ところで、興信所のほうはどうだ？」と尋ねた。

「ええ、まだ、報告書は来ていませんが、電話で簡単な説明を受けました」

「どんなこと？」

「不動産ブローカーの品田卓男と山崎興産の車正之社長はつながっている可能性が濃厚です。品田の事務所も日本橋にあるそうで、埼山興業の山田社長も含め、皆が近所なんですよ。それから品田と車の二人のバックにも暴力団の影が見え隠れするそうです」

「どこだ？　山吉連合か」

「そこまではまだわからないということです。山田社長は山吉連合と関係が深いので、その線が一番ありうるのでしょう。しかし、澄川会、関西の東山組ということも否定できないようです。完全な企業舎弟じゃないと、複数の暴力団と関係がある場合もあるようです」

「いずれにしろ、田所の背後にも暴力団がいるのは間違いないのだろうな」

「そういうことでしょうね。暴力団が絡んでいるとなると危ないですね」

「それはそうだろうな」

「洋誠総業の鶴丸洋右に協力を頼んでみますか。彼は澄川会に顔が利くといいますから。澄川会は山吉連合と対立関係にあるそうですが、その筋の情報は持っているかもしれません」

「鶴丸ね……。彼は仕手戦を数多く手掛けているからな。暴力団にも顔が利くだろう。だが、やめておけ。検察に報告しているから、変な動きはできんだろう」

「わかりました」

「それにしても、田所はどうしたんだろうかね、やはり消されたのかな」

井浦がぽっつり言った。そして、胸ポケットから封筒を出して亀山に渡した。

「この間話した例の『怪文書』だよ。君も持っていてくれ。興信所の次の報告書が来たら一緒に〝俺の店〟に預けておいてくれよ」


翌日、九月二五日、井浦は会長の田中圭一を監査役室に呼んだ。

「あんたは〝御前会議〟三回連続で欠席だね」

「い、いや、たまたま所用があって、し、仕方なかったんです。今度は出ますよ」

つっけんどんな井浦の口調に、田中はたじろいだ。

「もういいよ。話すことがないんで、次回からやめることにした。必要があれば集まるが、あんたは来ないでくれ」

「わ、わかりました。ご用はそれだけですか？」

「実はな、東京地検特捜部が動いているんだよ」

「え、何の件で？」

「金屏風《びょうぶ》の件だよ」

田中は言葉に詰まった。

「田中さん、あなたは五月の連休に佐木とゴルフをしたんだよね」

「そうです。それが何か、関係あるんですか」

「誰があなたを誘ったんだ？」

「私と同期の大蔵ＯＢですよ」

「その人が直接言ってきたのか」

「いや、代理という男が私を訪ねてきたんです」

「それは田所という男じゃないか」

「そうですよ。なぜ、知っているんですか」

「四、五年前、うちの銀行を取材していたフリージャーナリストなんだよ、田所は。その田所に似た男を、一階のエレベーターのところで見かけたんだ。四月中旬のことだ」

「たぶん、そのときですよ。私は会長室で会いましたから。向こうは一度取材で会って私を知っていると言っていましたが、私は会った記憶はありませんでした。でも、同期のＯ

Bの『言伝《ことづて》』と言うので会ったんです。それに佐木も知っていましたから、ＯＫしたわけですね。ただ、こういうときは『言伝』というのは口実で、ほかに取材目的があるのが普通なんですが、このときはそれだけで、ちょっとおかしいとは思いました。本人が電話してくればいいわけですから」

「田所は何か言ったのか」

「ゴルフで佐木と会えばいいことがあると言いました。内容は言いませんでしたが。ただ、佐木が民自党に深く食い込んでいるようなことは言っていました。私もそんな感じを持っていたんで疑問に思いませんでしたね」

「そう。じゃあ、わかったよ」

井浦がそう言って立ち上がろうとすると、田中が慌ててそれを制した。そして、頭を下げた。

「井浦さんたちには申し訳ないことをしました。でも、佐木がそんな男だとは思っていなかったんです。よかれと思って紹介しただけなんです。そこのところはわかってください」

「もう、後の祭りだよ。あんたも詐欺の共犯だぜ」

井浦は捨て台詞《ぜりふ》のように言い置いて立ち上がり、田中を残したまま、部屋を出た。

第8章　遺　書

1

井浦重男は憂愁のなかにいた。

一〇月に入っても、東都相銀の預金は減り続けた。井浦は麻布画廊の佐木恒雄とは何度も交渉したが、金屏風の取引を白紙に戻すことはできなかった。大蔵省の検査は終わる気配もなかった。東都海洋クラブの会社更生法の適用問題も未決着のままだった。

「まだ、もつ。あと半年は大丈夫だ」

そう自分に言い聞かせ続けてきた井浦の頭のなかに、ある言葉が大きくなっていた。

「最初にして最後、そして、最大の失敗」

しかし、井浦は傍目《はため》には普段と変わらなかった。いつものように、午前一〇時半に東都相銀監査役室に出勤、午後は一時半から飯田ビル三〇階の事務所で過ごした。監査役室にはときおり、社長の稲村保雄、常務の滝尾史郎がやってきた。預金の動向や東都海洋クラブの会員権の動向、大蔵検査の動向などを報告するためだった。

報告は気の滅《めい》入るようなことばかりだった。井浦は表情一つ変えずに聞いていたが、貧乏揺すりだけがその心の内を表していた。説明を終えても、二人はなかなか井浦の部屋を出なかった。井浦から少しでも明るい兆しを聞きたいと思っていたからだ。しかし、井浦は決まってこう言った。

「君な、そううろたえるなよ。大蔵検査が終われば、株式の譲り受けができる可能性があるんだから。最近は逃げ回っているが、佐木だって『大蔵検査が終われば……』と言い続けているんだよ」

二人はがっくり肩を落とし、部屋を出て行く。残った井浦は、ダンヒルを取り出し、火をつけ、不愉快そうに煙を吐き出す。――そんなことが何度繰り返されたことだろうか。

そんな憂愁に閉ざされた井浦を、旭光新聞記者の大石眞吾が訪ねてきた。一〇月二一日、月曜日のことだ。訪ねてきたのは飯田ビルの事務所だった。

部屋のドアがノックされたとき、井浦は執務机を背にしてダンヒルを吸っていた。ノックの音を聞いた井浦は、椅子を回転させて部屋の入り口を見た。

笑顔の大石が立っていた。

「大石さん、珍しい。どうされたんですか。亀山君のところには寄らなかったの？」

「ええ、突然お邪魔してすみません。特捜部が動いているようですね」

大石は開口一番、言った。

「なんですか、特捜部って？」

「知らないなんてことはないでしょう」

「いや、知りません」

「埼山興業の山田社長が買い取った東都相銀株をめぐって、政界にカネが流れているという噂が出ているんですよ」

「事実なら、一大スキャンダルですな」

「そうですね。流れる先は大山蔵相しか考えられませんからね。そうなると、疑獄ですよ」

「もし流れているなら、資金を出したのは我々でしょう。でも、我々は流していない」

「いや、そうとは限りませんよ。加山銀行が流すことだってありえます」

「それはないでしょう。山田社長のバックには五両商事、その裏には加山銀行がいる。ならば、もはやうちの銀行は加山銀行の掌中にある。それは大石さん、あなたが教えてくれたことですよ」

「そうです。それはそうです。でも、加山銀行としては東都相銀の合併を確実にするためにカネを使うことだってありますよ。井浦さんたちが流すより、加山銀行が流すというほうが面白いですね」

「なるほど。そういう見方もできますな。でも、うちの銀行がどうなるかは大蔵検査次第でしょう。そんな状況で、山田さんの持っている株を欲しがるような奴は馬鹿ですよ」

「でも、最も株を欲しがっていたのは井浦さんたちじゃないですか」

「それはそうだが、もう今はまな板の鯉ですよ。我々はね、金融検査官に再建の道筋を説明して理解してもらう、それに全力投球ですよ」

「でも、井浦さん。そういう状況はもう過ぎましたよ。非常に残念ですが、東都相銀はあと半年くらいしかもちませんよ。井浦さん、潮時ですよ。今ならまだ間に合います」

「どういうことですか」

「加山銀行と接触してみてはいかがです？」

「それはできませんよ」

「なぜです？」

「うちの銀行を食い物にしてきた東条家と、ようやく絶縁できたんです。そうしたら次は加山銀行ですか。資産を蝕《むしば》むことはないでしょうが、今度は人が食われてしまう。それは間違いない。そんなことでは、行員に合わせる顔がないですよ」

「しかしですね、流れは決まってきています。東都物産が破産になり、東都海洋クラブも会社更生法の適用申請騒動の真《ま》っ只中《ただなか》にあるんですよ。預金も減り続けています。一〇月には一兆一〇〇〇億円を切ったっていうじゃないですか。もはや大手銀行と合併する以外ありません。大蔵省検査はその布石になります。たぶん二か月じゃ終わりませんよ。方向が決まるまで検査は続くでしょう。すでに、大蔵省は大手銀行に打診しているらしいですよ」

「何を？」

「東都相銀を救済合併する気があるかどうか」

「そうですか。関心があるのはどこですか」

「加山銀行はもちろんですが、三葉銀行も関心があるようです。さすがに関東系の三行は関心がないと回答していると言われていますが」

「ほう、三葉銀行もね」

「そうです。東京興産の大野幸治を通じて山田社長に接近しようとしているらしいですよ。大野さんは田村角次元首相の刎頸《ふんけい》の友だから、大山蔵相にも影響力があるんじゃないですか」

「それは違うでしょう。大山蔵相は瑞星会を旗揚げして田村元首相に刃向かっているんですよ」

「たしかにね。じゃあ、やはり株を押さえている加山銀行ですかね」

「……ところで話は違いますが、山田社長は暴力団とは関係があるんですか」

「何か、あるんですか」

「いや、何もありませんが、ちょっと気になったものですから」

「山吉連合と関係があるという話は聞いたことがありますけど、そんなに深いものではないでしょう」

「そうですか。……いや、今日は本当にいい情報、ありがとうございます」

「私が言ったこと考えてみたらどうです、井浦さん。本当に」

「わかっていますよ、大石さんの気持ちはね。でも、私にも原点があるんです。今年で私は六〇歳、耳順といいますが、まだそんな域にはほど遠いところにいます。しかし、そろそろ人生の締めくくりをしなきゃいかん、そう思っているんです。この一〇年、東条家のために働いてきました。不正の隠蔽《いんぺい》や糊塗《こと》など、やってはいけないことにも手を染めましたよ。それだけに今は、東都相銀から東条家がむしり取った財産を取り戻す、それをすべきだと思ってます。行員のために、最低、それだけはやりたいんです。だってね、東都相銀の行員が不幸になって東条家はびくともしない、それでは義が立たないだろう、そう思うんですよ」

「でも、勝ち目はありませんね」

「そうかな。大石さん、俺もね、かつてはカミソリ井浦と言われた男だよ。見くびりなさんな」

しかし、井浦の言葉に力はなかった。

「井浦さん、行員のためになることをやればいいじゃないですか」

「ありがとう。とにかく、最後まで頑張ってみるよ。今日は本当にありがとう」

2

井浦重男にとって唯一の救いは、東京地検特捜部の動きだった。一〇月初めから関係者の事情聴取が始まっていた。井浦も呼ばれれば出頭するつもりだった。しかし一一月に入ると、特捜部の動きがぱったり止まってしまった。しかも、東都相銀の預金は減り続け、一〇月末には一兆一〇〇〇億円を割り込み、一兆円を割るのは時間の問題だった。

東都相銀の再建はどんどん絶望的になっていった。そんななか、一一月一一日月曜日、社長の稲村保雄に大蔵省銀行局から呼び出しがかかった。

午後一番で稲村が大蔵省四階の銀行局中小金融課を訪ねると、中小金融課長の中江《なかえ》雄次《ゆうじ》が待っていた。すぐに、銀行局と証券局の間にある小部屋に案内された。

大蔵省の廊下を歩くとわかるが、たいていの部屋の入り口のドアの上には表札が掛かっている。しかし、何も掛かっていない部屋がぽつんぽつんとある。案内されたのはそんな一室だった。

ドアを開けると受付があり、その奥に八畳ほどの部屋があった。

「この部屋はですね、以前は審議官室だったんですよ。今は、大事なお客さんと密談をするのに使っています。今頃の時間が一番いいんですよ。新聞記者がいないんでね。夕刊の締め切りが終わって遅い昼食に出てしまっているんですよ」

中江の言葉を聞いて稲村が時計を見ると、午後一時半少し前だった。

「今、局長が来ますから、ちょっとお待ちください」

中江がそう言ったとき、窓際の壁のドアが開いて、銀行局長の吉岡正雄が入ってきた。案内された部屋は銀行局長室の隣で、部屋同士がつながっていたのだ。

「ご足労いただいてすみません。今、お茶を持ってきますから、話はそれからにしましょう」

すぐに、局長の秘書がお茶を運んできた。

「実はあまりいい話ではありません。単刀直入に申し上げます。検査部のほうから報告を受けました。破産した東都物産の件ですが、融資額の一五〇億円はこの九月中間決算で全額償却してもらう必要があります。そうなると、東都相銀は赤字決算になります。自己資本が四五〇億円ありますから債務超過にはなりませんが、中間配当はやめていただくしかありません。当然、責任問題も出てきます」

「ちょっと待ってください。東都物産への融資には担保があります」

「それはわかっています。中江君、説明してやってくれ」

「はい。稲村さん、担保は東都海洋クラブの保有している山林ですね。同じことなんですよ。もし、東都物産の融資を償却しないなら、東都海洋クラブ向けの融資に同じ額の引当てをしてもらうことになります。海洋クラブの資産が目減りするわけですからね。もし、そういうことになれば、海洋クラブに会社更生法適用の可能性が出てきます」

稲村は黙って聞くほかなかった。

「それでですね」

局長の吉岡が話をもとに戻した。

「東都相銀の預金の減り方がここにきて大きくなっています。当局としては放置できない段階にきています。自主再建はもう無理と判断しました。稲村さん、わかりますよね。一月末に決算が発表になったら一か月もつかもたないかでしょう。私たちは、現経営陣が総退陣し、大手銀行の支援のもとで再建に取り組むしかない、そう考えています」

「それは合併ということですか」

「いや、今から合併と決めているわけではありません。選択肢の一つです」

「で、どうすればいいのですか」

「決算発表は一一月二九日の金曜日にしてもらいます。その一週間前の二二日までにどうするか決めてほしいのです。自主的にね。あと一〇日あります。よく検討して結論を出してください」

「退陣するのは私だけでよろしいのでしょうか」

「いや、そういうわけにはいかないでしょう。〝実権派四人組〟などと言われていますからね。いずれにしろ自主的に考えてください。話はそれからです」

「わかりました。二二日に報告に参ります」

「そうですか。では今日はこの辺で。私たちはそこから出ます」

窓際のドアを指しながら、吉岡は立ち上がった。

「稲村さんは入り口のドアから帰ってください。とにかく、一緒にいるところをマスコミに見られるとまずいですから」

そう言って、中江は稲村を送り出した。

稲村はエレベーターに乗って一階で降り、大蔵省中庭に待たせていた車に乗り込んだ。まるで夢遊病者のようであった。

東都相銀に戻ったのは午後二時半過ぎだった。六階の役員室に上がると、そのまま監査役室に行った。秘書の伊藤幸子の前を通り過ぎ、部屋のドアを開けようとした。

「社長、監査役はいませんよ」

伊藤幸子の声に、稲村は我に返った。

「ああ、先生は飯田ビルですね。これから稲村が行くと連絡してください」

稲村はフラフラと踵《きびす》を返し、また、エレベーターホールに戻った。

稲村が飯田ビル三〇階にある事務所の執務室に入ると、井浦は入り口に背を向けて日比谷公園を眺めていた。

椅子を回転させて入り口のほうに向き直ると、稲村が呆然《ぼうぜん》と立っていた。

「稲村君、どうしたんだい？　そこに座れよ」

井浦が執務机から立ち上がり、ソファーに腰を下ろした。稲村もぎこちなく井浦の前に座ったが、口をパクパクさせるだけで言葉が出なかった。顔面は蒼白《そうはく》だった。秘書の葉山栄子が運んできたお茶を飲み、稲村はようやく少し落ち着いたようだった。唇を嘗《な》めながら、じっと待っている井浦の眼を見て話し出した。

「い、今、大蔵省から戻ったところです。吉岡銀行局長に会いました」

「どういうことだ？」

稲村は、今朝、中江中小金融課長から午後一番で来るよう連絡があったので、大蔵省に赴くと、吉岡銀行局長から最後通牒《つうちょう》を受けたことを説明した。井浦は緊張と衝撃でどもりがちな稲村の説明を黙って聞いていた。

「わかったよ。本当は俺が一人だけ辞めて片付けられればいいんだが、そうはいかないということだな。君と俺、それから滝尾と亀山も辞める以外ないだろう。申し訳ないことをした。だがな、もう少し待て。俺がもう一度、田中会長を交えて、佐木、山田の二人と会ってみる。佐木の口車に乗ったのは俺の一世一代の不覚だ。大仕掛けな詐欺にあったのは九九％間違いない。だから結論は見えているが、やってみるよ。まだ一〇日あるんだろう」

井浦の淡々とした口ぶりに、稲村は肩から力が抜けていくような気がした。

翌一一月一二日火曜日。井浦は午前一〇時半に出勤すると、そのまま田中圭一のいる会長室に入った。ノックもせずに入ったので、執務机で新聞を読んでいた田中は、老眼鏡越しに怯《おび》えたような表情で井浦を見た。

「一一月末に発表する中間決算は赤字になる。もう自主再建はできない。だから、その前に佐木と山田に会いたい。あんたも同席してな。日時を決めてくれ。二〇日までだ。二一日にはすべてを決めるしかないからな」

一方的にそう言うと、井浦はドアをバターンと閉めて出て行った。

3

会長の田中圭一がセットした会合は一一月二〇日、水曜日午後四時からだった。場所は大手町の経営者倶楽部《クラブ》の会議室で、井浦が午後四時過ぎに到着すると、田中と麻布画廊社長の佐木恒雄、埼山興業社長の山田功がコーヒーを飲みながら待っていた。井浦は、ロレックスの腕時計を見ながら少し遅れた詫《わ》びをして席に着いた。田中が口を開いた。

「今日は、井浦が佐木さんと山田さんにお話があるというのでお集まりいただきました。お二人にはお忙しいなかご足労いただき、ありがとうございました」

井浦はコーヒーにミルクを入れスプーンでかき回しながら聞いていた。

「用件はなんじゃい」

山田が不愉快そうに言った。

「話は井浦に聞いてください。井浦さん、お願いしますよ」

田中が左脇に座った井浦を見て促した。

「この人の紹介で、私が佐木さんに会ったのは五月の末でしたか」

右手の親指で田中を指して、井浦は佐木をにらみつけた。

「私たちは山田さんの持っている株を譲り受けることが再建の第一歩だ、と考えていた。佐木さん、あなたはね、金屏風《びょうぶ》を買えば山田さんから株を譲り受けられる、そう言ったよね。だが、いっこうに話は進まない」

「待ってくださいよ。私はそんなことは言っていない。私は株式の譲り受けのためにできることがある、それには美術品の取引が必要だ、そう言っただけです」

「それは最初の話でしょう。七月下旬には、九月半ばには山田さんから株式を譲り受けられると言ったじゃないか。田中会長はどうだ？　あんただって覚えがないとは言わせないぞ」

田中は黙ったままうつむいていた。今度は山田が口を開いた。

「わしは株を売りよるなんぞ、一回も言うちょらんぞ。どうも、わしが東都相銀の株を譲り渡すと言ったかのように聞こえるんじゃが、佐木君にもそんなことを話しよった覚えはないぜよ。だいたい佐木君とはもう半年以上も会っちょらんでのう」

佐木は口をつぐんだままだ。

井浦が言った。

「山田さんが売るつもりはない、そう言っていたのは知っていますよ。しかし『行員のためになる再建を見極める、そのために株を持って監視する』、そうも言っていましたね。再建の道筋に納得すれば、山田さんは売ることもある、私はそう理解していました。だから佐木の話にも乗ったんです。でも『時すでに遅し』で、もはや譲り受けても仕方ありませんがね……」

ようやく、佐木が口を開いた。

「たしかに山田さんには会っていませんよ。でも、山田さんの側近という男とはつい最近まで話しているんです。その男は八月中頃までは『山田さんは九月中旬に譲る』、八月末からは『大蔵検査が終わったら』と言っているんです。騙《だま》されたというなら、私も同じなんですよ」

「その男というのは誰なんです」

「それは言えませんよ。相手との信義がありますから」

「それじゃ、あなたが詐欺を働いた、そう言われても仕方ないじゃないか！」

井浦は佐木をにらみつけ、テーブルをドンとたたき、立ち上がった。

「金屏風のカネ三〇億円は何に使ったんだ、佐木！　え、いったい。いいか、あんた方な、特捜部が捜査しているんだぞ。佐木、貴様はどうなるかわからんぞ。田中、お前だって共犯だぞ」

4

翌一一月二一日木曜日、井浦重男は稲村保雄を午後四時、滝尾史郎、亀山卓彦の二人を午後四時半に飯田ビルの事務所に呼んだ。稲村を三〇分早く呼んだのは事前に打ち合わせをするためだった。滝尾、亀山の二人が緊張した面持ちで部屋にやってきた。

応接用のソファーに井浦と稲村が並んで座り、滝尾、亀山に向き合った。すぐに稲村は背中を丸め、二人を見たくないのか、うつむいて眼を閉じてしまった。

「君たちには申し訳ないことになった。すべて私の判断ミスだ」

井浦はテーブルに手をつき、一〇秒ほど頭を下げた。そして頭を上げると、硬い口調で話し始めた。

「実は一〇日前、稲村君が大蔵省の吉岡銀行局長に呼ばれた。そこで、破産した東都物産向け融資を全額損失処理するように指示された。当然、赤字決算になる。その責任を明確にするための具体案を自ら考え、明日、二二日までに回答するように求められた」

井浦は、ここでひと呼吸置き、神妙な二人を見た。

「この話を稲村君から打ち明けられ、私は、埼山興業の山田社長の保有している株式を取得できるように最後の努力をした。しかし、断念するほかないことがはっきりした。私たちが巨大な陰謀に嵌《は》められたことは間違いない。誰が仕組んだのか、はっきりしたことは言えないが、少なくとも、佐木が重要な役割を果たしたことだけは言えるだろう。私は、できることなら陰謀を暴き、正義のために戦いたいと思う。しかし、その時間的余裕はない。このところの預金の減り方を見ると、赤字決算を発表すれば東都相銀は年内ももたないだろう」

井浦は、渇いた喉《のど》を湿らすため、お茶をひと口すすった。

「私たちは、東都相銀の行員の将来、それのみを考えてこの戦いを始めた。その原点を犠牲にしてまで陰謀を暴くことはできない。私と稲村君が引責辞任することですめばいいが、たぶんそうはいかないだろう。その場合は君たちを含め私たち四人が引責辞任することにする。その後、東都相銀は大蔵省と日銀の管理下に置かれ、たぶん田中会長が社長を兼務し、加山銀行に救済合併されるのだろう」

ここまで井浦が話したとき、滝尾が首を振りながら泣き出しそうな声を出した。

「先生、本当にもう駄目なんですか。何とかならないのですか。完敗じゃないですか。それに田中会長が残るのはおかしいですよ。彼が陰謀の片棒を担いだ可能性だってあるじゃないですか」

井浦にすがらんばかりに、滝尾はテーブル越しに身を乗り出した。

「もう駄目だ。悪あがきをするわけにはいかない。この際、潔く身を引くのが一番いいんだ。田中会長は大蔵官僚のなかでは愚鈍な人だ。だから、片棒を担いだとしても利用されただけの可能性が高い。彼には私たちとともに東条家排除の戦いを進めてきた責任はあるが、彼を辞めさせてはあとをやる人間がいない。だいいち、辞めると言っても当局が認めないだろう」

井浦はまたお茶を口にした。

「いずれにせよ、東都相銀が加山銀行に救済合併されれば、私たちの責任追及が始まるかもしれない。しかし、今度の件の責任はすべて私一人にある。男、井浦、最初にして最後、最大の不覚だ。私は身体を張って君たちを守るつもりだ。だからここは堪《こら》えて、稲村君に辞表を出してほしい」

井浦は再び、テーブルに手をついて頭を下げた。

「先生、面を上げてください。わかりましたから。でも、さ、佐木だけは許せません。これだけはなんとかできないんでしょうか」

滝尾が振り絞るような声を出した。

「金屏風の取引については、亀山君が東京地検特捜部に詐欺の疑いで捜査するように持ち込んだ。しかし、陰謀の闇は深い。その闇のなかで巨大な力が働いているかもしれない。私たちの期待どおりに動いてくれるかどうかはわからない。だが、やれるだけのことはやった。それで勘弁してほしい」

井浦はまた、頭を下げた。

5

稲村保雄は一一月二二日、金曜日午前一〇時、大蔵省に銀行局長の吉岡正雄を訪ねた。そして〝実権派四人組〟の引責辞任の方針を伝えた。

その席で、吉岡は次の三点を指示した。一つは田中会長が一一月二九日午後三時半から日銀記者クラブで決算発表すること。二つ目は、田中会長が社長を兼務すること。最後は決算発表後の対応策を協議するため、田中会長に大蔵省に来るように伝えることだった。

一一月二九日の決算発表では、田中会長の社長兼務と同時に、大蔵省が田中を補佐するため金融検査官OBの清水正志《しみずまさし》を顧問として東都相銀に派遣することも公表された。

さらに、大山武夫蔵相と清田智男《きよだともお》日銀総裁が午後五時から記者会見、東都相銀の資金繰りを全面支援する方針を表明した。具体的には、東都相銀の保有している約二〇〇〇億円の国債を担保に、大手銀行が低利融資するというものだった。日銀特融まで踏み込まなかったのは、預金の流出が拡大しても、一か月は資金繰りが破綻《はたん》しないことが確実で、それまでに加山銀行に救済合併させるシナリオがすでにでき上がっていたからだった。

加山銀行による東都相銀の救済合併が発表になったのは一二月二四日、クリスマスイブの日だった。合併期日は来年、つまり昭和六一年(一九八六年)一〇月一日で、覚書調印は一か月後と決まった。翌日の新聞には笑顔で記者会見する、加山銀行の小池泰頭取と東都相銀の田中会長兼社長の写真が載った。救済合併の仕掛け人、加山銀行会長、磯部三郎が表に出ることはなかった。

年が明けて、昭和六一年一月二四日金曜日。加山銀行の小池泰頭取と東都相銀の田中会長兼社長は合併の覚書に調印、午後三時から帝都ホテルで記者会見に臨んだ。席上、小池泰頭取は東都相銀の行員に対し三項目の約束をした。それは、①店舗の統廃合は向こう三年間しない、②東都相銀の行員の加山銀行支店への配置転換はしない、③東都相銀の行員の給与は加山銀行並みに引き上げる——というものだった。

これにより、皮肉なことに、井浦重男ら〝四人組〟が目指したはずの東都相銀の行員のために最もいい再建が少なくとも表面上は実現した。そして、排除したはずの東条家には優良資産だけが残った。

翌一月二五日早朝のことである。高輪にある井浦の自宅マンションに濃紺の背広を着た男が四人入った。東京地検特捜部の係官である。井浦を逮捕するためだった。同時刻、稲村保雄、滝尾史郎、亀山卓彦の三人の自宅にも特捜部の係官が訪れ、三人を逮捕した。

三年前の昭和五八年に東都海洋クラブの債務超過解消策として実施した不動産売買をめぐる特別背任容疑だった。当時、東都海洋クラブが所有していた神戸市西区伊川谷町の山林二〇〇万平方メートル（簿価五〇億円）を井浦の知人が経営している大阪の不動産会社、甲陽不動産に七〇億円で売却した。七〇億円は東都相銀が甲陽不動産に融資したが、その後、山林が市街化調整区域にあり宅地開発できないことが判明した。甲陽不動産側は山林の価値が三五億円しかないと主張、やむをえず、東都相銀が甲陽不動産に無担保で三五億円を追加融資した。特捜部はこの追加融資が特別背任にあたると認定したのだ。

逮捕された井浦ら〝四人組〟は、二月一四日金曜日に起訴された。井浦は拘置《こうち》期間の前半の一〇日間は容疑を否認し、金屏風《びょうぶ》取引の詐欺を立件するように強く主張した。しかし後半の一〇日間に入ると、一転、容疑を認めた。そして逮捕容疑の神戸の山林の売買の責任はすべて自分にあり、稲村ら三人には責任はまったくないとの上申書まで提出した。

起訴から二日後の二月一六日、井浦は二〇〇〇万円の保釈金を積んで、東京拘置所を出た。そのまま、オーシャンホテル三〇〇二号室に向かった。チェックインすると、すぐに、自分の弁護士と連絡を取り、二月一八日、火曜日午後五時に三〇〇二号室に来てくれるように依頼した。一日前に保釈になった亀山に伝えたいことがあるとのことだった。言われたとおり、弁護士が三〇〇二号室を訪れると、部屋には「Don't Disturb」という札が掛かっていてノックしても沈黙だけが支配していた。不審に思った弁護士はフロントに連絡、マスターキーで部屋に入った。

部屋にあったのはベッドに仰《あお》向けに倒れている井浦の変わり果てた姿だった。睡眠薬自殺だった。

6

井浦重男の自殺のニュースが新聞各紙に載ったのは、昭和六一年二月一九日水曜日だった。その翌日の夜、大石眞吾が大手町にある旭光新聞本社社会部に顔を出すと、一通の分厚い手紙が届いていた。

宛名は「旭光新聞社会部記者　大石眞吾殿」とあったが、裏書きはなかった。首を傾げて大石は封を切った。便箋《びんせん》一〇枚にびっしり書かれた手紙は、井浦重男からのものだった。

前略　大石眞吾殿

貴兄と親しく懇談させていただくようになって一年近く経ちます。以来、四回ほどお目にかかり、最後は昨年一〇月二一日でした。貴兄は我が東都相互銀行の行く末を真摯《しんし》に心配され、貴重なアドバイスをくださいました。しかし、私どもは貴兄のアドバイスに耳を傾けることはありませんでした。振り返れば「もっと耳を傾けて対応していれば」と、悔やまれてなりません。

今、私は、四回の面会で貴兄が話されたことを思い返しております。ジャーナリストとしての情報収集力の確かさ、それに基づく洞察力の鋭さには感服するばかりであります。貴兄の話は私の頭の中に残り、気になり続けておりました。しかし、私は貴兄の忠告を取り入れず、別の選択をしました。

突然、お手紙を差し上げることにしたのは、なぜ、私が貴兄の忠告を気にしながら、それを採用しなかったのか、その辺の事情を説明しておきたいと思ったからでありま す。結論を先に申し上げれば、私どもが巨大な陰謀の渦に巻き込まれ、罠《わな》に嵌《は》まったからです。その罠は政官財のトライアングルに検察も一枚嚙《か》んで、仕掛けられたと思えてなりません。しかし、証拠はありません。

貴兄におかれましては、これから私が説明することをお読みいただき、その卓越した取材力を駆使して陰謀の全容を白日のもとに晒《さら》していただきたいのであります。

貴兄もご存知のとおり、私は現在の検事総長、加藤晴樹の一期下の検事でありました。年齢も一つ下であります。検事に任官したのは昭和二五年、昭和二八年からは東京地検特捜部に在籍、加藤とともに仕事をいたしました。貴兄とは私よりも以前から親しくさせていただいている亀山卓彦は、その頃、特捜部の事務官として私を支えてくれておりました。

当時、私が加藤とともに手掛けた事件は〝海運疑獄〟です。昭和三〇年のことでした。釈迦《しゃか》に説法かもしれませんが、この事件は、朝鮮戦争後の不況にあえぐ造船・海運業界救済のための立法措置をめぐる大スキャンダルでありました。私たちの捜査を指揮したのは河本栄次郎特捜部長、〝特捜の猛虎〟と異名を取った大先輩であります。検事たちの憧《あこが》れの的でした。この捜査で、私は森尾将行《もりおまさゆき》の聴取を担当いたしました。

貴兄もご存知のように、森尾は〝闇の金融王〟と称せられた有名な金貸しでありました。明治三五年生まれで私より二回り年上、慶應大学出身のインテリです。森尾は戦後の混乱期に東京・日本橋で金融業を始め、一〇日で一〇%の金利を取る「トイチ」で稼ぎました。そして、昭和二三年の長者番付でトップに躍り出ましたが、翌年に前年の所得税を滞納、その額もトップになって話題を呼んだりしました。

その森尾は政官財の裏情報に通じておりました。検事は国の支配層の不正を暴き、正義を実現させる、それが仕事である、私はそう思っておりました。嘘も方便といいますが、正義を実現するには悪人の力も借りる、それは許されることだと私は思っておりました。その考えは今も変えるつもりはありません。

私が森尾を参考人として何度か聴取しているとき、彼がふと漏らしたのです。「わしは政界がひっくり返るような日誌を持っている」。私は森尾を粘り強く説得しました。根負けしたのでしょう、森尾はその日誌を私のところに持ってきたのです。それがいわゆる〝森尾メモ〟です。

〝森尾メモ〟は料亭で政治家、財界人、官僚、業者が談合したことを記録した日誌であります。料亭の名前、日時はもちろん、呼ばれた芸者の人数まで具体的に記されておりました。三〇人以上の政治家の名前もありました。二八歳の私は躍り上がらんばかりに喜びました。

とにかく〝海運疑獄〟はこの〝森尾メモ〟が出発点だったのです。河本特捜部長のもとで本格的な捜査を開始、政官財の七〇人を逮捕、当時の政権政党、自由連合の江《え》藤作治《とうさくじ》幹事長にも捜査の手を伸ばしました。しかしそのとき、吉見滋《よしみしげる》首相は側近の江藤逮捕を阻むため、井土《いど》研《けん》法相に指揮権を発動させたのであります。もちろん河本特捜部長以下、私たちは猛反発しました。しかし、特捜部のなかで一人だけ沈黙を守った男がおりました。それが今の加藤検事総長でありました。

　私はそれから二年して特捜部を離れました。そして五年後の昭和三七年、特捜部に戻ります。そのとき、やはり一年先輩の加藤も特捜部に在籍しておりました。

　二度目の特捜部三年目の昭和四〇年春のことであります。都市銀行上位行の東菱銀行から告訴状が出されたのです。告訴状は、昭和三九年一〇月に山吹《やまぶき》産業の山吹紘一《こういち》社長に通知預金証書五〇億円を詐取されたという内容で、これがいわゆる〝山吹産業事件〟の発端でありました。

　もう古い話なので、事件の概要を説明しておきましょう。

　昭和三九年九月一六日、川田蔵人《くらんど》内閣の白木《しらき》明光《みつあき》官房長官と親交のある山吹が、東菱銀行雪谷《ゆきがや》支店に「民自党本部の資金五〇億円を預金したい」と訪れたのです。支店長が応対に出ると、山吹は、川田首相の側近である白木官房長官の実印の押してある印鑑証明付き念書と保証書を見せ、額面二〇億円と三〇億円の通知預金証書を持ち去ったのです。しかし、いつまで待っても民自党から預金はなく、東菱銀行が告訴に踏み切ったのです。

　川田蔵人、江藤作治、湯《ゆ》浅《あさ》愛次《あいじ》郎《ろう》の三人が立候補した昭和三九年七月の民自党総裁選挙は、一〇億円を超す札束が乱れ飛んだと噂された金権選挙でありました。結果は川田が江藤を僅差《きんさ》で押さえ、三選を果たしました。その川田派の政商と言われていたのが山吹産業の山吹社長でした。告訴があったとき、私たち特捜部の検事は色めき立ちました。これは政界絡みの疑獄に発展する可能性がある、そう思ったからであります。

東菱銀行に入金がないのは事実で、特捜部は山吹社長をすぐに逮捕しました。山吹の取り調べを担当した検事は加藤でした。そして取り調べで、山吹は意外な供述をしたのであります。

山吹産業はボウリング場を経営する会社でしたが、川田派の政治資金を担う〝金庫〟になっていたこともあり、業績は芳しくありませんでした。森尾将行の経営する金融会社「森尾文庫」から借金があり、その利息が溜《た》まりに溜まって五四六億円にも膨れ上がっていたのであります。当然のことながら返せません。そこで森尾が囁《ささや》いたというのです。「民自党総裁選挙で金がいるだろう。その資金として何度か出し入れすれば、銀行も信用する。そうしたら銀行から金を引き出し、それで借金を返済せよ」と。これが山吹の供述でした。白木官房長官の念書については、白木氏から預かっていた実印を使って偽造した、そう言ったのであります。

こうなると森尾を調べなければなりません。森尾は、預金証書と念書を持って出頭してきました。しかし、彼は山吹とまったく違う供述をしたのです。森尾の言い分は次のようなものでありました。

「昭和三九年九月一八日、山吹から『民自党総裁選挙のために金がいるので、この間返済した五〇億円の瑞穂銀行の小切手を返してほしい。その代わり東菱銀行の通知預金証書五〇億円と白木の念書を渡す』という申し入れがあった。それを受け入れたから、自分のところに通知預金証書と念書があるのだ。事件が表沙汰《おもてざた》になった昭和四〇年四月に預金を引き出しに行くと、『預金がないから下ろせない』と言われた。自分も騙《だま》された」

森尾の取り調べは再び私が担当しました。捜査会議で私は「この森尾の言い分を信じれば民自党総裁選挙を巡る事件で、根が深い」と主張しました。しかし、捜査を主導していたのは加藤でした。加藤は山吹の供述をもとに立件すると主張、それが通ったのです。当然のことながら森尾は逮捕され、すぐに当時の左藤仁《さとうじん》法相が記者会見して「事件の首謀者が森尾であり、白木官房長官の念書も偽造であることがはっきりした。この事件は政界とは関係ない」と断言したのです。私は釈然としませんでした。

森尾は政界に深く食い込んでいた男でしたが、いわゆる政商ではありませんでした。田村角次元首相の刎頸《ふんけい》の友で、戦後最大の政商といわれた大野幸治とは違う存在でありました。大野のような政商は政治家にとっては最後の最後まで守るべき人物でしたが、検察としては何としてもお縄にしたい存在です。

しかし、アングラ情報を利用して金儲《もう》けする森尾のような人間は、政治家にとっても「いつかはお縄にしてほしい」存在でありました。検察にしても、持ちつ持たれつの関係ではありましたが、「いずれはお縄にしなければ」という思いがありました。〝森尾首謀者説〟による立件は政界と検察上層部の思惑が一致したためだ、私は、今もそう思っていますが、結局〝山吹産業事件〟は政界の関与という疑惑を残したままうやむやになりました。それから一年あまり経った昭和四一年夏、私についての噂が政界・法曹界に流れ始めたのです。

噂というのは「井浦には銀座に愛人がいて、そのスポンサーは森尾だ」というものでした。それが検察上層部にも伝えられ、私は東京地検特捜部を離れることになったのです。〝海運疑獄〟のあとも私は森尾と付き合いを続け、情報を得ていました。しかし、噂にあるようなことはまったく身に覚えのないことでした。〝山吹産業事件〟への政界の関与を疑い、独自に捜査を続けていた私を排除する狙いがあったのは間違いありませんでした。

組織のなかで人を追い落とすことは簡単です。嘘を噂として流されると、その被害者は並大抵のことでは対抗できません。なかったことを立証するのは至難の業だからです。強い意志と精神力を持っていても、立証には何年もかかるでしょう。嘘であることを立証できたときには、組織の中枢からすでに排除され、もうもとに戻ることはできません。それは検察という正義を旗印にしている組織においても同じです。このとき、私は嘘の噂を流されることの恐ろしさを実感しました。一生かかっても、人間として許されざる手口を使う輩《やから》と戦おうかとも思いました。しかし当時の私は若く、まだまだやりたいことがあったのです。

結局、私は、翌昭和四二年春、検事を辞めました。当時の私は特捜検事として〝カミソリ井浦〟という称号を頂戴《ちょうだい》していたこともあり、その辞任は話題になりました。理由も詮索《せんさく》されましたが、藪《やぶ》の中のままで、しばらくすると世間から忘れ去られました。しかし、私の辞任の理由は噂が流されたことであり、それに対する抗議の意味を込めたものでした。

そして私は、弁護士事務所を開業、森尾の主任弁護人として〝山吹産業事件〟の裁判に臨みました。疑惑を封じた検察に対する挑戦のつもりでありました。その結果、第一審の東京地裁の判決で、主犯は山吹紘一で、森尾は従犯と認定され、検察の描いた事件の構図が否定されました。検察は控訴しましたが、高裁、最高裁とも地裁の判決が支持されました。

最高裁の判決が出たのが昭和五五年夏でした。このとき検察に対する私の復讐《ふくしゅう》はある意味で成就したわけでありますが、私の喉《のど》に刺さった小骨は抜けませんでした。それは噂を流し、私を検察から追った男は誰か、ということであります。

弁護士になって八年目の昭和五〇年、私は東条義介に請われ東都相互銀行の顧問弁護士になりました。貴兄もご存知のように〝特捜の猛虎〟河本元特捜部長の紹介によるものでしたが、私は当時、妻との離婚問題を抱え、まとまったカネを必要としていたのです。

以来、私は、義介のやった数々の悪事の後始末を手がけ、偉そうなことを言える身分ではなくなりました。それもあって、私を検察から追った男のことは墓場まで持っていくつもりだったのです。しかし、私は考えを変えました。貴兄にだけ、その名前を明かし、真相を糾明していただこうと、お願いすることにしたのです。

ここまで記せば、ある程度ご推察いただけるでしょうが、順を追って説明します。

東都相銀の再建を目指した私どもを巨大な陰謀に陥れる工作が始まったのは、昨年四月です。私はそう疑っております。

私どもが東都相銀の経営から東条家を排除しようと動き出したのは昨年二月です。一昨年秋の日銀考査を受け、不良債権になっている東条家のファミリー企業向け融資を早期に回収するよう迫られたからであります。私どもの戦略は、東条家の保有している東都相銀株を取得し、東条家の優良資産を取り戻し、不良債権の処理に充てる、そういうものでありました。

当然のことながら、東条家は反発、東都相銀株二〇四〇万株（三四％）を埼山興業の山田功社長に売却してしまったのです。山田社長の資金源は加山銀行系の中堅商社、五両商事のゴリョーローンでした。株を取得しただけでなく、山田社長は含み資産を持っていた墨田産業、東都都市開発という東条ファミリー企業二社の借金返済用の資金五五〇億円も用立てたのです。

今、冷静になって考えれば、この時点で私どもの敗北は確定的でありました。当時から貴兄は私どもにそう示唆していました。なぜ忠告したとおりに動かなかったのか、そう言われれば返す言葉もありません。しかし、当時の私どもは二〇四〇万株を手に入れられれば展望が開ける、そう信じていたのです。しかし、そのときすでに、私どもの戦略を前提にした巨大な陰謀が動き出していたのであります。

たぶん昨年五月には、加山銀行の磯部三郎会長、埼山興業の山田社長の間で、加山銀行が東都相銀を吸収合併することが合意されていた、そして、その合意について、大山武夫蔵相、大蔵省の事務当局も暗黙の了解を与えていた、そう私は考えております。彼らにとって、最大の課題は私どもをいかにして東都相銀から追放するか、ということだったはずなのであります。そして考え出されたのが今回の陰謀であります。私は不覚にもそれに嵌《は》まってしまいました。

陰謀のシナリオは、私どもが東都相銀株を欲しがっていることを利用し、カネを騙し取って政界に流し込む一方、私どもを特別背任で逮捕する、それが最初のものだったと私は確信しております。当然、その段階から検察上層部も一枚嚙《か》んでいたのではないか、そう私は疑っております。

陰謀は巧妙でありました。狂言回しに使われたのが田所波人というフリージャーナリストであります。その田所が田中圭一会長のところにやってきて麻布画廊の佐木恒雄社長とのゴルフをセットしたのです。四月中旬のことでした。もっとも、これは私どもが騙されたと気付いた昨年秋に田中会長を問い詰めて、ようやくわかったことでありますが……。

大蔵官僚出身の田中は、銀行局時代、出入りしていた佐木と面識がありました。ゴルフは五月の連休中にあり、連休明けに田中が私どもに「佐木が自分が仲介すれば、山田社長から株を譲り受けることができると言っている。一度、会ってみてはどうか」と提案したのです。私は、すぐにはその話に乗りませんでした。しかし、私どもの戦略は二〇四〇万株を取得しなければ前に進みません。

私はゴルフをセットしたのが田所だと知らずに、田所の情報に頼りました。田所には、日本ヂーゼル部品株の仕手戦で東都相銀が敗北したとき何度も取材を受けており、比較的正確な裏情報に通じていると認識していました。

田所は、①埼山興業の山田社長と加山銀行の磯部会長はつながっていない、②山田社長は国士で、きちっとした再建案を示し、カネを使えば交渉次第で株を譲る可能性がある、③麻布画廊の佐木社長は銀座アートの福山正也代表とともに、大山武夫蔵相に近いフィクサーで、大山蔵相の秘書、青井五郎氏ときわめて親しい、④大山蔵相を味方につけるうえで、佐木社長は役に立つ人物である、⑤山田社長を動かすには、大山蔵相を味方につけることが重要だ――などと話しました。

私は田所の紹介で山田社長にも会いました。山田社長は「株はどこにも売るつもりはない」「東都相銀の行員のためになる再建を実現するよう監視するのが自分の役割だ」などと述べ、加山銀行にも、私どもにも株を売る考えのないことを強調しました。それを受けて私は、ちゃんとした再建案さえ作れば株を譲ってくれるに違いないと思ったのです。その後私は、銀座アートの福山正也代表、大山蔵相秘書の青井五郎氏にも会いました。二人とも佐木と親しい関係にあることを認めました。

そこで私も、五月末に佐木に会って話を聞くことにしました。佐木から具体案が示されたのは七月下旬です。提案は時価七億円の金屏風《びょうぶ》を三〇億円で購入し、そのカネの一部を大山蔵相と山田社長に提供、その二〇日あまり後に山田社長が七〇億円で東都相銀株を我々に譲り渡すというものでした。私は、田中会長と稲村保雄社長に諮り、佐木氏に仲介を頼むことを最終決定しました。

金屏風の売買契約は八月一三日に調印しました。代金は八月一五日、二五日の二回、一五億円ずつ振り込みました。そして、九月一七日に株式を譲り受ける段取りでした。しかし、それは実現しませんでした。八月二七日に大蔵検査が入ったのを理由に、佐木が「大蔵検査終了まで、株式の売却を先送りしてほしい」と言い出したからであります。

これまでの説明でおわかりかと思いますが、株式の取得に躍起になっている私どもの足元を見て、佐木、田所、青井、福山、山田の五人がひと芝居打ったのです。その罠《わな》に私はまんまと嵌まったのであります。一生の不覚というほかありません。

この芝居には大蔵省が検察上層部と連絡を取りながら、暗黙の了解を与えていた可能性が濃厚だと思っております。ただ、うちの田中会長は利用されただけで、芝居に一枚嚙んでいたわけではないような気がしています。

さて、私が「これは騙《だま》された」と直感したのは九月初めです。いろいろ考えた挙げ句、九月下旬に亀山君に東京地検特捜部の檜山達夫検事に金屛風の取引の経緯を説明に行かせました。檜山検事は強い関心を示し、一〇月くらいまでは内偵捜査をしていました。しかし一一月に入ると動きが止まりました。それからあとのことは貴兄がご存知のとおりです。金屛風事件は立件されることはありませんでした。私どもは、東都海洋クラブの山林売買を巡る融資の特別背任容疑で逮捕され、東都相銀は加山銀行に吸収合併されることになりました。

私どもの逮捕容疑を除いて、すべてがシナリオどおりに決着したと見ていいのでしょう。最初のシナリオでは金屛風取引の特別背任容疑で私どもを引っ張るつもりだったと思います。しかし、検察上層部は方針変更を余儀なくされたのです。それは、佐木が私に大山蔵相への資金提供を匂わせすぎたこと、それから詐欺の疑いで私どもが檜山検事に経緯を説明したこと、この二点が理由だと思っております。たぶん、大蔵省と協力して不正融資を血眼になって探したのでしょう。それで見つかったのが、三年も前の山林の売買を巡る融資だったのでしょう。

これは私の推測ですが、大山蔵相は田村角次元首相から独立するため昨年二月に瑞星会を旗揚げしたとき、相当な資金を必要としたはずです。その資金は佐木や福山が用立てたのでしょう。その時期はたぶん昭和五九年です。昭和六〇年に入って佐木らは、大山蔵相のために事前に用立てた資金の回収を迫られました。それに利用されたのが私ども、つまり東都相銀だったのです。

金屏風の時価を上回る二三億円は全額、大山蔵相のために用立てた資金を回収した佐木の懐に入ったのが実際のところだったのではないでしょうか。今は金屏風の時価が七億円だったということ自体にも大いなる疑念を持っています。

いずれにせよ、私どもは何度も佐木に対し、金屏風の売買の白紙撤回を求め、検察にもその経緯を詳細に説明したわけですから、佐木を詐欺で立件することはできたはずです。しかし、特捜部はそれをしませんでした。立件すれば、大山蔵相の政治資金との関係が取り沙汰《ざた》されるのは間違いありません。それを避けたのです。

さあ、ここまで書けば、貴兄も私の言いたいことが読めただろうと思います。この陰謀には加藤晴樹検事総長が暗黙の了解を与えていた、そういう疑いがあるのです。

加藤は昭和五八年一〇月に検事総長に就任しました。その就任記者会見で「巨悪は眠らせない」との名言を吐いたと聞いています。加藤は〝日本の正義〟そのもののように思われています。しかし、それは虚像ではないか、私はそう思っています。

〝海運疑獄〟の二年後の昭和三二年、〝売春防止法事件〟という汚職事件がありました。私も加藤も特捜部に在籍していました。当時、捜査情報が筒抜けのように毎朝新聞に漏れました。そこで、特捜部のある検事が一計を案じ、法務省の幹部にガセネタを流しました。すると、すぐにそのガセネタが毎朝新聞一面トップ記事になり、書いた記者が逮捕されるという前代未聞の事態になりました。もしかすると貴兄もご存知かもしれませんが、そのガセネタを流したのが加藤で、毎朝新聞にリークしたのが〝特捜の猛虎〟河本さんだったという噂があります。

最近、私はこの噂が事実ではないか、と思い始めております。そうです。私が検察を去る原因になった噂、それを流したのも加藤だったのではないか。私はそうも疑い出しているのであります。

国家には秩序の維持が必要であることは否定しません。しかし、秩序の維持と正義は相容《あいい》れないことがあります。そんなとき検察はどう行動すべきなのか。私とて、秩序をすべて無視しろと言うつもりは毛頭ありません。ですが、やはり正義に重点を置いて行動すべきであり、そうしなければ検察の存在意義を失う、そうではないでしょうか。

加藤は、若いときから秩序と正義を天秤《てんびん》にかけたとき、秩序に重きを置く傾向がありました。だからこそ検事総長にまで上り詰めたのでしょうが、秩序維持のために陰謀を巡らしているとしたらどうでしょう。私は許されることではないと確信しております。

その意味で注目していただきたいのが、フリージャーナリストの田所波人であります。田所は昨年五月中旬から行方不明になっているのです。捜索願いは出されていますが、未《いま》だに所在は不明であります。

私は口封じのために消されたのではないかと思っております。残念ながら、私には、もうその疑惑を追及することはできません。そこで、貴兄にこの疑惑を含め、巨大な陰謀の全貌《ぜんぼう》を白日のもとに晒《さら》してほしいのです。田所につきましては、亀山が興信所の調べた報告書を保有しております。亀山に連絡を取っていただければと思います。きっと、貴兄に協力すると信じております。

金融自由化が始まった日本の金融界全体のことを考え、信用秩序維持、預金者保護という視点に立てば、東都相銀は加山銀行に救済合併されることが最善であった、それが現実だったことは私も否定しません。しかし、それが巨大な陰謀によって実現したのだとしたら、将来に大きな禍根を残すのではないでしょうか。

金融の完全自由化により日本の金融界はあと数年で暴風雨の海に投げ込まれ、荒波に揉《も》まれることになるでしょう。これから一〇年、二〇年先を考えたとき、東都相銀のような経営危機に陥る銀行が多数出てくるでしょう。そのとき、正義が踏みにじられ、信用秩序維持、預金者保護という錦《にしき》の御旗のもと、今回のような陰謀が企てられるようなことはあってはならないと思います。そのためには、私の嵌《は》まった陰謀の全貌を明らかにすることが是非とも必要なのです。

私の描いた陰謀の構図は、推測に基づくものです。貴兄の調べた結果が私の描いた構図と違ったものになるかもしれません。また、結局、点と線がつながらず、疑惑のまま歴史の彼方《かなた》に忘れ去られることもあるでしょう。しかし、仮にすべての真相が白日のもとに晒されなくとも、三〇億円が闇に消えたことだけは間違いありません。三〇億円がどこに流れたのか、はっきりさせるだけでもいいのです。真実に肉薄すべく努力することは必ずや後世のために役立つ、私はそう信じています。真相究明に向け貴兄のお力添えを伏してお願いする次第であります。

敬具

昭和六一年二月一七日夜

井浦重男

追伸　今回の特別背任事件の責任はすべて私にあり、その旨記載した上申書を提出しています。稲村保雄、滝尾史郎、亀山卓彦の三名は無罪になると確信していますが、この点でも貴兄のご支援をお願いする次第であります。

井浦の手紙を読んで大石には思い当たるフシはあった。すぐに亀山に連絡を取ったが、亀山は「保釈中の身であるし、気持ちの整理がつくまで待ってほしい」とのことだった。亀山の話を聞かずに取材をすることも可能だったが、どこから手をつけたらいいのか、思いあぐねているうちに時は過ぎていった。

加山銀行が東都相銀を吸収合併した一〇月一日から二か月近く経った一一月二六日、水曜日のことである。旭光新聞朝刊社会面にベタ記事が載った。

「千葉のゴルフ場開発用地に白骨死体」

記事にはこうあった。

二五日午後、千葉県市原市石川のゴルフ場開発工事現場で作業中の男性が白骨死体を発見し、一一〇番通報した。市原警察署で調べたところ、白骨死体は四〇歳くらいの男性で、頭部に陥没した痕《あと》があり、殺人事件の可能性が高いと見て身元の特定を急ぐとともに、捜査に乗り出した。／死体が発見された場所は東都海洋クラブの「東都市原カントリークラブ」に隣接した雑木林で、現在、コースの増設工事中。市原署では別の場所で殺害され、発見場所に運ばれて埋められたのではないかと見ている。死後一年以上経過しているという。

白骨死体の身元が田所波人と特定されたのは、それから一か月後のことだった。

（終）

解説

佐高信

この作品は第一回ダイヤモンド経済小説大賞の優秀賞に輝いた傑作である。とりわけ銀行に強いジャーナリストの著者が初めて小説に挑んだ野心作と言ってもいい。選考委員四人の中で、特に作家の高杉良と私が強く推した。

著者とテーマの双方から解説したいが、まず著者である。二〇〇三年秋、「大塚将司君を励ます会」が開かれた。そこには友人やマスコミ関係者にまじって三菱銀行（現三菱東京UFJ銀行）元会長の伊夫伎《いぶき》一雄《かずお》の姿もあった。鶴田《つるた》卓彦《たくひこ》がワンマンとなって私物化した日本経済新聞社を内部告発し、懲戒解雇された著者を励ます会に顔を見せるとは伊夫伎もなかなか豪胆だなと思うとともに、取材対象とそこまでの信頼関係を結んでいる著者の力量も並々ならぬものだなと感心した。

私は『サンデー毎日』のコラムで、「拝啓　大塚将司様」と書いたことがある。日経の腐敗の底深さと、それに抗して立ち上がった著者の存在意義を改めて知る意味で、次に引こう。

〈『日本経済新聞』の鶴田卓彦のワンマン体制を、勇気をもって内部告発し、追放されたあなたと『創』で対談して、鶴田よりも、それに黙従している〝社畜記者〟たちに怒りを新たにしました。

〝社畜〟の筆頭は現社長の杉田亮毅ですが、やはり、その一人である金融記者の藤井良広が、「御一読を」というメモつきで『縛られた金融政策』（日本経済新聞社）という近著を送ってきたのには呆《あき》れました。オビには「信認の確保か、自らの組織防衛か――日銀は何を守ろうとしたのか？」とあります。しかし、これはそのまま「日経は何を守ろうとしたのか」と置き換えられるでしょう。副題は「検証日本銀行」ですが、言うまでもなく、「検証」されなければならないのは、彼が属している日経です。

大塚さんには、「記者と企業の攻防戦」を描いた『スクープ』（文春新書）を書く資格はあっても、藤井にはその資格はないでしょう。「縛られ」ているのは日銀よりも藤井自身だからです。私がもし藤井の立場だったら、恥ずかしくて、こんな本は書けません。まして、「御一読を」願ったりはできませんが、〝辛口評論家〟の私もずいぶんとナメられたものです。

その自覚がないから、大塚さんやそれに続いて「相談役の廃止」を提案した土屋直也君のように立ち上がらないのでしょうが、『縛られた金融政策』は、戯画化して読むと、なかなか笑える本です。

まず、参考文献を眺めると、自らの本『日銀はこう変わる』が挙げられています。私は、『日経はこう変わる』が彼から送られてきたのだと思いました。

しかし、それは、日経に内部告発者が出たと聞いた時、『政治ジャーナリズムの罪と罰』の著者、田勢康弘《たせやすひろ》だと思ってしまったのと同じ錯覚でした。田勢など、その著書とまったく違う卑屈な行動に終始しているのですから、早く絶版にしなければなりませんね。藤井が『日銀・秘められた「反乱」』や『日本銀行の敗北』を参考文献として挙げているのも笑えるでしょう。彼はいつか、自らの『秘められた反乱』や『日本経済新聞の敗北』を書くつもりなのでしょうか〉

以下は略すが、要は、大塚は、藤井や田勢のような腰抜け記者とは違って、対象にもズバリと切り込むホンモノの記者だということである。残念ながら、いま、こうした記者は本当に少ない。『日経新聞の黒い霧』（講談社）や最新刊の『新聞の時代錯誤』（東洋経済新報社）に、大塚は、日経を筆頭とする日本の新聞の腐敗と堕落を描いているが、『謀略銀行』は、よりわかりやすく、よりおもしろく、そして、より深く日本の銀行の腐敗と堕落を描いた作品である。

ある敏腕弁護士と話していて、

「裁判官の無知無能はひどいですね」

と言ったら、

「検察の腐り方はもっとひどいですよ」

と返された。

この小説では、それも背景として登場する。何せ、主人公が「元東京地検特捜部検事」で、「東都相互銀行監査役にして実質的ナンバーワン。創業者一族排除による銀行再生を目指す」男だからである。

企業には日々ドラマが生まれており、経済小説はある意味で推理小説だから、筋を紹介するわけにはいかないが、この小説を読む上で、非常に参考になると思われる平和相互銀行の小史をひもといておこう。

住友銀行（現三井住友銀行）に吸収合併された平和相銀の創業者、小宮山英蔵《こみやまえいぞう》は、いい意味でも悪い意味でも、〝怪物〟と言うしかない男だった。

人は死んでその値打ちが定まるというが、この怪物の密葬には、岸信介《きしのぶすけ》、福田赳夫《ふくだたけお》、中曽根康弘《なかそねやすひろ》といった元、前、後の総理が参列した。日本一でもない相互銀行の創業者の密葬に、これだけの政治家が駆けつけたのである。

その後行われた銀行葬には、田中角栄《かくえい》、二階堂進《にかいどうすすむ》、藤井丙午《へいご》、澄田智《すみたさとし》らの政財界要人を含む五千人が参列した。藤井は元新日鉄副社長で〝財界の政治部長〟といわれた人であり、澄田は元大蔵次官で、のちに日銀総裁を務めている。

小宮山は、いざという時のために、自民党の主流、反主流の派閥の双方に献金していたのである。田中角栄にも、福田赳夫にも、あるいは中曽根康弘にも、小宮山は近かった。政治献金という名の〝保険金〟は、おそらく小宮山自身が、どれほどになるかわからない金額だった。

しかし、小宮山の死後、平和相銀は大蔵省の主導で住友銀行に食われていく。のちの銀行・証券スキャンダルのスタートともなった住友銀行・イトマン事件は、この平和相銀吸収に端を発している。〝闇の世界の貯金箱〟ともいわれた平和相銀を合併することによって、住銀は闇の世界にガッチリと食い込まれたからである。

ここに、「資料提供・住友銀行東京広報部」と後記された『企業コミック・住友銀行』(世界文化社)という本がある。冒頭に、大蔵大臣だった竹下登《たけしたのぼる》が住銀会長の磯田一郎《いそだいちろう》に平和相銀を何とかしてくれと頼む場面がある。そして、ワンマン創業者の小宮山を評して、二人は、

「銀行を私物化しちゃあいかんよ!」

と口をそろえる。

ここを読んで私は思わず噴き出した。のちに明らかになったように、住銀を私物化したのは磯田自身である。

磯田は自らの名誉欲を満足させるために平和相銀合併を強行した。それに対し、ブラック・ジャーナリズムや右翼、暴力団、さらには政治家が巣食っている平和相銀を吸収して

も、果たしてプラスになるか危ぶんだ頭取の小松康《こまつこう》は、もし合併するとしても、それらのいかがわしい部分に合理的なメスを入れようとした。

しかし、ダーティな彼らがそれを易々と受け入れるわけがない。住銀東京本店への糞尿《ふんにょう》バラまき事件は、それにからんで起こったといわれる。

結果的に、小松は磯田によって解任された。磯田は闇の勢力と妥協し、それが住銀・イトマン事件につながっていくのである。

この平和相銀に小宮山英蔵の招きで入ったのが、「末は検事総長」といわれた伊坂重昭《いさかしげあき》だった。

小宮山の銀行葬で、平和相銀社長の次に伊坂が焼香したのだが、「非常勤取締役顧問」という肩書ながら、ドンの死後、実質的にこの男が平和相銀を動かしていく。

「検察のプリンス」だった伊坂は、東京地検特捜部勤務の頃、闇金融王の森脇将光《もりわきまさみつ》を調べたことがある。政財界にも深く食い込んでいた森脇は、慶応に学んだインテリらしく、伊坂に「高速度高利金融資本論」をブッた。

「列車でも、鈍行、急行、特急とある。お急ぎの方は、特急に乗らなきゃならん。金融にも、市民銀行もあれば、わしらみたいな高利貸しもいる。市民銀行は、信用のない客が駆け込んでも、金を貸してはくれない。だから、わしらのところに駆け込んでくる客は、銀行で扱ってくれない客だ。わしらは短時間でその客の担保能力、返済能力を調査して、金を貸す。市民銀行が鈍行、急行なら、こっちは特急だ。わしらは、その意味で、法定料金ではない、特急料金をもらっているんだ。それは当然のことだ」

この森脇との関わりで、伊坂は検事をやめ、弁護士となる。そして、いわば森脇の同類ともいうべき小宮山英蔵に乞《こ》われ、平和相銀の顧問弁護士となったのだった。

小宮山は銀行で集めたカネを一族会社や子会社にどんどん貸し付ける。これはもちろん違法なことで、大蔵省や日銀にそれを指摘されると、そのたびに政治家に億単位のカネを渡して封じ込めてもらったのである。

そんな伏魔殿のような銀行で、伊坂はそれらを覆い隠すベールとなることによって力をつけていった。

これらを予備知識として、この作品を読めば、さらに興趣が湧くだろう。

参考文献

『朝日新聞の「調査報道」』（山本博著、小学館文庫）
『検事総長の回想』（伊藤栄樹著、朝日文庫）
『検察の疲労』（産経新聞特集部著、角川書店）
『歪《ゆが》んだ正義』（宮本雅史著、情報センター出版局）

本書は二〇〇四年七月、ダイヤモンド社から
刊行された単行本を文庫化したものです。

謀《ぼう》略《りゃく》銀《ぎん》行《こう》

大《おお》塚《つか》将《しょう》司《じ》

角川文庫 14610

平成十九年三月二十五日　初版発行

発行者—井上伸一郎
発行所—株式会社角川書店
東京都千代田区富士見二—十三—三
電話・編集（〇三）三二三八—八五五五
〒一〇二—八〇七八

発売元—株式会社角川グループパブリッシング
東京都千代田区富士見二—十三—三
電話・営業（〇三）三二三八—八五二一
〒一〇二—八一七七
http://www.kadokawa.co.jp

印刷所—暁印刷　製本所—BBC
装幀者—杉浦康平

お 55-1　ISBN978-4-04-384601-6　C0193

角川文庫発刊に際して

角川源義

　第二次世界大戦の敗北は、軍事力の敗北であった以上に、私たちの若い文化力の敗退であった。私たちの文化が戦争に対して如何に無力であり、単なるあだ花に過ぎなかったかを、私たちは身を以て体験し痛感した。西洋近代文化の摂取にとって、明治以後八十年の歳月は決して短かすぎたとは言えない。にもかかわらず、近代文化の伝統を確立し、自由な批判と柔軟な良識に富む文化層として自らを形成することに私たちは失敗して来た。そしてこれは、各層への文化の普及滲透を任務とする出版人の責任でもあった。

　一九四五年以来、私たちは再び振出しに戻り、第一歩から踏み出すことを余儀なくされた。これは大きな不幸ではあるが、反面、これまでの混沌・未熟・歪曲の中にあった我が国の文化に秩序と確たる基礎を齎らすためには絶好の機会でもある。角川書店は、このような祖国の文化的危機にあたり、微力をも顧みず再建の礎石たるべき抱負と決意とをもって出発したが、ここに創立以来の念願を果すべく角川文庫を発刊する。これまで刊行されたあらゆる全集叢書文庫類の長所と短所とを検討し、古今東西の不朽の典籍を、良心的編集のもとに、廉価に、そして書架にふさわしい美本として、多くのひとびとに提供しようとする。しかし私たちは徒らに百科全書的な知識のジレッタントを作ることを目的とせず、あくまで祖国の文化に秩序と再建への道を示し、この文庫を角川書店の栄ある事業として、今後永久に継続発展せしめ、学芸と教養との殿堂として大成せんことを期したい。多くの読書子の愛情ある忠言と支持とによって、この希望と抱負とを完遂せしめられんことを願う。

一九四九年五月三日

角川文庫ベストセラー

金融腐蝕列島(上)(下) 高杉良
病める金融業界で苦悩する中堅銀行マンの姿をリアルに描く。今日の銀行が直面している問題に鋭いメスを入れ、日本中を揺るがせた衝撃の話題作。

勇気凜々 高杉良
放送局の型破り営業マンが会社を興した。イトーヨーカ堂の信頼を得て、その成長と共に見事にベンチャー企業を育てあげた男のロマン。

呪縛(上)(下) 金融腐蝕列島II 高杉良
金融不祥事が明るみに出た大手都銀。自らの誇りを賭け、銀行の健全化と再生に向けて、組織の「呪縛」に立ち向かうミドルたちを描いた話題作。

再生(上)(下) 続・金融腐蝕列島 高杉良
社外からの攻撃と銀行の論理の狭間で再生に向けて苦闘するミドルの姿、また金融界の現実を圧倒的な迫力で描き、共感を呼んだ、衝撃の力作長編。

青年社長(上)(下) 高杉良
小学校からの夢を叶えるため外食ベンチャーに乗り出した渡邉美樹。山積する課題を乗り越え、株式公開を目指す。「和民」創業社長を描く実名小説。

濁流(上)(下) 企業社会・悪の連鎖 高杉良
企業の弱みにつけ込んでは、巨額のカネを集める「取り屋」。政財官の癒着の狭間に寄生するフィクサーの実態を暴き、企業社会の闇を活写する長編。

小説 ザ・ゼネコン 高杉良
バブル崩壊前夜、大手ゼネコンへ出向した銀行員が見た建設業界の実態とは。政官との癒着、徹底した談合体質など、日本の暗部に切り込む問題作。

角川文庫ベストセラー

燃ゆるとき　高杉　良

築地魚市場の片隅に興した零細企業は、やがて「マルちゃん」ブランドで知られる大企業へと育つ。社員と共に歩んだ経営者の情熱を描く実名経済小説。

ザ エクセレント カンパニー 新・燃ゆるとき　高杉　良

日本型経営が市場原理主義の本場・米国を制す！「事業は人なり」の経営理念で即席麵の米国市場に進出した日本企業の苦難と成功を描く力作長編。

日本企業の表と裏　高杉　良　佐高　信

転換期を迎える日本経済の現状にあって、ビジネスマンの圧倒的支持を受ける高杉良と佐高信が、経済小説作品を通じて企業の実像を本音で語る。

失言恐慌 ドキュメント銀行崩壊　佐高　信

昭和二年、時の大蔵大臣の失言がきっかけで金融恐慌は勃発した。当時の関係者の証言や政官財界の動きを検証し、その真相に迫るドキュメント。

新版 会社は誰のものか　佐高　信

株名義偽装や、広がる企業買収で注目を集めるこのテーマに、早くから警鐘を鳴らしてきた著者が、豊富な事例と共に根深い病理に迫る待望の新版！

ニセ札はなぜ通用しないのか？　佐高　信

母校を訪れた佐高信が、後輩の小学生たちに出した宿題、「ニセ札を作ってきてください」――。ホンモノを見極める目を養う、佐高流経済学入門。

増補版 誰が日本経済を腐らせたか　佐高　信　金子　勝

イラク戦争後、アメリカ中心主義は崩壊し、世界の変化に対応した改革が求められている。政治・経済腐敗の構造を暴き、再生への道を徹底討論する。

角川文庫ベストセラー

日本論　増補版
佐高信　姜尚中

中央のエリートたちが推し進めた格差社会は、「愛国」の本質を浮き彫りにした。政治、思想、文学と、旺盛な批判精神で縦横に「日本」を読み解く。

小説日本銀行
城山三郎

出世コースの秘書室の津上は、インフレの中で父の遺産を定期預金する。金融政策を真剣に考える〝義通《ぎつとお》〟な彼は、あえて困難な道を選んだ…。

価格破壊
城山三郎

戦中派の矢口は激しい生命の燃焼を求めてサラリーマンを廃業、安売りの薬局を始めた。メーカーは執拗に圧力を加えるが…。

危険な椅子
城山三郎

化織会社社員乗村は、ようやく渉外連絡課長の椅子をつかむ。仕事は外人バイヤーに女を抱かせ闇ドルを扱うことだ。だがやがて…。

うまい話あり
城山三郎

出世コースからはずれた津秋にうまい話がころがり込んだ。アメリカ系資本の石油会社の経営者募集！　月給数倍。競争は激烈を極めるが…。

辛酸
田中正造と足尾鉱毒事件

城山三郎

足尾銅山の資本家の言うまま、渡良瀬川流域谷中村を鉱毒の遊水池にする計画は強行！　日本最初の公害問題に激しく抵抗した田中正造を描く。

投資アドバイザー　有利子《ありこ》
幸田真音

証券会社勤務のヤリ手投資アドバイザー、有利子。「顧客に損はさせない」と、個人客の投資相談に取り組むが……。エンターテインメント経済小説。